Unterm
Leuchtturm

Silvia Falk

Unterm Leuchtturm

Entwicklungen

Roman

Bibliografische Information der Deutschen Nationalbibliothek:
Die Deutsche Nationalbibliothek verzeichnet diese Publikation in der Deutschen Nationalbibliografie; detaillierte bibliografische Daten sind im Internet über
http://dnb.dnb.de abrufbar.

© 2019 Silvia Falk

Lektorat: Katharina Maier, www.katharina-maier.de
Gestaltung, Satz: Katharina Maier
Cover, Illustration: Karlheinz Reinhardt

Herstellung und Verlag: BoD – Books on Demand, Norderstedt

ISBN: 978-3-7412-1099-0

„Nur Ferne gewinnt dich dir selber zurück!"

Stefan Zweig, ‚Hymnus an die Reise'

1. Auf und Davon

Soeben hatte ich ein Sträußchen Petersilie für den Hühnereintopf klein geschnitten. Sie sollte die gefüllten Teller appetitlich aussehen lassen und der Speise einen frisch-würzigen Touch verpassen. Dabei fiel mir unversehens ein, dass dieses Kraut vormaligen Generationen von schwangeren Frauen geholfen hatte, ihre unerwünschte Leibesfrucht loszuwerden. Dazu brauchte man allerdings größere Mengen als die hier für meinen Küchenbedarf. Wohl derjenigen, die damals einen großen Garten hatte. Ging bei dieser Prozedur etwas schief, was häufig der Fall war, pflanzten boshafte Eingeweihte auf den Grabhügel Petersilie. So wusste das ganze Dorf Bescheid.

Das ist nur eine kleine Episode von vielen aus dem Reich der Pflanzen, Kräuter und Gewürze, wie sie mir von meiner Großmutter überliefert sind. Sie erzählte mir auch von einer ihrer Urgroßtanten, einer Nonne im Kloster von W. im rheinischen Hinterland. Als dreizehntes und durch ein Feuermal im Gesicht missgestaltetes Unglückskind einer armen Bauernfamilie wurde sie als Zehnjährige in das benachbarte Kloster gegeben. Sie war äußerst geschickt und hatte eine rasche Auffassungsgabe, weshalb sie von den Nonnen gefördert wurde. Unter ihren kundigen Händen gediehen Kräuter und Heilpflanzen zu gesundem und üppigem Wachstum. Auch konnte sie ihre Schützlinge detailgenau zeichnen und in Worten beschreiben. Damit ergänzte Domenica, diesen Namen hatte man ihr als Sonntagskind gegeben, die Pflanzenbücher der Bibliothek. In besagtem

Kloster legte sie einen umfangreichen Kräutergarten an und verschaffte damit der Abtei den Ruf eines heilsamen Ortes.

„Weißt du, Philo, in unseren Adern fließt Pflanzensaft", sagte die Großmutter oft scherzhaft zu mir. Damit wollte sie sicherlich etwas in mir zum Erblühen bringen. Das gelang ihr, wenn es auch erst Jahre später heranreifte. Wie so vieles im Leben brauchte auch dieses Samenkorn Zeit, um irgendwann Triebe und Blüten zu bilden.

Ja, ja, es stimmt schon, Großmutter sorgte mit ihren Erzählungen dafür, dass der Keim in mir erwachte und austrieb. Anders jedoch als in die erwünschte Richtung. Hatten sich meine Ahnen für Heilwirkungen der Pflanzen interessiert, so waren es bei mir ihre gegenteiligen Wirkungen. Diese faszinierten mich weitaus mehr. Tollkirsche, Bilsenkraut und Co. waren meine heimlichen Favoriten, über die ich mir umfassendes Wissen aneignete und mir Gedanken machte, wie dieses praktisch anzuwenden sei.

Diese Spielereien machten mir viel Freude. Doch nicht immer klappte das Experiment so, wie ich es mir ausgedacht hatte. Schließlich kam es, wie es kommen musste. Ich sah mich gezwungen, von zu Hause wegzugehen, und leitete entsprechende Vorbereitungen ein. Meine Unzulänglichkeit sollte mich weit forttreiben und mir konnte es nicht schnell genug gehen.

Vor Aufregung und Ungeduld zappelte ich schier. Wartete sehnsüchtig auf die entscheidende Nachricht. Sehnte den Ruf herbei. Den Ruf einer nicht allzu bedeutenden meteorologischen Forschungsstation auf einer kleinen, zweigeteilten Insel im Südosten Tasmaniens. Von dort aus in Richtung Süden geht es nur noch zur Antarktis.

Schon einmal war ich auf einer meiner Reisen kurz an diesem besonderen Ort gewesen. Er hatte mich zutiefst beeindruckt und eine unterschwellige Sehnsucht in mir entfacht. Damals war ich nach der Trennung von meinem Partner neben anderen Orten auch dort auf der Suche nach Neuorientierung gewesen. Und – Sie werden es nicht glauben – diese Stippvisite hatte mir nachhaltig geholfen.[1] Dass ich jemals dort würde leben und arbeiten können, damit hatte ich damals und noch vor Kurzem nicht rechnen können. Doch der Zufall wollte es, dass ich von folgender Offerte erfuhr:

Gesucht wurde in der Stellenanzeige eine Person, die dem Forschungsleiter unterstützend zur Hand ging. Das beinhaltete der Stellenbeschreibung nach eine bunte Palette von Fähigkeiten und Voraussetzungen: Robustheit gegenüber dem dortigen, zum Teil etwas ungemütlichen Klima. Tägliche Beobachtung und Deutung von phänologischen Zeichen sowie deren genaue Protokollierung. Damit einhergehend grundlegende botanische Kenntnisse. Des Weiteren internationaler Führerschein, praktische Kenntnisse in hygienischer Haushaltsführung sowie Einkauf, Lagerhaltung und Zubereitung von Lebensmitteln.

Mit anderen Worten: Sie suchten ein Mädchen für alles. Bis auf das recht wechselhafte Klima, das waren insbesondere starke Winde, verbunden mit heftigen, aber kurzen Regenschauern, sprach mich alles an. Und diesen Wetterlaunen ließ sich mit passender Bekleidung entgegenwirken. Außerdem war der Aufenthalt auf ein Jahr begrenzt. Es war also ein Umzug auf Zeit und damit absehbar.

Genau das war es. Ich wollte nur weg, ganz weit weg von meiner Niederlage, und meinem Scheitern. Ich musste mich wieder fangen können. Vielleicht könnte ich dann auch von dem erzählen, was passiert war. Jakob hatte mir einen indirekten Knockout verpasst. Die betriebsame Einsamkeit, die mich auf der Station erwarten würde, rief geradezu nach mir.

Na ja, und dann, dann eines Tages, nach Telefonaten hin und her – damit wollten sie wohl meine Sprachkenntnisse testen – kam ein Brief mit der Zusage, einem Visum und der Arbeitserlaubnis, zudem die Anreisemodalitäten. Jetzt wurde es wirklich spannend, denn schon im kommenden Monat, im November, sollte ich meinen Dienst beginnen. Also nicht mehr viel Zeit bis dahin. Es galt nun, meinen Seesack zu packen und dabei gut zu überlegen, was ich wirklich mitnehmen wollte. Ich sollte mich auf das Allernötigste beschränken, hieß es. Zehn Positionen, entsprechend sechzehn Kilo, durften es sein, mehr nicht.

Wer weiß, dachte ich mir, wie winzig wohl mein Unterschlupf sein wird, vielleicht so eine Art Wohnbox wie die mehrfach in der Presse berichteten aus Hongkong?

Und so richtete ich die Dinge, von denen ich glaubte, dass sie für mich unverzichtbar wären, auf einem Fleck zusammen und betrachtete sie fragend immer wieder. Nahm das eine weg und fügte etwas anderes dazu. Stellte die Teile auf meine Personenwaage und fragte mich ein ums andere Mal – reicht das wirklich aus? Eine sehr übersichtliche Kollektion, so fand ich. Schlussendlich waren es:

1. Eine wasserdichte Sturmjacke mit Haube und robustes Schuhwerk
2. Ein Rucksack mit Basisausstattung, Wäsche und Funktionskleidung
3. Lesebrille, Lupe und Sonnenbrille
4. Notebook und Pocketcamera

5. Netzadapter
6. Papiere, Geld, Kreditkarten
7. Ansichtskarten von anderen Ländern
8. Küchenmaschine
9. Messerkoffer (Basismodell)
10. Weizensauerteig

Erst jetzt, in der Zeit des Abwartens, überlegte ich, wer der Kollege wohl wäre. Oder war es eine Kollegin? Alt oder jung, dick oder dünn, angenehm oder nervig … All diese Möglichkeiten spielte ich durch. Die Person wurde nur als ‚Forschungsleiter' bezeichnet, weitere Angaben dazu fehlten; das konnte nach herkömmlicher Sprachregelung männlich oder weiblich sein. War es etwa der beeindruckende Maori, an dessen Namen ich mich nicht mehr erinnern konnte? Damals war ich ihm am Fuße des Leuchtturms begegnet und er erzählte mir von den ausgerotteten Ureinwohnern der Insel und seinen Klimaforschungen an diesem Ort. Erinnerlich waren mir nur noch seine ausgestrahlte Zufriedenheit und eine Art von fremdem Zauber, der ihn umgab.

Aber unabhängig davon, ob er es sein würde oder nicht: Was, wenn wir nicht miteinander auskämen, uns nicht würden riechen können? Doch ich wies mich zurecht, nicht ständig darüber nachzugrübeln. Meine Lebenserfahrung sagte mir klar: ‚Gegen jedes Übel ist ein Kraut gewachsen', und ich solle mich nicht so anstellen. Mit diesem Gedanken fühlte ich mich auf der sicheren Seite, packte meinen Seesack und die Reise konnte beginnen.

Zwei Tage später landete ich in Tasmanien. Von hier aus, südlich von Hobart, ging es mit der betagten Fähre hinüber auf mein neues Heimat-Eiland. Als solches betrachtete ich es, als ich den Fuß darauf setzte. Trotz aller Fremdheit fühlte ich mich sofort heimisch. Ich konnte es an nichts Konkretem festmachen – es war einfach ein Bauchgefühl. Vielleicht war es auch nur die positive Erinnerung an den damaligen Tagestrip. Was immer mir vorher durch den Kopf gegangen war, urplötzlich empfand ich es als Makulatur.

Es war Frühling in diesem Teil der Erde, den drohenden Winter zu Hause hatte ich hinter mir gelassen. Die Sonne schien von einem blauweiß geschlierten Himmel, der Wind wehte mir forsch um die Nase, zerstäubte großzügig würzige Salzluft, vermischt mit Aromen von Eukalyptus und Myrte. Betörend frisch und anregend wirkten die exotischen Düfte auf mich. Mein Kopf mit all den lähmenden Erinnerungen wurde ordentlich durchgepustet und eine stärker werdende Brise blies die letzten Staubkörnchen meiner bisherigen Heimat von mir. Ich konnte auf einmal so richtig tief durchatmen. Die Reisemüdigkeit fiel von mir ab, die Gedanken wurden klarer und neue Kräfte durchströmten mich.

Ich wurde wie angekündigt erwartet. Am Fähranleger wartete das Einpersonen-Empfangskomitee auf die einzige Passagierin mit Gepäck. Die junge Frau, die nach mir Ausschau hielt, war bekleidet mit der olivfarbenen Uniform der Parkranger. Feste Wanderstiefel, lange Cargohosen, Windjacke, Halstuch und breitrandiger Filzhut. Darunter quoll eine rostrote, kringelige Mähne hervor, mit etwas Buntem gebändigt.

„Hallo, Philo, herzlich willkommen, ich bin Claire." So stellte sie sich vor. „Als Parkrangerin des Südlichen Nationalparks bin ich für dich eine Kollegin und deine Nachbarin. Wir werden direkt zur Station fahren. Ab sofort und in den nächsten Tagen werde ich ein Auge auf dich haben und dir dieses oder jenes erklären. Bestimmt wird alles ziemlich neu für dich sein. Doch keine Bange, wir leben hier ‚easy going'. Wohlfühlen sollst du dich hier bei uns."

Das war mir nur recht. Claire nahm meinen Seesack auf, stutzte über das Gewicht und wuchtete ihn durch die Hintertür ihres geländegängigen Fahrzeuges.

Sie schien mir nett und sympathisch, wirkte robust und praktisch veranlagt, kannte ihrer beiläufigen Erzählung nach Hinz und Kunz und saß am langen Hebel, um alles Mögliche in Gang zu setzen. Neugierig fragte sie mich, was für ein schweres Teil ich denn mitbrächte. Als ich ihr die Küchenmaschine offenbarte, lachte sie herzhaft.

„Was gibt's denn da zu lachen?", fragte ich, peinlich berührt.

Claire gluckste vor sich hin und antwortete: „Moreno hat eine komplett und aufs Modernste ausgestattete Küche. Ich befürchte, er wird beleidigt sein, wenn du mit deiner Küchenmaschine ankommst."

„Wer ist Moreno?"

„Das weißt du nicht? Moreno ist der Wetterfrosch! Na ja, etwas mehr als das."

Also doch die Begegnung unterm Leuchtturm. Ja, jetzt erinnerte ich mich - Moreno, der Klimaforscher, so hatte er sich damals vorgestellt. Dieser eindrucksvolle Maori, völlig im Einklang mit seinem Sein und Tun. So wirkte er damals auf mich. Ob sich diesbezüglich etwas verändert haben mochte?

So etwas wie Ausgelassenheit übermannte mich, wie ich neben Claire in ihrem Landcruiser saß und der überbordenden Natur des Nationalparks immer näher kam. Hier sollte ich ein ganzes Jahr verbringen. Phantastisch!

Von Weitem sah ich den weißen Leuchtturm wie einen Fingerzeig durch die hochgewachsenen Eukalyptusbäume blitzen. Am Fuße dieses Turmes, das wusste ich, lag die meteorologische Forschungsstation, meine neue Heimstatt. Die letzten Meter legten wir, eine Staubwolke auf der unbefestigten Straße hinterlassend, durch heideartiges Grasland zurück. Alsdann tauchten die weiß gestrichenen Holzhäuser der Station vor uns auf. Auf dem umzäunten, weitläufigen Gelände grasten ein Schimmel und einige langmähnige Schafe. Durch diesen beruhigenden Anblick wurde meine erste Aufregung – oder war es Nervosität? – etwas gemildert.

Als wir am Hauptgebäude anlangten, öffnete sich die Tür. Den Türstock füllte eine mächtige Männergestalt fast vollständig aus. Das war er, das war Moreno. Genauso, wie ich ihn in Erinnerung behalten hatte. Mindestens einhundertneunzig Zentimeter groß, sehr ausladend nach allen Richtungen, dunkelhäutig mit welligem, ebenholzfarbenem, langem Haar, das ein markantes, breit lächelndes und sanftes Gesicht wunderschön einrahmte. Ich war geradezu hingerissen. Dieser beeindruckend aussehende Mensch sollte wirklich mein Kollege sein? Da würde mir die Arbeit nicht schwer fallen.

Wir stiegen aus, Moreno kam freudestrahlend auf mich zu und drückte mir unter einem fremden Wortschwall herzlich beide Hände. Ich war willkommen. In diesem Moment wurde mir klar: Es würde ein gutes Jahr für mich werden. Ich stellte mich, im Vergleich zu ihm, ziemlich hölzern vor, wie es meiner Art entsprach. Er konnte es so annehmen und wir gingen gemeinsam in das Haus.

Auch Claire, die in der benachbarten Rangerkate wohnte, schien hier wie zu Hause zu sein und bewegte sich völlig ungeniert. Dadurch fiel es mir leicht, mich locker zu geben. Nach einem kleinen Windfang betraten wir eine helle, große Wohnküche. So, wie die Parkrangerin schon erzählt hatte, modernst und geradezu professionell eingerichtet. Aber nicht nur das. Auch das Wohnliche, die Gemütlichkeit kamen dabei nicht zu kurz. Mit anderen Worten: ein Traum von Wohnküche für mich.

Ich schaute mich um, sah Claire und Moreno mich anstrahlen und setzte mich ihnen vis à vis auf die Couch. Ich hatte vieles erwartet, aber nicht das. Meine Gefühlswelt war völlig durcheinander. Ich wusste nicht, sollte ich lachen oder weinen oder was?

Jetzt half nur noch ein Willkommenstrunk, den Moreno für uns vorbereitet hatte: ein Rootbeer, von ihm in dieser Küche hergestellt. Rootbeer? Selbst gebraut?

Ein déja-vu-Effekt durchflutete mich. Ich dachte unwillkürlich an mein Jakobsbier und erschrak. Holte mich meine Vergangenheit etwa hier in umgekehrter Version ein?

Dem Ritual konnte ich mich unmöglich entziehen. Gemeinsam stießen wir an und tranken in großen Schlucken. Trotz meiner heimlichen Bedenken – das Getränk schmeckte köstlich und bekam mir außerordentlich gut.

Dann zeigte Claire mir das Badezimmer, die Toilette und schließlich mein Zimmer. Ich war nur noch mit allem einverstanden und todmüde, sank in mein frisch bezogenes Bett und erwachte erst viele Stunden später.

2. Die ersten Tage

Die Morgensonne war es, die mich weckte. Verwirrt blickte ich durch das Panoramafenster auf eine blaue Meeresbucht, gesäumt von einem fast weißen Sandstrand. Jetzt kam die Erinnerung wieder – ich bin ja hier, fast am Ende der Welt. Geschwind stand ich auf und fand mich in einem zweckmäßig eingerichteten Zimmer mit meinem Seesack wieder. Gespannt klopfte ich an die Tür zur Wohnküche. Nichts rührte sich, und so trat ich ein. Goldenes Morgenlicht erfüllte den Raum und ließ ihn dadurch noch größer erscheinen. Auf dem Esstisch nahe dem Fenster standen eine Thermoskanne mit Kaffee und eine Bechertasse. Daneben lag eine Nachricht für mich: ‚Guten Morgen, Philo, lass dir den Kaffee schmecken und besuche mich im Dienstzimmer. Moreno.' Diese Notiz von ihm, das nahm ich mir vor, würde ich dem ersten Eintrag in meinem Tagebuch hinzufügen. Was für ein wohltuender Empfang. Hurtig machte ich mich für meinen ersten Arbeitstag fertig, genoss das belebende Getränk und klopfte mit pochendem Herzen an die Dienstzimmertür. Ein dröhnendes „ja bitte" forderte mich auf einzutreten.

Der Raum war deutlich größer als die Wohnküche und war ähnlich technisch modernst ausgestattet. Mittendrin thronte Moreno an einem ausladenden Arbeitstisch und war gerade dabei, eine Reihe von Daten auf seinem externen Bildschirm zu studieren und mit dem Laptop zu bearbeiten.

„Ich bin gleich soweit, Philo, einen Moment noch", entschuldigte er sich.

Ich nutzte die Zeit, um mich umzusehen. Im Osten ruhte der Blick durchs Fenster auf einer zerklüfteten Meeresbucht mit hohen Klippen und in der Ferne über einem Meeresarm auf einem gegenüberliegenden Teil der Insel. In Richtung Süden bot sich ein Panoramablick um den beeindruckenden Leuchtturm hoch auf der Klippe. Flott dahinziehende Wolken und mit den Winden segelnde Seevögel belebten den weiten Himmel. Wohin ich auch blickte, es schien mir spektakulär.

Nach Beendigung seiner aktuellen Aufgabe wandte der Chef, Moreno Ebon-Takarangi, sich mir zu, sah mich lächelnd an und meinte: „Schön, dass du da bist und unser kleines Team verstärken möchtest."

Dann zeigte mir Moreno sein Reich, erklärte mir, wofür die Apparaturen da waren und was er, grob umrissen, damit machte. Er wies auf den Leuchtturm und verriet, dass oben im Turmzimmer weitere Messinstrumente installiert waren, die seine Arbeit vervollständigten. Breit grinsend deutete er anschließend auf einen kleinen Schreibtisch und sagte: „Das ist deiner, hier kannst du dich austoben. Morgen werde ich dich einweisen; für heute genügt es, dir alles anzuschauen, damit du dich zukünftig zurechtfindest. Ach ja, noch eine Kleinigkeit. Hier", damit deutete er auf ein schlankes Stehpult, „liegt das Logbuch. Darin halten wir stichpunktartig Wichtiges für uns und die Station fest. Sieh dir die Eintragungen mal an, dann weißt du schon, wie es funktioniert."

Unter dem gestrigen Datum stand: ‚Ankunft Philo – endlich!'

Ich rieb mir die Augen. Doch, es stimmte, so stand es geschrieben und signalisierte mir: Ich werde gebraucht. Unendlich gut tat mir dieser kurze Satz.

„So, und jetzt machen wir eine kleine Pause", sagte Moreno vergnügt.

Das Wetter schlug um und es begann zu regnen. Also pausierten wir in der Wohnküche. Neugierig, wie ich war, wollte ich natürlich wissen, warum er sich so eine irre Küche leiste. Freudestrahlend erzählte Moreno kurz von seiner Kochleidenschaft und seinen Ambitionen, nicht nur für sich täglich zu kochen, sondern auch für die Gäste, die er gerne zum Essen einlud. Er verwende bevorzugt die Produkte der hiesigen Farmer und ernte Gewürze und Kräuter hier in der umgebenden Natur. Das Meer versorge ihn mit Fischen, Jakobsmuscheln, Austern, Grünmuscheln, Krabben, Krebsen und Tintenfischen. Er kenne die besten Plätze dafür. Es mangele an nichts. Diese Haltung beeindruckte mich und passte zu meinem Kochverständnis.

„Und wie steht's mit frisch gebackenem Sauerteigbrot?"

Da hatte ich einen wunden Punkt erwischt. Nachdenklich kratzte er sich hinterm Ohr und bedauerte, dass es ihm an enzymaktivem Sauerteig mangle und er deshalb nur Hefebrote backe. Seine bisherigen Versuche, eine eigene Kultur heranzuzüchten, seien bisher allesamt gescheitert. Das war mein Moment, jetzt konnte ich endlich punkten:

„Ich setze uns heute einen schönen Vorteig mit Sauerteig an. Eine neunjährige Kultur habe ich im Gepäck, außerdem meine Küchenmaschine."

Er lachte schallend und freute sich offensichtlich über mein Engagement – von Konkurrenzdenken, wie ich ansatzweise befürchtet hatte, keine Spur. Innerlich atmete ich auf. Das war also nun geklärt.

Meinem Messerkoffer zollte er allergrößte Hochachtung, und der mit dem mitgebrachten Netzadapter betriebenen Küchenmaschine widmete er einige Aufmerksamkeit. Er befand sie als kurios, aber durchaus vielseitig und kräftesparend für meine Zwecke. Und das, obwohl er das Geheimnis der weitgereisten Küchenmaschine noch gar nicht kannte. Erst seine neugierige Frage, wie ich den Sauerteig durch den sehr strengen Zoll des Landes habe schmuggeln können, veranlasste mich, mein Geheimnis zu lüften.

Freudig grinsend schraubte ich die Deckplatte zur Mechanik meiner Küchenmaschine ab. Interessiert und belustigt schaute mir Moreno zu und staunte nicht schlecht.

„Voilà." Hier zeigte ich ihm zwischen Pleueln und Zahnrädern eine Vertiefung, die es erlaubte, eine kleine Portion Schmuggelgut darin unterzubringen. Die Mechanik hatte ich zusätzlich mit stark riechendem Waffenöl eingesprüht. Offiziell als Oxydationsschutz, inoffiziell um die Spürhunde zu verwirren und abzuschrecken. Dieser Trick hatte funktioniert und innerhalb von ein paar Tagen war die kleine Menge an aktivem Sauerteig mittels passender Mehlsorte zu einer ordentlichen Dauerportion hochgezüchtet. Meine fleißigen Mikroorganismen bewiesen damit eindrücklich ihre Reisetauglichkeit.

Mit dieser kleinen Schmuggelgeschichte konnte ich Moreno begeistern. Der Sauerteig, künftig nannten wir ihn ‚Konterbande', bildete somit ein ungewöhnliches, doch haltbares Beziehungsfundament.

In diesen Tagen staunte ich immer wieder über Morenos souveräne Art, mit allem umzugehen. Offenbar machte es seine Körpergröße möglich, die Dinge um sich herum genauer zu betrachten, mehr Überblick zu haben und jedem zu suggerieren: Mir entgeht nichts und ich weiß alles. Egal ob er mit mir, Claire, einem Farmer oder sonst irgendjemandem zu tun hatte. Ein jeder erwies ihm, dem Maori von einer weit entfernten Nachbarinsel, die Achtung und den Respekt, den er verdiente. Beiläufig erwähnte er, dass er bei ‚Pipi Tukukino', einem bekannten Sternekoch der Maoriwelt, Kochkurse besucht hatte und darauf auch seine Philosophie der Essenszubereitung basierte. Das klang für mich exotisch und interessant zugleich. Doch letztendlich war es mir völlig egal, worauf sie gründete. Er schien ein begnadeter Koch zu sein. Seine Liebe floss in seine Kunst. Ich war Nutznießer seiner Haltung und hatte meinen Lehrmeister gefunden. Wann immer ich konnte, ging ich ihm zur Hand und lernte dadurch ganz andere und neue Möglichkeiten, Köstlichkeiten zu zaubern. Mein eigener Beitrag waren das Brotbacken oder ab und an die Zubereitung eines typisch deutschen oder europäischen Gerichtes, das ihn interessierte und das er kennenlernen wollte. So bildeten wir hier, wo es niemand erwarten würde, ein exzellentes Kochteam.

Sehr angetan betrachtete Moreno meine zahlreich bebilderten und ausführlich beschriebenen Kochrezepte, die ich in meinem Notebook gespeichert hatte. Seine Rezepte würde er auch gerne so gestalten. Doch seine sehr anspruchsvolle wissenschaftliche Forschungstätigkeit ließ ihm dazu keinen Freiraum.

„Irgendwann nehme ich mir die Zeit dazu." Mit diesen Worten tröstete er sich darüber hinweg. Viel wichtiger und näher erschien es ihm, tagtäglich die besten Zutaten für unsere Kochereien zu sammeln, bei Farmer Jim zu ordern oder entgegenzunehmen. Freundschaftlich teilten wir uns die Kosten. Auf diese Art und Weise kam ich mit meinem Leben in Luxus mit den wenigsten monetären Mitteln aus - kurz gesagt, Geld spielte nur eine unwesentliche Rolle in meinem neuen Leben hier.

Die Natur um die Station herum war nicht anders als grandios zu nennen. Tagtäglich machte ich mich auf meine festgelegte Wanderroute, um die phänologischen Veränderungen und Erscheinungen der unterschiedlichsten Pflanzen festzustellen und zu protokollieren. Bewaffnet mit Checklisten, Lesebrille, Lupe, Pocketcamera und Sonnenbrille, wurde ich auch der kleinsten Wunder dieser für mich fremden Vegetation gewahr. Ich lernte die einheimische Pflanzen- und Tierwelt sehr gut erkennen und ihre Entwicklung beobachten. Ein Schwarm von Gelbohr-Rabenkakadus begrüßte mich aufgeregt krächzend jeden Morgen und sorgte somit für einen lautstarken und freudigen Beginn. Ich fühlte mich nicht allein. Mein biologisches Spektrum erweiterte sich immens.

Die wenige mitgebrachte Kleidung erwies sich als zweckmäßig, ausreichend und schütze mich zuverlässig vor allen Extremen. Das war vor allem der Wind. Wir befanden uns, obwohl im Windschatten der westlich von uns liegenden Berge, im Bereich der ‚Roaring Fourties‘, den stürmischen Westwinden zwischen dem vierzigsten und fünfzigsten Breitengrad.

Kurze, aber heftige Regenschauer sorgten für ausreichende Bewässerung und gesunden Wuchs der Pflanzen- und Tierwelt. Die extrem starke Sonneneinstrahlung aufgrund des Ozonlochs in unmittelbarer Nähe ließ vor allem Hartlaubgewächse besonders gut gedeihen. Keinen Schnee auf Meereshöhe und milde Temperaturen durch das Jahr empfand ich als sehr angenehm.

Ich hielt unser Miteinanderauskommen für am wichtigsten in dieser Konstellation. Die Station war zwar großzügig und geräumig gebaut, sie konnte jedoch nicht darüber hinwegtäuschen, dass wir eng beieinander lebten und arbeiteten. Zudem bekamen wir nicht täglich abwechslungsreichen Besuch. Konzentration auf das Wesentliche, gepaart mit Kreativität und Phantasie waren hier gefragt, ebenso wie manch stiller Rückzug.

Zu den wenigen Dingen, die ich mitgenommen hatte, zählte ein Satz Ansichtskarten von anderen Ländern. Sie sollten bei eingeweihten Freunden meine Signalflaggen oder Notrufe darstellen. Zum Beispiel Syrien – Synonym für: Ich muss flüchten. Berlin – gleichbedeutend mit Bruchlandung, brauche Zuspruch. Griechenland – signalisierte Geldnot. USA – ich werde überwacht. Großbritannien – ich steige aus, kündige. Und so weiter.

Der Code war genau festgelegt. Im Ernstfall hätte ich die Karten mit belanglosen Sätzen bekritzeln können, ohne dass jemand einen Hilferuf auch nur ahnte. Wirklich ein cleveres System. Würde ich es jemals hier einsetzen müssen? Ich glaubte es nicht, fand die Möglichkeit, darauf zurückgreifen zu können, aber sehr beruhigend.

3. Claires Gärtlein

Obwohl Claire ihre eigene Kate nebenan bewohnte, hielt sie sich sehr häufig in der Station auf. Allein schon wegen der täglichen Mahlzeiten. Es war für uns drei viel einfacher und unterhaltsamer, an einem gemeinsamen Tisch Platz zu nehmen. Seit Langem schon hatte sich dieser nachbarliche Umgang zwischen Moreno und Claire bewährt. Mir war es nur recht. Claires temperamentvolle Art gefiel mir und wir hatten reichlich Gesprächsstoff.

Eines Abends erzählte ich von meiner Ahnfrau, der Kräuternonne aus dem Kloster W., und davon, was meine Großmutter mir über das Thema Pflanzen, Kräuter und Gewürze alles beigebracht hatte. Neugierig lauschte Claire meinen Geschichten.

„Weißt du, Philo, als Parkrangerin kenne ich zwar die Pflanzen des Nationalparks, doch darüber hinaus ist mein Wissen begrenzt. Wenn ich dir so zuhöre, merke ich, dass auch mich diese spezielle Pflanzenwelt interessiert. Nicht so umfänglich, aber ein wenig. Allein die aromatischen Rosmarinkartoffeln von vorhin bringen meine Gedanken zum Schwingen."

Am nächsten Abend kehrte sie freudestrahlend von ihrem Arbeitstag zurück.

„Philo, ich habe eine Idee. Bin gespannt, was du dazu sagst."

Alsdann bat sie mich in den Minigarten, der ihre Kate umgab. Eine traurige Angelegenheit, wohin ich auch schaute. Einziger Lichtblick war die aufgeschüttete Humusschicht.

Vermutlich hatte ein früherer Bewohner Beete angelegt. Reichlich Unkraut machte sich darauf breit, das war alles.

„Na, Philo, was sagst du dazu? Ich stelle mir vor, dass wir hier ein paar Küchenkräuter pflanzen könnten."

„Ja, das könnten wir ausprobieren, prima Idee. Die Jahreszeit ist dazu günstig. Am besten setzen wir die Pflanzen entlang der Umzäunung. Daran können wir sie festbinden. Du weißt schon, der unberechenbare Wind."

Als hätte ich sie gerufen, fegte eine kräftige Böe über unsere Köpfe hinweg. Je länger ich mir die Situation besah und darüber nachdachte, desto logischer erschien mir dieser Schritt.

„Das ist wirklich ein sehr guter Einfall von dir, Claire. Wir machen das. Moreno wird auch begeistert sein."

Wir brachten uns beide zu gleichen Teilen in die Gartenarbeit ein. Claire entpuppte sich als Meisterin in Grabungstechnik; sie und ihr Spaten boten ein lebhaftes Bild. Mir lag dafür mehr die Rodung der Altpflanzen und des Unkrauts; Grabgabel und Harke waren meine unentbehrlichen Helfer. Wir schwitzten um die Wette und Moreno als Getränkelieferant hatte ordentlich zu tun. Der niedere Dschungel lichtete sich und wich. Profiteure unserer Aktivitäten waren vor allem die Vögel. Wie wild stürzten sie sich auf freigesetzte Samen und aufgescheuchte Insekten. So waren wir mit unserer Freude an der Gartenbaustelle nicht alleine. Schritt für Schritt ging es vorwärts und nach ein paar Tagen hatten wir unser Werk beendet. Geplagt von Muskelkater und Kreuzschmerzen, doch sehr stolz bewunderten wir das, was nun wirklich wie ein Gärtchen aussah. Bereits nach dem Umgraben und Harken der Humusschicht wirkte die Scholle nicht mehr verkommen, sondern frisch und sauber. Fein erdig duftete es aus dem

Untergrund und zahlreiche Regenwürmer fühlten sich hier wohl. Claire hatte sich passende Zöglinge von einer Gärtnerei besorgt. Noch klein, aber in gesundem Grün zierten sie schließlich den Fuß der Umzäunung. Der schon etwas größere Rosmarin bekam einen Ehrenplatz an der Verandasäule. Als ich mir das Ergebnis in Ruhe besah, musste ich fast lachen. Hätte ich freie Wahl gehabt, könnten wir nun ganz besondere Pflanzen betrachten. Bilsenkraut und Alraune wären noch die harmlosesten. Aber hier galt es, mich zu zügeln, ich musste meine Vergangenheit hinter mir lassen. Wir hatten den Boden bereitet, die Kräuter sollten nun das Ihre tun, nämlich fleißig wachsen und sprießen. Claire und ich, wenn nötig, abwechselnd gießen und uns kümmern.

Wie von mir vermutet, leuchteten Morenos Augen auf, als er das Ergebnis sah. Er lobte uns überschwänglich: „Tja, wenn ich dieses Gärtlein sehe, merke ich, dass mir ein grüner Daumen fehlt. Leider! Doch ihr beiden macht mein Manko mehr als wett."

Ich glaube inzwischen, gemeinsames Schwitzen stärkt den Zusammenhalt. Denn häufiges Lachen, Blödeleien und Faxen hatten unsere Gartenaktion begleitet. Bei unseren körperlichen Tätigkeiten konnten wir uns zwanglos unterhalten. Sehr gesprächig waren wir und erfuhren, ganz nebenbei, eine Menge voneinander. Zum Beispiel wusste ich nun, dass Claire aus Paris stammte. Auch sie hatte einen interessanten familiären Hintergrund, den sie kurz andeutete, jedoch nicht gleich erzählen wollte.

„Zu langatmig ist diese Geschichte. Das passt ein anderes Mal besser."

Meine Neugier lebte auf. Bestimmt würde ich sie deswegen nochmals ansprechen.

Während unserer Arbeiten kam die Sprache auch auf Claires Kate.

„Darf ich mal hineinsehen, Claire?"

„Ja, mach mal, Philo. Dreh dich nicht zu schnell um, du könntest anstoßen."

Beim Blick ins Innere wurde mir klar, was sie damit gemeint hatte. Die Räume waren winzig. Gerade das Nötigste hatte Platz. Gemütlichkeit sah anders aus. Da wunderte es mich nicht mehr, dass es sie so oft in unser Haus trieb!

4. Weihnachtliche Verwicklungen

Rasch hatte ich mich eingelebt und mit allem vertraut gemacht. Insbesondere mit meiner Arbeit, der Phänologie. Konsequent zog ich täglich meine festen Bahnen durch den Busch, kreuzte meine Checklisten an und protokollierte Auffälligkeiten. Die neuen Pflanzenarten waren in kurzer Zeit alte Bekannte für mich. Moreno hatte mich einmal eingewiesen und mir erklärt, worauf ich besonders zu achten hätte; dann mir vertrauensvoll das Heft übergeben.

„Philo, bei unserer gemeinsamen Tour habe ich sofort gemerkt: Du weißt genau, was zu tun ist. Intuitiv machst du das Richtige und hast zudem den Rundumblick. Auf dich kann ich mich verlassen. Deine Daten sind ein wichtiges Detail für meine Forschungsarbeit." So lobte und motivierte er mich zwischendurch immer mal wieder.

Meine Freude über das Hiersein hielt unvermindert an. Der Sommer machte sich nun schon deutlich durch steigende Temperaturen bemerkbar. Immer, wenn es Post für uns gab, brachte Claire diese vorbei und blieb dann auch gerne auf eine Tasse Kaffee. Ein Brief war es dieses Mal, gerichtet an den Leiter der Forschungsstation. Der Absender, eine Adresse in Fremantle, Westaustralien. Der Schreiber, ein Uniprofessor, zugleich Mitglied im Vorstand der Forschungsgesellschaft, kündigte die Ankunft seines siebzehnjährigen Sohnes als Praktikant bei uns an, wie uns Moreno vorlas.

Da saßen wir, Moreno, Claire und ich, und blickten uns fragend an. Was sollte das? Auf die Idee war bisher niemand gekommen. Uns erwartete wohl ein Störfaktor ersten Ranges. Moreno las weiter und erklärte: „Vom 18. Dezember bis 30. Januar sollte sein Sohn unser Gast sein."

Mehr als sechs Wochen, einschließlich seiner Ferien, sollte er uns - na was eigentlich? Zur Hand gehen, unliebsame Tätigkeiten verrichten, uns einfach nur aufhalten oder nerven? Letzteres erschien uns als das Wahrscheinlichste. Um angestaute Luft abzulassen, machten wir uns erst einmal an unsere Arbeit - Moreno und ich hier, Claire im Naturschutzgebiet. Ich ließ mir alle möglichen Szenarien durch den Kopf gehen, kam aber dadurch nicht weiter. So würde ich mich nur verrückt machen. Wie es Moreno und Claire wohl damit ging? Schließlich hatten die beiden schon mich zu verkraften gehabt. Im Vorhinein hatten auch sie nicht gewusst, was da auf sie zukommen würde. Nun, wir hatten glücklicherweise gut zueinander gefunden. Für die nächsten sechs Wochen würden wir bald zu viert sein.

Beim Abendessen holte uns das Thema wieder ein.

„Nichts wird so heiß gegessen, wie es gekocht wird", sagte Moreno.

„Ich bin ganz schön gespannt auf das Professorensöhnchen", tönte Claire.

Da meldete ich mich zu Wort: „Mich habt ihr bisher auch ausgehalten. Wird schon passen."

Die Wirklichkeit übertraf all unsere Vorstellungen. Wir hier in unserer ‚Splendid Isolation' sollten plötzlich Besuch von einem innerzivilisatorischen Alien bekommen, der unsere natürliche Lebensweise völlig auf den Kopf stellen würde. War hier, in der Einöde, bisher ein Kerzlein in der Weihnachtsnacht das höchste der Gefühle, sollten es nun, von heute auf morgen, Watteschnee, bunte Lichterketten, ein aufs Hausdach aufenternder Santa Claus, ein Reindeer-Rudel samt geschenkebepacktem Schlitten sein. Möglicherweise auch noch mit Jingel-Bells-Beschallung. Allein die Vorstellung: grauenvoll und abartig. Doch genauso lautete der Auftrag der Forschungsgesellschaft, die sich mittlerweile als übergeordnete Autorität zu erkennen gab. Klimaforschungen seien heute, in Anbetracht der aktuellen und großen Problematik, leider nicht der große Renner beim Nachwuchs – trotz des nicht mehr zu leugnenden Klimawandels. Die Arbeit der Wissenschaftler würde durch Lobbygruppen der Kohlewirtschaft in Australien gezielt unterminiert. Das sei noch das Geringste. Und so sollten mögliche Anwärter auf dieses Studium gehätschelt und gepflegt werden. Punktum: Wir müssten Ernest Truman Stormyweather jun. – allein der Name war schon Verpflichtung – mit all seinen adventlichen und weihnachtlichen Vorstellungen willkommen heißen.

Notgedrungen ließen wir nichts unversucht, die in uns gesetzten Erwartungen zu erfüllen. Und das sah so aus: Bereits jetzt, Mitte Dezember, hatten wir so hohe Temperaturen wie seit Jahren nicht mehr. Da traf es sich gut, dass kein junger Mann auf der Insel zu dieser Zeit gefütterte Wollmäntel, warme Winterhosen, Rollkragenpullover, Strickschals, dicke Bommelmützen, doppeltgestrickte Socken und warme Winterstiefel brauchte. Nicht zu vergessen: die pelzgefütterten Fäustlinge!

Ein Set dieser Winterklamotten liehen wir von Nachbarn aus und verwahrten es bei uns. Die eingeforderten Dekorationsartikel ließen wir von der Forschungsgesellschaft liefern und bezahlen. Von einem Tag auf den anderen kamen in der Station Pakete über Pakete an – alle vollgefüllt mit in Plastik verpacktem, überflüssigem, unrecyclebarem, Jahrzehnte überdauerndem Krempel. Den ökologischen Fußabdruck wollte ich um des Friedens willen lieber erst gar nicht wissen. Wir waren entsetzt und im vollen Glauben daran, über diesen Müll seit vielen Jahren hinweg zu sein. Wir ja – andere nicht. Unsere gemeinsame Haltung stärkte und einte uns für kommende Aufgaben.

Die angelieferten Pakete und Kisten ließen wir erst einmal auf Halde stehen und liegen. Dann nahte der 18. Dezember, der Tag, an dem unser junger Gast eintreffen sollte. Ein quasi freier Tag für uns drei: In kurzen Sommerhosen, Flip-Flops, T-Shirts und Sonnenhüten standen wir am Landungssteg der Fähre und erwarteten unseren Besucher. Mehrere Personen gingen zu Fuß von Bord, einige mit ihrem Fahrzeug, einer mit einem Fahrrad und schließlich der Letzte mit einem tragbaren Kaninchenkäfig. Das war er, das war das ‚Kind' im Alter von siebzehn Jahren. Wie er so linkisch auf uns zukam, mit dicken Brillengläsern und scheuem Lächeln, sich fest an seinen Kaninchenkäfig klammernd, tobte mein schlechtes Gewissen in mir. Was? Über dieses hilflos dreinblickende Bübchen sollte ich abfällig gedacht und geredet haben? Das war gemein gewesen von mir. Nur ein Wort fiel mir spontan ein: Wiedergutmachung. Ich wandte mich zu Claire und Moreno. Beide schienen bestürzt, fast wie eingeknickt, als sie der traurigen Gestalt ansichtig wurden. Mit aufmunternden Blicken versuchten wir, uns gegenseitig wieder aufzurichten. Unsere vormals herbeigeredete Gehässigkeit schrumpfte zu einer nie-dagewesenen.

Ja, das war eindeutig unser angekündigter Gast. Fürsorglich nahmen wir ihn in Empfang, begrüßten ihn herzlich, stellten uns vor und geleiteten ihn zum Fahrzeug. Ruhig und anscheinend froh, ohne Eltern, aber mit Kaninchen heil angekommen zu sein, ließ er sich im Auto zwischen uns nieder und schlief auch sofort ein.

Wir sahen uns nur groß an, sagten nichts und dachten vermutlich dasselbe. Die kommenden sechs Wochen würden Moreno, Claire und ich uns sicher wie so eine Art Elterntrio fühlen. Wissen Sie, was ich meine? So ein Trio, das sich gluckenhaft in alles einmischen möchte, wovon es glaubt, dass es etwas davon verstünde, und das sich trotzdem, wenn es ernst wird, vornehm zurückzieht.

Und das wirkte sich dann so aus: Ernest, wir durften ihn Ernest nennen, war ein hochbegabter und lieber Junge, solange man ihm nicht widersprach. Wagte es einer von uns, wurde er von Augen hinter Brillengläsern zornig angefunkelt. Als Kind hatte Ernest wahrscheinlich dazu gebrüllt und mit den Füßen aufgestampft. Sein Kaninchen war in diesen, für ihn schwierigen, Situationen ein nützlicher Blitzableiter. Hilfesuchend vergrub Ernest sein Gesicht in dessen kuscheligem Fell und konnte sich so allmählich abreagieren.

Wir stellten uns vor, wie lästig es sein musste, in allen Lebenslagen ein Kaninchen griffbereit zu haben, und waren uns darin einig, ihm diese Marotte auszutreiben. Sechs Wochen lang wollten wir uns nicht von seinen Unarten terrorisieren lassen.

„Wir werden es räumlich so gestalten, dass Ernest keinen raschen Zugriff auf sein Kaninchen hat. Das ist jetzt eine gute Gelegenheit. Ich kümmere mich darum", sagte Moreno.

Für die Idee, er solle die Weihnachtsdekorationen ganz allein ausführen, konnte Ernest sich gar nicht erwärmen, ja er hatte geradezu Angst davor.

„Ernest, du hast die einmalige Gelegenheit, die Station in ein Winter-Wunderland zu verwandeln, nutze sie", sagte ich zu ihm. Ernest wandte sich ab, wollte davon nichts wissen. Dann sah er mich verstockt an und schüttelte den Kopf.

„Du kannst alles so gestalten, wie es dir gefällt, wir reden dir nicht drein. Bestimmt bist du kreativ und hast gute Einfälle." So versuchte ich, ihn zu locken. „Du würdest uns eine große Freude damit bereiten. Na, wie wär's? Dein Vater wäre bestimmt sehr stolz auf dich."

In diesem Moment sprang er auf, ruderte hilflos mit seinen schlaksigen Armen durch die Luft und schniefte laut: „Er hat mich nie mitmachen lassen, niemals durfte ich seine Dekorationen auch nur anfassen. Nicht mal meine Ideen dazu hörte er sich an. Das war immer nur seines. Ich hasse das!" Erschöpft von seinem Ausbruch sank er auf der Couch nieder und schluchzte vor sich hin.

Ich erhob mich von meinem Sessel, setzte mich neben ihn und drückte sanft seinen Unterarm. „Ernest, jetzt hättest du die Gelegenheit, Versäumtes für dich nachzuholen. Das wäre doch was."

Moreno musste ihn fast dazu zwingen, die Pakete und Kartons zu öffnen, um die einzelnen Teile auszupacken. Gleich beim ersten Karton, der mit dem Kunstschnee, fielen dann Ernests Anfasshemmungen. Zu faszinierend fühlte sich für ihn das weiße, glitzernde Material an. Für das nächste Paket zeigte er schon eine wahre Begeisterung und zog Santa Claus an seiner roten Zipfelmütze siegessicher aus der Verpackung. Und so ging es weiter, Stück für

Stück ergänzte sich zusehends das Weihnachts-Winter-Wunderland. Das erschöpfte den Jungen, machte ihn fast fix und fertig. Jetzt konnte nur noch Yoko, sein Kaninchen, helfen. Das Gesicht in das Tier vergraben, brabbelte Ernest unaufhörlich in es hinein, und das geduldige Tierchen ließ es so geschehen.

Was unsere Arbeit betraf, fügte Ernest sich nahtlos und wissbegierig ein und konnte uns nach kürzester Zeit unterstützend zur Hand gehen. Erstaunlich rasch durchblickte er komplexe Zusammenhänge, was die Aufgaben der Klimaforschung betraf. Dafür hatte er eine natürliche Begabung und somit auch Spaß daran.

Immer wieder aufs Neue erstaunte mich Ernests Sprache, seine äußerst gewählte Ausdrucksweise. Er redete ganz und gar nicht so, wie andere Jugendliche es tun.

„Moreno, was meinst du, ist das nicht ungewöhnlich?", fragte ich ihn.

„Ach nein, Philo, mach dir darüber keine Gedanken. Als einziges Kind in einem Haushalt mit dünkeligem Professorenvater ist das, so glaube ich, ganz normal. Hört sich doch gut an, oder etwa nicht?"

Es waren nur noch zwei Tage bis zum Heiligen Abend und es musste wirklich optisch weihnachtlich werden. Teil eins unserer Choreographie hatte schon wunderbar geklappt. Teil zwei könnte etwas schwieriger werden. Uns war nun klar geworden, dass wir Ernest als ernstzunehmenden Jugendlichen betrachten und behandeln sollten. Und so erteilten wir ihm seine weiteren Weihnachtsaufgaben in schriftlicher Form. Weihnachten sachlich verpackt ohne hindernde und störende Emotionen.

So ungefähr lauteten die Anweisungen:
Leere Kisten und Verpackungen unter der Veranda lagern, dort bleiben sie trocken, falls es regnen sollte. Nach den Festtagen muss alles wieder zurück in die Kisten und ab die Post.
Alle Dekorationsteile übersichtlich nebeneinanderlegen.
Zeichne einen Plan, was wo und wie eingesetzt werden soll.
Lasse deiner Phantasie dabei freien Lauf.
Für deine stilechte Winterstimmung sorgt neben dem Kunstschnee passende Winterbekleidung, die wir eigens für dich organisiert haben.
Mache dir auch ein paar ernsthafte Gedanken über die Aktion.
Überrasche uns am Heiligen Abend mit deinem Weihnachtstableau.
Wir belohnen dich und uns mit einem phantastischen Weihnachtsmenü und einem feierlichen Abend unter frisch aufgeblühten Banksiabäumen.

Mit unserer konkret gefassten Aufgabenstellung in schriftlicher Form war Ernest einverstanden, wir ließen ihn machen und mischten uns auch nicht ein. Außerdem war uns klar geworden, dass der traditionelle Weihnachtsbraten, laut Moreno ein Kaninchen, keinesfalls in unserem Menü auftauchen durfte. Stattdessen lieferte uns Jim, unser benachbarter Farmer und Versorger, eine frisch geschlachtete Truthenne. Dazu Obst, Gemüse und Salat der Saison. Ein jeder von uns hatte, einschließlich Claire - sie sorgte dafür, dass alle anderen Lebensmittel und Zutaten rechtzeitig im Hause waren - seine Aufgaben zu erledigen. So verging die Zeit bis Heiligabend neben unserer eigentlichen Arbeit mit dekorieren, brotbacken, Dessert vorbereiten, Vorspeisen zubereiten, Gemüse schnippeln, Salate putzen und: die Truthenne als ganze entbeinen, mit Knoblauch, Kräutern und Gewürzen füllen und sie eingerollt und eingepackt in feste Alufolie zwischen heißen Steinen in einem abgedeckten Erdloch stundenlang garen. Entsprechend eines ‚Hangi', einem Festessen seiner Heimat, wie Moreno erklärte. Wir waren mit allem vollauf beschäftigt. Hämmern und Klopfen, gepaart mit feinen Düften, durchzogen das Haus mitsamt seiner Umgebung. Neben unseren Arbeiten summten wir bekannte Weihnachtslieder und freuten uns auf das Fest. Wirklich, ungelogen.

Dann war der große Tag gekommen. Ernest Truman Stormyweather jun. hatte Wort gehalten und die Südostecke der Forschungsstation in ein weihnachtliches Tableau verwandelt. Er legte noch letzte Hand an, wir saßen derweil um einen runden Tisch im Hintergrund und hatten einen aufmunternden Aperitif. Es war warm und mild, wäre nicht die aufdringliche Weihnachtsbühne vor uns gewesen, hätten wir ganz einfach auf diesen schönen Abend unter üppig rot blühenden Banksiabäumen zusammen angestoßen. So saßen wir und beobachteten gespannt die letzten Handgriffe von Ernest. Ungelenk und dick vermummt in den ausgeliehenen Winterklamotten führte er hie und da noch ein paar Korrekturen durch. Zuletzt kam noch sein iTüpfelchen, die bunte Lichterkette. Gekonnt ringelte er sie um die Säule und den Aufgang zur Veranda. Oben fing er an und wand das bunt leuchtende Lichterband gleichmäßig nach unten am Handlauf entlang. Es waren noch ein paar Meter übrig und es ging etwas den Hang abwärts. Da rutschte er plötzlich mit den klobigen

Winterstiefeln auf dem Kunstschnee aus und kullerte, sich dabei drehend, ein Stück abwärts. Das hatte zur Folge, dass Ernest Truman Stormyweather jun. sich unversehens verwickelt und gefesselt, dabei in allen Regenbogenfarben blinkend, in voller Wintermontur vor unseren Füßen liegend vorfand. Davon aufgeschreckt und laut gackernd lachend flog ein Kookaburra aus dem Geäst über uns und das hohe Silberbaumgewächs bewarf uns dabei mit goldenem Blütenstaub.

Verdutzt sah uns Ernest durch seine dicken Brillengläser an und wusste nun nicht, wie er sich verhalten sollte. Das Kaninchen war in diesem Moment für ihn nicht griffbereit. Und wir - ich muss gestehen, die Wirkung des alkoholischen Aperitifs hatte sicher auch etwas damit zu tun - wir strahlten ihn einfach nur liebevoll an und applaudierten ihm und seiner gelungenen Inszenierung.

Da lag er nun, blickte zum funkelnden Sternenhimmel empor, dann betrachtete er wiederum seine leuchtend blinkenden Fesseln, schüttelte den Kopf und meinte lapidar: „So ein blöder Quatsch!"

Wir halfen ihm, sich von seinen bunt leuchtenden, weihnachtlichen Fesseln zu befreien. Dann konnte er sich endlich der ihn fast erstickenden Winter-Wunderland-Klamotten entledigen, um schließlich und endlich völlig frei und entfesselt mit uns anzustoßen.

5. Nachtblaue Spur

Dieses Weihnachtsfest würde uns allen, insbesondere Ernest Truman Stormyweather jun., über Jahre hinaus im Gedächtnis bleiben. Nicht nur wegen der bunt blinkenden Weihnachtsbühne und seiner Fesselungskünste, sondern auch wegen unseres sehr irdischen Festmahls. Als es fertig war, deckten wir das Erdloch ab und Moreno holte mit Claires Hilfe das nach mehreren Stunden fertiggegarte ‚Hangi' mittels zweier Schaufeln heraus. Ein unbeschreiblich appetitlicher Duft erfüllte die Umgebung. Wir konnten es kaum erwarten, die in Alufolie eingekleidete Truthenne auf der Tranchierplatte auszupacken. Neugierig standen wir um den Tisch, an dem Moreno die Befreiung des gegarten Tieres vornehmen sollte. Ernest war natürlich mit von der Partie und feixte, weil nicht nur er, sondern auch die Pute von ihrer dicken Verpackung befreit werden musste. Mehrere Lagen Alufolie waren rasch entfernt und da lag sie nun vor uns: eine riesengroße, appetitlich gebräunte Rolle, Urheberin der anregenden Duftschwaden. Moreno wetzte die langen Messer und setzte zum Schnitt an: Rosarot leuchtete uns ihr Inneres entgegen. Durchsetzt und gesprenkelt von den gemörserten Gewürzen und den verschieden grünen Kräutern sowie weiß leuchtenden Knoblauchzehen. Es war unglaublich wie sich das Putenfleisch mit dem Tasmanischen Pfeffer, den Wattleseeds und all den grünen Blättchen, Nadeln, Zweiglein und Knoblauch zu einem großen, einzigartigen Aromastrauß vermählte. Noch nie gekannte Duftmelangen kitzelten meine Nase. Hmm, mir lief das Wasser im Mund zusammen.

Es gab kein Halten mehr. Das Vorspeisen- und Beilagenbuffet stand schon bereit und mit dem Servieren des ‚Hangi' konnte unser Festschmaus beginnen. Das angenehm milde Wetter hielt durch und wir hielten mit. Ernest schien glücklich und wir mit ihm. So ein lockeres Weihnachtsfest, frei von Konventionen und strikten elterlichen Einflüssen, hatte er sicherlich noch nie erlebt.

Nach und nach, während unserer Arbeit mit Ernest und in unserer Freizeit, offenbarte sich in groben Zügen sein bisheriges Leben. Dominiert in jeder Beziehung von seinem strengen Vater, hatte er kaum Möglichkeiten gehabt, sich ihm zu entziehen. Ja, er wusste nicht einmal so recht, wie es anders sein könnte. Der starke, intellektuelle Anteil an seiner Erziehung stellte ihn einerseits vollauf zufrieden. Andererseits spürte er ab und zu, dass das nicht alles sein konnte, da fehlte etwas. Was könnte es da noch für ihn geben - neben Yoko, seinem Kaninchen? Außer seinem Elternhaus und dem Tagesinternat hatte Ernest Truman Stormyweather jun. so gut wie nichts von der Welt gesehen und gehört. Ganz im Banne seiner schon von Kindheit an bestimmten Ausbildung, ohne Abweichungen nach links, rechts, oben oder unten, verhielt er sich so, wie sein Vater es wünschte. Umfängliche Antworten darauf, was sonst noch für ihn möglich wäre, erhielt er erst während seines Aufenthaltes auf der Insel. So war seine Entsendung zum Praktikum bei uns für ihn ein rettender Glücksfall. Hier lernte er endlich einen Teil Normalität für einen Siebzehnjährigen kennen. Dazu zählte unter anderem auch: ein Mädchen.

Während der Weihnachtsferien hatte sich bei Farmer Jim, außerhalb des Naturschutzgebietes unweit von uns, eine Familie aus Westaustralien in seinem Ferienhaus eingemietet. Zu viert belegten sie den modernen Bungalow, den Jim für sich selbst geplant hatte. Doch finanzielle Engpässe zwangen ihn und seine Familie, im alten Farmhaus wohnen zu bleiben und den Neubau an Feriengäste zu vermieten. Das lohnte sich und es bot ihm, seiner Frau Ella sowie den drei Teenagern Robyn, Colin und Darcy etwas Abwechslung und brachte frischen Wind in das ländliche Milieu. So auch dieses Mal.

Die Castledines kamen aus Perth. Eine Familie mit zwei Kindern. Ein Junge namens Terence in Ernests Alter und ein Mädchen, genannt Melba, ein Jahr jünger. Schon nach kurzer Eingewöhnungszeit taten sich die Jugendlichen zusammen und man sah sie am Strand beim Volleyball oder beim gemeinsamen Musikhören mit rhythmischen Bewegungen. Jim hatte seinen Kindern während der Ferien von der Feldarbeit frei gegeben und sie kosteten ihre Freiheit zusammen mit Terence und Melba genüsslich aus. Das bekam auch Ernest mit. Immer wieder, wenn das quirlige Quintett irgendwo zu sehen oder zu hören war, bekam er einen langen Hals und große Ohren, um ja nichts zu verpassen. Da wir als Ersatzeltern zumindest immer ein Auge auf ihn hatten, konnte uns seine Neugier nicht verborgen bleiben. Es würde spannend werden.

Zwei Tage nach Weihnachten, es war Montag, beschlossen wir zusammen mit Claire zu den Klippen zu gehen, um uns Felsenaustern für das Abendessen zu ‚pflücken'. Moreno kannte diesen Platz außerhalb des Naturschutzgebietes und so zogen wir dahin los, bewaffnet mit Eimerchen und alten Messern. Für Ernest war es wie ein Abenteuer. Entsprechend aufgeregt fühlte er sich und lief uns schon voraus. Abrupt blieb er vor der Felskante stehen und spähte in die Tiefe. Von unten tönten bekannte

Raggaeklänge nach oben und man konnte das Quintett im Sand tanzen sehen. Das brachte Ernest völlig aus der Fassung so etwas, an so einem Ort, hatte er wohl noch nie erlebt. Auf dem schmalen, sich nach unten windenden Weg ging Claire voraus, dann folgten Ernest, Moreno und ich bildete den Schluss. Je lauter die Musik wurde, desto stärker wurde der Impuls, sich tanzend vorwärts zu bewegen. Am Strand angelangt, gab es zwischen uns und den Jugendlichen ein großes Hallo. Ausgelassene Ferienstimmung lag in der Luft und ließ uns beschwingt an die Arbeit gehen. Nur Ernest war nicht so ganz bei der Sache. Immer wieder wandte er den Kopf, um nach der pulsierenden Tanzgruppe zu sehen. Nachdem sein Eimer halb voll war, schickte ihn Moreno an den Strand zurück, um sich zu den Teenies zu gesellen. Das ließ er sich nicht zweimal sagen und platschte durch das Wasser davon. Schwatzend und lachend nahm die Gruppe Ernest in ihrer Mitte auf. Wir ließen uns extrem viel Zeit mit der Ernte der Austern und genossen die heitere Szene. Es passte einfach alles: das warme Wetter, die ruhige See, sich füllende Eimer mit Austern und Grünmuscheln. Zudem die Aussicht, dass Ernest sich mit den Jungs und Mädchen anfreunden würde. Dieser Gedanke gefiel uns sehr und wir beschlossen, ihm mehr Gelegenheiten für ein Zusammentreffen zu verschaffen. Doch nicht nur wir wurden aktiv.

Zum gemeinsamen Abendessen blieben wir im Freien an unserem runden Tisch unter den Silberbäumen. Wir schlürften unsere frisch geernteten Austern, hatten uns dazu Weißbrot geröstet und Gurkenstückchen mit Kräuterdip angerichtet. Die fleischigen Muscheln garten wir nur kurz bis zum Öffnen in einem herzhaften Tomatensud und servierten sie angerichtet auf Spaghetti. Es war ein feines Essen, wir genossen es, scherzten, lachten und unterhielten uns lebhaft. Ernest wurde von Tag zu Tag lockerer und zugänglicher.

Am nächsten Morgen brach ich zu meiner täglichen phänologischen Tour auf. Sobald ich in den Trampelpfad hinter unserem Essplatz trat, leuchtete mir ein nachtblauer Stofffetzen, an einem stacheligen Busch flatternd, entgegen. Vorsichtig löste ich ihn aus den Fängen des Gewächses und befühlte ihn. Seidig glatt schmiegte sich der Stoff an meine Hand. Ein feines Gewebe, an dem nur die groben Risskanten störten. Wie kommt dieser nachtblaue Stofffetzen an diesen Busch? Hat ihn vielleicht ein Seidenlaubenvogel verloren? Das Männchen dieser Vogelart schmückt seinen laubenartig gebauten Balzplatz mit ausschließlich blauen Fundgegenständen – vom himmelblauen Trinkhalm bis zu quietschblauen Plastikverschlüssen, auch blau gemusterte Papierchen oder eben nachtblaue Stoffreste. Als echter Exzentriker weiß dieser Dunkelblauäugige seine Weibchen damit tief zu beeindrucken. Nur – wer wollte hier wen beeindrucken? Im weiteren Umkreis des Fundortes suchte ich nach einem Balzplatz. Fehlanzeige! Das Rätsel blieb. Das Stoffstück steckte ich ein und vergaß es alsbald.

Die Tage vergingen wie im Flug und schon war es Silvester. Wir beschlossen, zusammen bis kurz nach Mitternacht wach zu bleiben, um das neue Jahr zu begrüßen. Die Zeit bis dahin vertrieben wir uns mit Spielen und Wachsgießen. Ernest war begeistert davon und erhielt nach dem Kaltwasserbad einen Fladen, so etwa wie ein Ohr, Moreno einen Klumpen ähnlich einer Herzform. Claire brachte ein Haus zustande und bei mir zeigte sich so etwas wie eine Blume. Viel Spaß hatten wir dabei, vor allem bei der Deutung der Figuren. So sahen wir Ernests Gesicht puterrot anlaufen, als wir ihm prophezeiten: „Du wirst dich bis über beide Ohren verlieben."

Wir juchzten und spendeten ihm Applaus, was seine Verlegenheit nur noch verstärkte, er sich aber trotzdem über unsere Aufmerksamkeit freute. Moreno würde sein Herz verlieren, an wen oder was auch immer. Nach verschiedenen Stationen sollte Claire wohl sesshaft werden und ich, sie waren sich einig, würde hier richtig aufblühen. Auch das Kaninchen Yoko bezogen wir mit ein und Ernest goss ihr eine makellose Rübe. Schallendes Gelächter erfüllte die Wohnküche, als es klopfte und die Nachbarn samt Feriengästen einmarschierten, um mit uns anzustoßen.

Alle hatten sich fein gemacht und strahlten um die Wette. Trotz unserer großen Wohnküche wurde es jetzt etwas eng mit dreizehn Personen und deshalb öffneten wir die Flügeltür zum Wohnzimmer. So konnten wir uns besser verteilen. Ich holte weitere Gläser samt Getränken und bot reihum unseren Gästen davon an. Dabei fiel mir Melba ganz besonders auf.

Sie hatte sich reizend zurechtgemacht. Ihr langes, brünettes Haar trug sie offen und hatte es mit purpurroten Christmasbush-Blüten hinter dem linken Ohr geschmückt. Das wirkte zu ihrer nachtblauen, seidig glänzenden Tunika besonders apart und betonte ihre zarte, pfirsichfarbene Haut. Da, mit einem Mal, machte es bei mir ‚klick'. Diesen blauen Stoff kannte ich, hatte ihn schon einmal gesehen und zwischen den Fingern befühlt. Und tatsächlich: An ihrer Tunika seitlich, rechts hinten, etwa in der Größe und Form des gefundenen Stoffstückes, war eine sich windende Schlange aus einem glitzernden Material appliziert. Zählte man zwei und zwei zusammen, ergab das eine Geschichte. Eine Geschichte zum Schmunzeln und vorerst zum Schweigen. Es würde ein gutes und aufregendes neues Jahr werden – nicht nur für mich.

6. Claires Medaillon

Neben der nachtblauen Tunika stach mir an diesem letzten Abend des Jahres ganz besonders Claires Halsschmuck ins Auge. An einer feingliedrigen Goldkette lag ein ovales Medaillon auf ihrem leicht getönten Dekolleté. Dazu trug sie ein chiffonartiges Kleid in abgestuftem Nilgrün. Ihre ganze Erscheinung leuchtete. Eine perfekte Farb- und Materialwahl für ihren Typ mit dem rostroten Lockenkopf und ihrer zarten Haut. Diese Claire kannte ich noch nicht. Vertraut war mir nur die robuste Claire in ihren hochgeschnürten Boots, den Cargohosen, Denimhemden und zusammengebundenem Haar mit breitrandigem Hut darauf. Am heutigen Abend sah ich nun eine völlig andere Erscheinung vor mir – anmutig und edel. Am meisten faszinierte mich ihr ansprechender Schmuck. Das sagte ich ihr auch, begeistert wie ich davon war, beim Anstoßen auf das neue Jahr. Unter leichtem Erröten versprach sie, ihn mir am nächsten Tag zu zeigen und seine besondere Geschichte zu erzählen.

„Philo, du erinnerst dich an unser Gartengespräch? Damals habe ich eine interessante Familiengeschichte angedeutet. Diese bekommst du morgen im Zusammenhang mit dem Medaillon zu hören."

Damit hatte sie mir auch schon einen Stachel ins Fleisch gepflanzt. Ich wurde neugierig und konnte es kaum erwarten, mehr darüber zu erfahren.

Der Neujahrsmorgen empfing uns mit einer leichten Brise, abgeschwächtem Sonnenschein und einigen verwaschenen Zirren am Himmel. Die Luft duftete frisch, eine Mischung aus Eukalyptus- und Akazienblüten. Wir – Moreno, Ernest, Claire und ich – fühlten uns fit, um neuerlichen zwölf Monaten zu begegnen.

Nach einem frugalen Frühstück – der üppige Silvesterabend wirkte bei uns noch nach – brachten wir die Wohnküche und das Wohnzimmer wieder in Ordnung. Zu viert hatten wir das auch schnell geschafft. Nach unseren jeweiligen täglichen Berufsverpflichtungen, die auch vor Feiertagen nicht haltmachten, konnten wir uns am späten Nachmittag wieder zusammenfinden. Moreno und Ernest waren ebenso begierig wie ich, Claires Medaillon zu sehen und seine Geschichte zu hören. Es sollte eine Erzählung sein, die vor über zweihundert Jahren in Frankreich ihren Lauf genommen hatte.

Um ungestört von Wind und Kakadugekrächze zu sein, ließen wir uns in der Sitzgruppe vor dem Panoramafenster mit Blick auf die im Sonnenlicht glitzernde Meeresbucht nieder. Ich servierte noch Kaffee, Wasser und dazu feine Mandelkekse – dann konnte es losgehen. Claire nahm ihr rotgoldenes Medaillon ab, legte es auf ein Seidentuch und öffnete den seitlichen Verschluss. Behutsam klappte sie die beiden Flügel auseinander. Wir hielten vor lauter Spannung die Luft an. Dann, ein hörbares Aus- und Einatmen von uns. „Ooh" und „Aah". Eine erstaunlich künstlerische Arbeit. Die beiden inneren Hälften zeigten je eine feine Porzellanmalerei. Links eine anmutige Frau im Halbprofil, die ihr schönes Gesicht in einem Spiegel, durch diesen uns zugewandt, betrachtete.

Auf dem angedeuteten Toilettentischchen lag ein Schlüssel. Ihre wohlgeformten, grünen Augen blickten uns intensiv durch das Spiegelbild an. Unwillkürlich sah ich zu Claire, die mich wiederum mit genau diesen Augen musterte.

„Schaurig schön", flüsterte ich.

Moreno wiegte sachte sein imposantes Haupt, indem er „unglaublich" sagte und verwundert dreinsah. Ernest betrachtete Claire und fragte sie schüchtern: „Bist du das in einer historischen Maske?"

„Nein, nein", lachte Claire und löste damit den Bann, der uns umgab. „Das ist die Urgroßmutter meiner Großmutter, portraitiert im Jahr 1824, da war sie neununddreißig und Mutter einer Tochter namens Claire geworden. Das war der Anlass, dieses Schmuckstück anfertigen zu lassen."

„Und was ist mit dem Schlüssel auf dem Tisch?", wollte Moreno wissen. „Hat er eine bestimmte Bedeutung?"

„Oh ja", antwortete Claire, „er symbolisiert die Macht der Hausfrau, die die Vorräte und Güter verwaltet."

Zutiefst beeindruckt wandten wir uns der rechten Hälfte des Medaillons zu. Von dort blickten uns die leeren Augenhöhlen eines Totenschädels an, der an der Wand hinter ihm einen Schatten warf. Darüber stand geschrieben, Claire übersetzte für uns: „Was ich jetzt bin, wirst du sein."

Die fahlen Farben dieses Bildes standen in starkem Kontrast zur Lebendigkeit der Farben auf der linken Seite. Hier standen sich Leben und Tod, Licht und Schatten unmittelbar gegenüber; zeigten Verfall und Vergänglichkeit.

Claire fügte hinzu: „Das Gesicht im Spiegel ist genauso flüchtig und nichtig - eitler Schein - wie die Schlüsselgewalt. Die angedeuteten Vorräte und Güter sind materieller Natur, deshalb sind sie genauso vergänglich wie die Hausfrau selbst."

Sie sagte das gedankenverloren und mehr zu sich selbst gewandt. Es war still geworden im Raum. Fasziniert betrachteten wir das wertvoll gearbeitete Schmuckstück mit Blütengravuren auf der geschlossenen Vorderansicht. Ein jeder von uns dachte wohl dabei über Claires Worte nach.

Auf der Rückseite des Medaillons wies Claire auf die Fortsetzung des ‚Memento mori' hin, hier stand eingraviert zu lesen: „Ich war das, was du jetzt bist."

Vor uns lag ein kleines Kunstwerk als sichtbares und greifbares Zeugnis dessen, wie es immer war und sein würde. Der ewige Kreislauf von Leben und Vergehen.

Claire erklärte uns, dass sie das Schmuckstück von ihrer Großmutter geerbt habe und damit auch die Verantwortung für das wertvolle Stück Familiengeschichte. Denn das Portrait zeige keine Geringere als die Vorleserin und Vertraute der Königin Hortense von Holland, Stieftochter und Schwägerin von Napoléon I., Mutter des späteren Napoléon III. – Louise Cochelet, so hieß die Hofdame. Sie malte, schrieb und hinterließ einige Schriften und Bilder mit erhellenden Details der napoleonischen Geschichte. Als gebildete und selbstbewusste Frau ihrer Zeit blieb sie in Erinnerung. Bereits im Alter von zweiundfünfzig Jahren starb sie im schweizerischen Wolfsberg am Bodensee. Mit etwas Ironie in der Stimme konstatierte Claire: „Vita brevis, ars longa – das Leben ist kurz, die Kunst ist lang."

Claire erzählte weiter, dieses Erbe habe sie dazu veranlasst, sich mehr mit ihrer Historie und den Symbolen zu beschäftigen und darüber zu reflektieren. Schönheit und Jugend, Spiegelbild, Schlüssel, Toilettentischchen, Totenschädel und Schatten hätten sie schließlich auf die Spur von ‚Vanitas' und ‚Das Buch Kohelet' geführt. Interessiert und schließlich davon völlig eingenommen, hatte sie sich in den Bibliotheken von Paris und London auf die entsprechende Lektüre gestürzt, diese regelrecht verschlungen, um anschließend über sich und die Welt nachzudenken. Ganz besonders habe es ihr das erste Kapitel des ‚Buches Kohelet' angetan.

Zusammengefasst hatte sie es für sich so interpretiert: „Kohelet, Sohn des David, König von Jerusalem, hatte Orientierung in einer unübersichtlich gewordenen Zeit gesucht, in der die alten Werte fraglich geworden waren. Für ihn war die Sicherheit brüchig geworden, deshalb seine Zweifel an der Geltung des Bisherigen und dessen Überprüfung durch ihn."

„Ich hatte mich in einer vergleichbaren Situation befunden", sagte Claire. „Keine Eltern mehr, kein familiärer Leitfaden, an dem ich mich entlanghangeln konnte, und dann - nur Fragezeichen. Das war mir Motivation, mein Leben damals und im Hinblick auf die Zukunft zu überdenken. Dem Pessimismus des Kohelet konnte ich mich nicht anschließen. Es war mir unmöglich, seine negativen Aussagen zu übernehmen. Ich verspürte Lösungsansätze und wollte diese konkret formulieren. So entwarf ich mein persönliches Konzept einer sinnvollen Lebensführung und versuchte, dieses in die Realität umzusetzen. Was nicht immer ganz einfach war und noch ist."

Hierzu gab Claire uns einige Beispiele: „Wenn Kohelet eingangs schreibt: ‚Windhauch, Windhauch, das ist alles Windhauch.' Dann muss ich dieser Vergänglichkeit, dieser Nichtigkeit, dem leeren Schein, etwas Substantielles entgegensetzen: Kreative Schaffenskraft auf einem tragfähigen Fundament wie Wissen und Bildung, gepaart mit einem starken Selbstbewusstsein. Genau das könnte es sein. Der Schluss des ersten Kapitels forderte mich geradezu heraus. Kohelet 1,11 sagt: ‚Nur gibt es keine Erinnerung an die Früheren / und auch an die Späteren, die erst kommen werden, auch an sie wird es keine Erinnerung geben / bei denen, die noch später kommen.' Ich setzte entgegen: Wer die Erinnerung sucht, wird sie finden und aus ihr Kraft schöpfen – siehe Medaillon."

„Auch das Wissen um die Herkunft ist ein tragender Teil und wichtiger Mosaikstein des Fundamentes. Darauf aufbauend sah ich mir Kohelet 1,10 genauer an, in dem geschrieben steht: ‚Zwar gibt es bisweilen ein Ding, von dem es heißt: Sieh dir das an, das ist etwas Neues – aber auch das gab es schon in den Zeiten, die vor uns gewesen sind.' Über dieses ewiggestrige Denken, jeden Fortschritt negierend, musste ich fast lachen."

„Man stelle sich vor, Kohelet schrieb etwa 300 vor Christus diese Worte nieder, also vor über zweitausenddreihundert Jahren. Welch eine Summe von Veränderungen hat sich bis heute ergeben und davon ableitend das Ausmaß von entsprechenden Entwicklungen! Eine gigantische Anzahl davon formte die moderne Welt – bis heute."

Claire atmete tief durch und erklärte: „Pragmatisch schloss ich daraus für mich: Immer wach, aufmerksam und stets ein handelnder Teil davon zu bleiben. Die Beschäftigung mit diesen Themen gipfelte darin, dass ich leichten Herzens mein Leben in Europa hinter mir lassen konnte, um zu neuen Ufern in einer anderen Welt aufzubrechen. Davon versprach ich mir mehr und sinnvollere Entfaltungsmöglichkeiten, sowie eine Stabilisierung meiner inneren Balance." Claire blickte ruhig in unsere kleine Runde.

„Wow, deine Offenbarung ist äußerst ungewöhnlich und hochinteressant, Claire, sie hat mich richtig gefesselt. Wie ist denn dein Familienname? Verrät er etwas über deine Herkunft?"

„Gut gefragt, Philo, ja, ich bin stolz auf ihn, denn er ist ein bedeutender Teil von mir und meiner Geschichte."

Sie blickte uns an und sagte: „Mein Name ist Claire Louise Hortense Cochelet."

Wir sahen uns an. Das war es wohl, was man als einen ‚ewigen Moment' bezeichnen würde. Ein Augenblick, in dem sich uns ein Teil der europäischen Geschichte durch Claire zu erkennen gab.

Die untergehende Sonne fiel mit einem gleißenden Licht von zartem Rot und in weitem Winkel auf den Tisch mit den Keksbrümeln und dem geöffneten Medaillon. Nur einen Wimpernschlag lang – dann verzog sie sich mit den letzten Strahlen hinter den Horizont.

7. Nachtblaue Spur II

Tags darauf startete ich, wie immer, meine phänologische Tour. Dabei ging mir Claires Geschichte gar nicht mehr aus dem Sinn. Ich hatte regelrecht Schwierigkeiten, mich auf meine Aufgaben zu konzentrieren. Immer wieder kam es zu Einblendungen, insbesondere auch über das Buch Kohelet. Das erste Kapitel dieser alttestamentarischen Schrift handelt von sehr naturnahen Gleichnissen. Worte wie Wind, Himmelsrichtungen, Sonnenlauf, Wasserkreislauf, die Fülle von Eindrücken, das Werden und Vergehen verweisen auf eine sehr enge Beziehung zwischen den Menschen und der Natur. Damals, vor über zweitausenddreihundert Jahren, war das ganz normal, ein anderes Modell gab es nicht. Heute, in den Städten und den dicht besiedelten Gebieten, wurde die wilde Natur an den Rand und aus dem Sinn gedrängt.

Ganz anders war es auf dieser Insel. Hier wohnten wenige inmitten und mit der Natur. Jetzt konnte ich Claires Entschluss, sich hier niederzulassen, sehr gut nachvollziehen. An diesem Ort fühlte man sich geerdet und lebte ein natürliches Leben. Ein Hort der Beständigkeit, trotz der permanenten Veränderungen. Sein Rhythmus, den wir wahrscheinlich unbewusst spürten, vermittelte uns Sicherheit und ließ es zu, dass wir uns frei entfalten konnten.

Solchen und ähnlichen Gedanken hing ich nach, während mich der weiche Wind umwehte, die Sonne auf ihrem Lauf schon fast im Norden stand und das Meer mit seinen Wogen unentwegt an die steil aufragenden Klippen donnerte.

„Herrlich!", rief ich gegen den Wind laut aus. Ich hatte mich in dieses Fleckchen Erde hoffnungslos verliebt.

Bei meiner Rückkehr empfingen mich vor der Station zahlreiche Gelbohrrabenkakadus mit lautem Gekrächze und segelten frech um mich herum, als wollten sie ein Spiel mit mir treiben oder mir etwas mitteilen. Doch für sie hatte ich in diesem Moment keine Augen. Vielmehr erregte meine Aufmerksamkeit das Treiben vor den Gebäuden, wo es zum Strand hin etwas abschüssig war. Hier sah ich Robyn und Melba mit der braven Schimmelstute Albena innerhalb der Umzäunung. Das Pferd gehörte, wie auch die vier Schafe, Farmer Jim. Von Zeit zu Zeit trieb er die kleine Herde zur Station, um hier das Gras kurz zu halten. Das war für alle Beteiligten eine gute Lösung, und wir erfreuten uns am Anblick der friedlich grasenden Tiere. Sie waren zutraulich und ihnen schmeckte die mit Kräutern durchsetzte Wiese.

Robyn, Jims fünfzehnjährige Tochter, hatte der Stute Zaumzeug angelegt und ließ sie an einer Longe im Kreis Schritt gehen. Melba stand stumm daneben, sah zunächst zu und übernahm dann die Longe, um Albena kurzgefasst an die Holzbank zu führen. Die Aktionen der beiden Mädchen liefen wortlos ab, sie verstanden sich auch so. Das Pferd schnaubte kurz, als es mich kommen hörte. Dadurch nahmen die Mädchen mich wahr und winkten mir zu. Die Stute blieb seitwärts stehen und gestattete es Melba, sich von der Bank auf ihren Rücken zu schwingen. Glücklich lächelnd thronte das Mädchen hoch über uns, übergab Robyn die Longe und ließ sich in stolzer Haltung mit durchgedrücktem Kreuz auf Albena im Kreis führen. Diese ging brav im Schritt und die Reiterin passte sich den Bewegungen perfekt an. Am Zaun drängten sich die Schafe zusammen, als hätten sie Angst davor, ebenfalls beritten zu werden.

Ich genoss den Anblick und dachte automatisch an meine eigenen Reitversuche vor langer Zeit. Wieviel Freude und Glück sie mir auf dem Rücken von Fritzi und in Begleitung von Gisela auf Domina beschert hatten. Wie wir sommers über Wiesen und durch Gehölze preschten, Sandgruben im Schwung nahmen und die Nacht im Heu bei den Pferden verbrachten. Wunderbare und unbeschwerte Zeiten, die sich unvergesslich in mich eingebrannt hatten.

Fröhlich winkte Melba jemand Heraneilendem zu und vergaß dabei fast, dass sie sich an der Mähne festhalten sollte. Ich drehte mich um und sah Ernest Truman Stormyweather jun. Er schwenkte ein Stück Papier in der Hand, als wollte er uns etwas Wichtiges mitteilen. Robyn nahm die Longe kurz, damit die Reiterin sich sicher von Albena abgleiten lassen konnte; die Stute blieb nach wie vor ruhig und geduldig. Wir drei plus Pferd standen in einer Reihe und warteten darauf, was Ernest uns mitzuteilen hätte. Außer Atem, mit gerötetem Gesicht, doch blitzenden Augen hinter seinen Brillengläsern keuchte er uns entgegen: „Der Physikwettbewerb unserer Schule, ich - ich habe ihn gewonnen!"

Atemlos ließ er sich zu Boden fallen, schien glücklich und gleichzeitig verzweifelt. Ratlos schauten wir uns an und verstanden - nichts. Ich fasste mich und hakte nach: „Du hast den Physikwettbewerb deiner Schule gewonnen? Das ist ja hervorragend, herzlichen Glückwunsch!"

Die Mädels klatschten Beifall unter Bravorufen, derweil Ernest nicht wusste, wie er sich verhalten sollte - Yoko, sein Kaninchen, war nicht griffbereit.

„Ja, danke, vielen Dank, es freut mich sehr – nur ..."
Er richtete sich auf während er dies sagte und blickte mich hilfesuchend an. „Es ist so, ich wollte doch so gerne den zweiten Preis gewinnen – nämlich eine kleine Wetterstation."

„Du hast doch den besseren, den ersten Platz belegt, was gibt's denn da als Belohnung?", fragte ich, immer noch verständnislos.

„Einen Tanzkurs für mich und eine Partnerin!", presste er kaum hörbar hervor und sah bestürzt an uns vorbei auf die ruhige See.

Und das als Preis für Ernest. Sieg und Niederlage in einem. Nun verstand ich seine Hilflosigkeit.

Die beiden Mädchen guckten erst sich an, dann zu Ernest gewandt.

„Wow, Ernest, ich finde das megacool", sagte Melba und Robyn ergänzte: „Ernest, du bist unschlagbar."

Das fand der Junge wohl überhaupt nicht, er rappelte sich auf, schüttelte betrübt den Kopf und trottete ungetröstet zurück an seine Arbeit. Die Mädchen schauten sich an und schüttelten ihrerseits die Köpfe, als wollten sie sagen: Ernest, wir verstehen dich nicht.

Robyn verabschiedete sich, um Albena zu versorgen. Ich hatte mich auf die Bank gesetzt und Melba nahm neben mir in der warmen Nachmittagssonne Platz. Ohne große Worte genossen wir das goldene Licht des Nachmittags, sahen auf die windstille Bucht, wo grünblaue Wellen mit weißen Schaumhäubchen am Sandstrand aufliefen. Ein ganz leises, stetiges Schschsch, Schschsch war dabei zu vernehmen.

„Melba, du gibst eine gute Figur ab auf dem Pferderücken. Reitest du oft und schon lange?"

„Früher hatte ich Reitstunden und war stundenlang im Stall. Heute nur noch ab und zu. Es fehlt mir ganz einfach die Zeit dazu. So viel anderes interessiert und freut mich; da bleibt das Reiten leider auf der Strecke."

„Da haben wir etwas gemeinsam, Melba. Bei mir verlief es ähnlich. Leider, sage ich heute. Oft ist es doch so, dass man von verlockenden Möglichkeiten und Ereignissen abgelenkt oder verführt wird. Das Eigentliche tritt dabei in den Hintergrund."

„Ja, Philo, du sagst es. Diese irre Angebotsvielfalt ist es. Sie macht es so schwer, mich für das Richtige zu entscheiden."

Ich verstand sie, sehr gut sogar. Ein Thema ohne Ende.

„Und wie ist es für dich hier, an der Lighthouse Bay, gefällt es dir?"

„Oh, ja, sehr, ich fühle mich pudelwohl. Diese Insel, die Natur und die Leute, wirklich cool, ganz anders als bei uns zu Hause." Dabei sah sie mich mit geneigtem Kopf an und nickte dazu. „Besonders Ernest mit seiner, na ja - weltfremden Art finde ich total interessant. So jemanden wie ihn gibt es in meinem gesamten Freundeskreis nicht. Er ist, wie soll ich sagen - ein sehr ungewöhnlicher Typ. Das finde ich faszinierend."

„Ja, das kann ich gut nachvollziehen, Melba. Er ist so anders, enorm gescheit und auf eine spezielle Art liebenswert."

„Stimmt haargenau! Total süß finde ich ihn, wenn er sein Kaninchen knuddelt und mit ihm spricht. Er ist außerdem nicht so abschätzend und berechnend wie manche andere. Das mag ich an ihm besonders gern."

Ich ließ ihre Worte auf mich wirken und konnte sie gut verstehen. Auf so jemanden wäre ich damals, in meiner

Jugend, wo alles so zweifelhaft schien, auch geflogen. Doch diese Spezies war und ist wirklich rar.

Melba sah auf die Uhr und erschrak: „Oh, es ist schon so spät, ich muss zurück, meine Eltern warten bereits auf mich."

„Wir sehen uns", rief ich ihr nach und kehrte über die Wiese ins Haus zurück.

Dort traf ich auf Moreno und schilderte ihm unverzüglich das Erfahrene. Bedächtig wiegte er seinen gewaltigen Oberkörper auf der Couch sitzend vor und zurück, hin und her. Das Sofa knarrte leise im Takt. Er schien in Überlegungen vertieft zu sein. Dann sah er auf, blickte mich an und sagte: „Wir müssen die Zeit nutzen – die Zeit bis zum Ferienende, solange die Castledines noch hier sind."

Auf einen Schlag war mir klar, was wir insgeheim unter uns bemerkt hatten, dabei dachten und fühlten. Es war auf jeden Fall wie aus einem Guss. Und – es passte haargenau zur nachtblauen Spur.

Das Abendessen zu dritt, Moreno, Ernest und ich, verlief zunächst so wie oft: Ernest deckte den Tisch in der Wohnküche, Moreno rührte noch den geschnittenen Basilikum mit kleingehacktem Knoblauch, geriebenem Schafskäse und Olivenöl zusammen. Dieses rustikal duftende Pesto verteilten wir auf den Taglierini in einer vorgewärmten Schüssel und hoben es dann mit zwei Löffeln unter, bis es gleichmäßig verteilt war. Nun konnte sich jeder nach Gusto bedienen. Dazu reichte Moreno eine ovale Platte, dicht belegt mit ofengerösteten Tomaten. Die mochte ich ganz besonders gerne wegen ihres intensiven Aromas und griff herzhaft zu. Auch Ernest, er hatte sich wieder gefangen, bediente sich reichlich. Moreno freute sich offensichtlich über unseren Appetit und nahm sich den Rest der Tomaten. Nachdem wir die Teller geleert und abgeräumt hatten, erzählten wir uns, wie der Tag jeweils verlaufen war. Moreno hatte sich über eine neue, doch instabile Software geärgert. Sie stahl ihm viel Zeit und dadurch verzögerte sich seine eigentliche Arbeit erheblich. Ich erzählte von meiner Unkonzentriertheit, weil ich mich durch Gedanken über den gestrigen Abends hatte ablenken lassen und deswegen mehr Zeit als üblich für meine Runde benötigt hatte. Ernest ergriff die Gelegenheit und zeigte Moreno den Brief der Schulleitung. Ein Leuchten gefolgt von einem breiten Grinsen ging über Morenos Gesicht. Dann schlug er Ernest mit seiner weichen Hand beifällig auf die Schulter und sagte zufrieden: „Das hast du sehr, sehr gut gemacht! Und einen Tanzkurs als ersten Preis finde ich ganz wunderbar. Das Leben besteht nicht nur aus Arbeit, Pflicht und Lernen, sondern ebenso aus Spiel, Musik und Tanz. Darum beneide ich dich fast ein wenig. So ein Tanzkurs hätte mir auch ganz gut getan."

Er stand auf, stellte das Radio an, wählte einen Musiksender und forderte uns höflich zum Tanz auf. Lachend stürmte ich auf die Tanzfläche vor dem Küchenherd und bewegte mich rhythmisch auf Moreno zu. Dieser wiegte sich sanft im Takt der Musik, scheu und irritiert beobachtet von Ernest.

„Na komm schon, du Winner, sei kein Spielverderber. Das kannst du auch!"

Ja, Ernest konnte. Zuerst etwas steif, gehemmt und unbeholfen, dann aber lockerer werdend und schließlich sogar etwas ungestüm: „Yeah!"

Wir hatten wirklich reichlich Spaß dabei. Die ersten Tanzschritte in die richtige Richtung waren getan.

8. Epiphania in Tasmania

Moreno kam sichtlich erschöpft aus seinem Arbeitszimmer.

„Diese verflixte neue Software ..." Mit diesen Worten ließ er sich in einen Sessel fallen. Er strich sich mit der Hand über die hohe Stirn und sein ebenholzfarbenes Haar, das in leichten Wellen halblang nach hinten fiel. Er fixierte es meistens mit einem schmalen Haarband, denn er konnte es nicht leiden, die Haare wie einen Vorhang vor den Augen zu haben. Sein wacher Blick sollte ungehindert schweifen können und er stets jedes noch so leichtes Lüftchen auf seinem Gesicht spüren können. Durch diese Eigenheit ahnte ich, dass Wetter und Klima nicht nur eine Verstandes- und Herzensangelegenheit für ihn waren, sondern auch eine körperliche. Sonne, Wind, Wasser und Sand auf seiner Haut ließen ihn nach konzentrierten Bürostunden sichtlich aufleben und seine innige Verbundenheit mit den Elementen deutlich erkennbar werden. Ein Naturmensch eben – durch und durch.

Verwundert sah er dann zu mir herüber, weil es auf einen Schlag unangenehm laut wurde. Ich war dabei, ein gelbes Smoothie zu pürieren. Der Blender lärmte extrem, zerkleinerte dafür sehr effektiv.

„Was zauberst du denn da?", fragte Moreno, allmählich wieder zu sich kommend.

„Ich werde dich wieder vom Kopf auf die Füße stellen! Meine charmante Antwort auf verflixte Software lautet ganz einfach: Karotten-Apfel-Ingwer-Smoothie mit Minzeblättchen. Was sagst du dazu?"

„Ich fasse es kaum! Eine Feministin betört mich mit einem coolen Drink! Da kehren augenblicklich meine Lebensgeister zurück." Freudestrahlend nahm er sein Glas entgegen und sog genüsslich an seinem Strohhalm.

Ich setzte mich mit meinem Getränk – ich hatte es mit etwas Sprudelwasser gestreckt – zu ihm. „Stimmt, es wirkt sehr belebend. Ich glaube, das macht der Ingwer aus."

„Ich habe da eine Idee, die ich mit dir besprechen möchte", hob Moreno an. „Es geht um die Teenies um uns herum. Speziell um Ernest und Melba. Wir sollten dafür sorgen, dass sie sich locker im Kreis der anderen begegnen und beschnuppern können. Mehr können wir von unserer Seite aus nicht in die Wege leiten. Ob das mit dem Tanzkurs und den beiden etwas wird – das ist eine ganz andere Sache."

Moreno und ich hatten ziemlich ähnliche Gedanken und Vermutungen. Ich war mir sicher, wir lagen damit nicht völlig daneben. Die nachtblaue Spur sprach Bände und auch Melbas geäußerter Gefallen an Ernests Art.

„Jetzt erzähl mal von deiner Idee, Moreno."

„Demnächst ist Epiphania, der Tag, an dem auch der Devonport-Cup – das ist das bedeutendste Pferderennen des Jahres – ausgetragen wird. Also so etwas wie ein lokaler Festtag. Das ist zwar nicht ein Tag, der für die urlaubenden Westaustralier wichtig ist, aber wir sind nun einmal in Tasmanien. Dieser Tag ist unser. Wir werden für uns, Jims Familie und die Castledines eine Strandparty arrangieren. Die Wetteraussichten dafür sind bestens und ich habe richtig Lust dazu, das zu organisieren und auch zu feiern. Was sagst du nun?"

„Wow, klingt gut."

Bei so viel Vehemenz und Begeisterung in seinem Vortrag war ich erst einmal platt. Doch je länger ich darüber nachdachte, desto bestimmter konnte ich dazu mit Freude ja sagen: „Oh ja, das machen wir, das wird toll! Wie lassen wir es angehen, was meinst du?"

Moreno erläuterte mir gestenreich seine Vorstellungen und ich gab meine Meinung dazu.

„Also, du und Jim als Organisationsteam – das finde ich schon mal ganz prima. Wenn Claire und ich uns auch noch mit dranhängen dürften, wäre das perfekt."

„Na klar doch, sehr erwünscht. Ihr mit euren quirligen Ideen, wunderbar. Epiphania in Tasmania", reimte Moreno und lachte befreit laut auf. Daran merkte ich genau, wie sehr ihm die Lösung von Ernests Tanzkurs-Bredouille am Herzen lag. Irgendwie waren die beiden vielleicht von ihrer Entwicklung her so etwas wie ‚Brüder im Geiste'. Zumindest konnte ich mir die naheliegende, doch unausgesprochene Konstellation gut vorstellen. Mir schien sie jedenfalls höchst sympathisch.

Am selben Abend noch telefonierte Moreno mit Jim über seine Vorstellungen. Dieser zeigte sich begeistert von der Idee, war es doch auch für ihn so etwas wie eine kleine Marketingmaßnahme, die die Attraktivität des Ferienhauses für seine Gäste noch erhöhen konnte. Moreno teilte ihm mit, wie und was er haben wollte. Jim sollte alles mit seinem Pick-up an den ausgewählten Platz bringen.

Der 6. Januar war in diesem Jahr ein Donnerstag, somit hatten wir noch drei Tage Zeit, um eigene Vorbereitungen zu treffen. Bei dem Gedanken daran wurde es mir schon viel leichter ums Herz, denn auch mir hatte Ernests Abwehrreaktion auf den Tanzkurs schwer auf der Seele gelastet. Ich mochte den Jungen sehr gut leiden und wünschte ihm mehr Unbeschwertheit.

Was soll ich Ihnen sagen oder erzählen? Die nächsten Tage bis zu unserem Fest verrannen wie im Flug und mit viel Aktivitäten von allen Seiten. Die Jugendlichen waren deswegen total aus dem Häuschen und wir? – Wir versuchten unsere Arbeitstage so gut wie möglich zu absolvieren und nebenbei ein paar Zusatzideen für die Party zu entwickeln. Claire, Moreno und ich gingen mit viel Herzblut an die Sache heran. Das tat jedem einzelnen und uns zusammen gut. Unsere Überzeugung stärkte Körper, Geist und Seele. Unser erklärter Festtag stand kurz bevor.

Bis Mittag erledigten wir, wie vorgesehen, unsere offiziellen Aufgaben. Zum Glück lief an diesem Tag alles reibungslos, sodass wir Jim signalisieren konnten: „Alles okay, du kannst anliefern, wir kommen mit dem Rest."

So wie Moreno es vorausgesagt hatte – es geht halt doch nichts über einen persönlichen Wetterfrosch – war es für unser Vorhaben das perfekte Wetter. Die Sonne schien, leichte Wölkchen minderten die intensive Sonneneinstrahlung und eine feine Brise strich von Westen her über die Bucht. Den Festplatz errichteten wir direkt an der Einmündung des Hohlweges an den Sandstrand. So lag alles praktisch und dicht beieinander. Zudem war der Strand an dieser Stelle breit und großzügig bemessen, sodass er genügend Platz bot für Beach-Volleyball und andere traditionelle Aktivitäten wie Eierlaufen und Sackhüpfen. Claire und ich fanden das total aufregend. Moreno schien sehr gelassen und für Jim war es ‚business as usual'. Mit Claires geländegängigem Fahrzeug fuhren wir, bepackt mit allem, von dem wir glaubten, dass es notwendig sei, zu unserem Platz. Vorher hatten wir noch die Station sorgfältig verschlossen – denn, in der Ferienzeit weiß man ja nie so genau, wer oder was sich da so herumtreibt.

Jim hatte ganze Arbeit geleistet. Hier stand ein schlankes, hohes Holzfass, daneben ein langer Biertisch, davor eine Bank. Runde Flechtkörbe, gefüllt mit prächtigen Tomaten, Zwiebeln, Gurken, Paprikaschoten und anderen Gemüsesorten, zogen automatisch die Blicke auf sich und ließen uns das Wasser im Munde zusammenlaufen.

Jim hatte bereits die Holzkohle entzündet, um nach angemessener Zeit eine perfekte Glut für das Grillgut zu haben. Er konnte es nicht leiden, angekohlte Würstchen zu produzieren. Im Schatten zweier Sonnenschirme stand der ‚Esky‘[4], eine Styroporkiste, gefüllt mit Eiswürfeln, Lammkoteletts, Hähnchenteilen und Würstchen; sozusagen das Herzstück der Grillade. Claire und ich hatten noch verschiedene Früchte in einer Kühltasche dabei, ebenso Salatmarinade, Ketchup, Mangochutney und insbesondere für Jim: eine Schüssel voll durchgezogenem Tzatziki mit viel Knoblauch. Das liebte er über alles. Ein fluffiges Sauerteigfladenbrot mit knuspriger Kruste ergänzte mein Gepäck.

Das Holzfass mit einer runden Tischplatte darauf stellte die Bar dar. Ein Ausschank für Apfelsaft, Sprudelwasser und allerhöchstens Coke. Bei diesem Wetter waren diese Getränke sehr angenhm für uns und für die Jugendlichen sowieso. Sie wollten sich bewegen, sich in sportlichen Spielen beweisen und nicht zu vergessen – tanzen. Sie hatten sich selbst um ihre Musikwünsche gekümmert. Mit ihren dick bereiften Mountainbikes erschienen sie lachend und johlend auf der Bildfläche. Auch Ernest war mit von der Partie, er wurde von den anderen mitgerissen. Wir hatten für ihn ein Bike ausgeliehen, sodass er mit seinen Freunden hierher radeln konnte. Große Ausgelassenheit und Freude bestimmten unsere Party. Die Castledines integrierten sich bestens und wir hatten viel Spaß miteinander.

Brot und Spiele beherrschten den Nachmittag. Während einer Verschnaufpause setzte ich mich zu Melba unter einen Sonnenschirm. Sie wirkte völlig aufgekratzt und freute sich über die Party.

„Megacool, dieser Strand, richtig wild. Und erst recht die Musik dazu. Das gefällt mir", sagte sie und blinzelte mir zu.

„Oh ja, das merkt man dir an und auch den anderen. Ein Riesenspaß. Beim Tanzen wart ihr richtig ausgelassen, geradezu übermütig. Toll, euch zuzusehen. Komm, trinken wir einen Schluck."

Wir stießen mit unserem Fruchtcocktail auf das schöne Fest an und nickten uns lächelnd zu.

„Man sieht es, Melba, du tanzt gerne. Wie wäre es denn für dich, Ernests Tanzpartnerin in Fremantle zu sein? Würdest du das wollen?", fragte ich sie rundheraus. Sie sah mich mit großen Augen an.

„Du meinst, der erste Preis und so ...?" Dabei stotterte sie fast.

„Ja, genau den. Ich finde, du wärst für Ernest die ideale Tanzpartnerin. Lass dir das mal durch den Kopf gehen."

Sie wirkte verlegen nach meinem Vorschlag.

„Wir haben Zeit, Melba, du musst nichts übers Knie brechen. Denk in Ruhe darüber nach."

Für den frühen Abend hatten Moreno und Claire sich noch etwas Besonderes ausgedacht: Am hinteren Ende der Bucht ragten ein paar Felsklippen in die See und in die Höhe. In ihren vertikalen Falten befand sich ein Spalt, der sich zu einer hochaufragenden Höhle öffnete. Nur Eingeweihte kannten sie. Bei passendem Wasserstand, Ebbe vor auflaufender Flut, könne man direkt hineinschwimmen und sich von Myriaden von Glühwürmchen bezaubern lassen. Von dieser Idee waren wir hellauf begeistert. Bis auf Jim, Ella und die Castledines. Sie zogen es vor, am Strand zu bleiben, sich um die nachgelegte Holzkohlenglut zu setzen und zu erzählen.

Acht entdeckungsfreudige Schwimmer wagten sich entschlossen in die kühlen Fluten. Es dämmerte und der eine oder andere Stern blinkte bereits am Himmel. Die See war ruhig, unheimlich tiefschwarz und, wie immer hier im Süden, recht frisch. Moreno schwamm wie eine Entenmutter voraus, die Jugendlichen mit mir in der Mitte und Claire bildete die Nachhut. Für mich war es ungewöhnlich und fast abenteuerlich, zu dieser Abendzeit im Ozean zu schwimmen, doch meine Neugier auf das zu Erwartende bestimmte mein rasches Vorwärtskommen. Den anderen ging es wohl ähnlich, denn in relativ kurzer Zeit erreichten wir den schmalen Einlass zur Höhle. Moreno mit seiner Körperfülle hatte fast Schwierigkeiten, sich hindurch zu quetschen, schaffte es dank glitschigen Algenbewuchses aber doch und wir folgten ihm. Es erwartete uns ein nachtschwarzer, dem Widerhall nach sehr hoher Raum. Wellenausläufer glucksten an den Wänden. Die Akustik war beeindruckend. Es roch aromatisch nach salzigem Gestein, Algen und Moos. Kein Windhauch regte sich hier in der Höhle. Wir konnten stehen, das Wasser reichte uns bis zu den Knien. Doch wo waren die Glühwürmchen?

„Wartet ab, bis sich eure Augen an die Schwärze gewöhnt haben – dann könnt ihr sie sehen", riet Claire.

Und tatsächlich – nach kurzer Zeit blinkten sie auf, zuerst einzelne, dann immer mehr und im Nu war der nachtschwarze Raum über und über mit diesen erstaunlichen Lebewesen bevölkert. Wie Brillanten funkelte es von den Wänden bis unter die Decke. Ihr Licht glühte silberblau und ich fühlte mich wie im Sternenmärchen. Ein Urerlebnis und Eindruck, der sich bestimmt nicht wiederholen ließ. Das brannte sich mir ins Gedächtnis ein. Es waren bestimmt Ergriffenheit und Entzücken, die uns staunen oder schweigsam werden ließ. Moreno löste sich als Erster aus der Verzauberung. Neugierig an den Wänden entlangtastend und uns seine Aktion dabei erklärend, stieg er bis zur höchstgelegenen Stelle und versuchte, mit seinen Händen die Umgebung zu erkunden. Für uns war er kaum zu sehen, es war dunkel, allein seine Körperform deckte die ‚Glowworms' ab, und somit hob sich sein Umriss deutlich von den Wänden ab. Seine ruhige Stimme war laut hallend zu hören und wir konnten ihn sicher verorten. Die Glühwürmchen zeigten sich in blinkenden Licht - an, aus, an. Jedes leuchtete nur für sich, war nicht imstande, etwas anderes zu erhellen.

Wir hörten Moreno wie er laut ausrief: „Was ist denn das? Hier ganz weit oben ist ein Felsvorsprung, ein kleines Plateau. Gerade, dass ich mit den Fingern noch hinreiche. Ich kann etwas fühlen, erreiche es aber nicht richtig."

Ernest meldete sich schüchtern: „Ich komme zu dir und du hebst mich hoch. Geht das, was meinst du?"

Moreno überlegte nicht lange und bat Ernest zu sich. Mit leisen Worten wies er ihm den Weg. Ernest folgte vorsichtig der Stimme und bewältigte die glibberige, kurze Strecke, ohne auszurutschen.

„Alles okay?", fragte Moreno. „Ich hebe dich jetzt in die Höhe und du versuchst, etwas zu ertasten. Geht das?"

„Ja, ich kann mich mit der Linken an den Rand eines Vorsprungs klammern. Mit der Rechten fühle ich eine Fläche und da ist etwas ..."

Wir standen derweil zitternd und zähneklappernd im Pulk zusammengerückt, die Knie vom Meerwasser umspielt. Es waren die Spannung und die aufkommende Kälte, die diese Körperreaktionen bei uns auslösten.

Ein Erlösungsschrei: „Ich hab's, ich hab' ihn - Moreno, bitte lass mich wieder herunter."

Ein Platschen zeigte uns an, dass Ernest wieder im Wasser stand.

„Ernest hat einen Röhrenknochen entdeckt und geborgen. Wessen Überreste es auch sein mögen - dieses Etwas oder Jemand hatte hier offenbar Schutz gesucht und ihn dann doch nicht gefunden. Wir werden uns bemühen, zu rekonstruieren, was geschehen ist. Ernest, bitte nimm das Teil, binde es mit den Haaren oben auf meinem Kopf fest und fixiere die Installation mit meinem Haarband. So bringen wir es trocken an Land."

Gesagt getan. Innerlich aufgewühlt durchpflügten wir die ruhige See. Das silbrig flimmernde Band des Mondlichts auf der Wasseroberfläche zeigte uns den Weg zum Strand, wo wir von den Elternpaaren und noch warmer Holzkohlenglut erwartet wurden. Es musste ein kurioser Anblick gewesen sein, als Moreno, einer Karikatur gleich, mit einem langen Röhrenknochen in sein Haar eingebunden aus dem Wasser watete, wir im Schlepptau, und er volltönend dabei lachte.

9. Massaker

Die Epiphaniafeier am Strand mit all den Vorbereitungen, dem Partygeschehen selbst und den aufregenden Ereignisse währenddessen machten nicht nur mich allein fix und alle, sondern auch die anderen Aktiven – mit Ausnahme der Teenies natürlich. Für sie war alles Party und zusammen Abhängen. Es war wunderbar gewesen – alles in allem – und eine goldrichtige Entscheidung dazu. Doch ehrlich gesagt, sehnte ich mich nur noch nach meinem Bett und endloser Ruhe.

Nach meiner morgendlichen, gewissenhaften Runde mit allerlei liebenswerten Tierbeobachtungen und auflebenden Winden, die dem Geruch nach Regen brachten, fühlte ich mich auf beruhigtem Alltagsniveau und konnte wieder klar denken. Der Trubel der letzten Tage hatte mich völlig aufgekratzt und hippelig werden lassen; doch diese Phase war vorbei. Heute, gegen Mittag, schüttete es wie aus Eimern und ich war froh darüber, bald mit meiner Arbeit fertig zu sein. Es fühlte sich äußerst unangenehm an, wenn mir die aufkommenden Winde den Regen ins Gesicht peitschten und meine Hände, die Checklisten und Stift halten mussten, kalt und steif wurden.
  Moreno hatte bereits mit dem Tasmanischen Museum in Hobart wegen der Entdeckung korrespondiert. Sie wollten in kürzester Zeit einen Konservator vorbeischicken, um die Fundsache zunächst oberflächlich zu begutachten und sie eventuell zu bergen.

Mit dem Fund aus der Höhle wurden wir reich beschenkt. Vor allem mit abenteuerlichen Vermutungen und wilden Spekulationen. Wir glaubten oder wünschten vielmehr, einen Teil des Beutelwolfes, besser bekannt als ‚Tasmanischer Tiger', gefunden zu haben. Dieser gilt seit knapp einhundert Jahren als ausgestorben. Die Forscher suchen seit Langem nach einer gut erhaltenen DNA. Hatten wir sie möglicherweise in der Höhle gefunden? Die Spezialisten würden es feststellen.

Moreno und Ernest arbeiteten zwar intensiv zusammen und verstanden sich dabei prächtig, doch Moreno kam zunächst nicht auf die Idee, Ernest nach seinen privaten ‚Entwicklungen' zu fragen. Mich plagte die Neugier darauf schon, vor allem im Hinblick auf die Abreise der Castledines in der kommenden Woche. Sollten unsere Bemühungen und Absichten gefruchtet haben oder war es einfach nur nett gewesen? Ein zukunftsträchtiges Ergebnis im Hinblick auf den Tanzkurs hätte ich mir schon sehr gewünscht, zumal ich einen Vorstoß Melba gegenüber gewagt hatte. Claire und ich waren uns völlig einig. Und Moreno? Ich stupste ihn beiläufig deswegen an und bat ihn, ‚die harte Nuss Ernest' sanft zu knacken.

Tags darauf am Abend saßen wir nach dem Essen zusammen und erzählten uns von den Tagesereignissen. Dabei kam noch einmal das Geschehen des Epiphaniafestes zur Sprache. Moreno hatte Ernest ermuntert, von der Begegnung und dem Gespräch mit Melba über den Tanzkurs kurz zu erzählen. Es war Ernest mittlerweile auch klar geworden, dass wir uns um ihn und sein Wohlergehen sorgten und ein großes Interesse daran hatten, dass er seinen ersten Preis stilgerecht würde entgegennehmen können. Mit roten Ohren, aber selbstbewusst und aufrecht sitzend, berichtete er uns von seiner Abmachung mit Melba, dass sie sich, wieder zurück in Perth und Fremantle, treffen wollten, um Details und Weiteres auszumachen. Die räumliche Nähe dort würde ihnen auf jeden Fall zuspielen und die Organisation erleichtern. Somit war bereits jetzt fast sicher, dass Ernest mit Melba eine Tanzpartnerin haben würde. Puh – das war es, was wir hören wollten. Das kurze Gespräch darüber führte dazu, dass der tapfere Gewinner kräftig ausatmete und sich ermattet, doch auch erleichtert an seinen ‚Fels' Moreno lehnte. Für den Jungen waren diese neuen und heftigen Verwirrungen einfach ein bisschen viel gewesen.

Am Montag war der Tag der Abreise. Die Castledines fuhren mit bepacktem Wagen bei uns vor, um sich zu bedanken und zu verabschieden. Es war eine sympathische Ferienbekanntschaft gewesen und im Hinblick auf Ernest auch eine sehr wichtige. Offenbar fiel Melba das Good Bye nicht ganz leicht. Sie sah entzückend aus wie eh und je, wirkte aber etwas bedrückt, gar traurig, als sei von ihrer Seite aus noch nicht alles klar. Oder war es etwa Abschiedsschmerz? Ich hoffte Letzteres. Mit guten Wünschen und herzlichem Winken gingen wir schließlich auseinander. Eine verwehende Staubwolke markierte ihre Fahrtroute bis in die Ferne. Es kehrte wieder Ruhe ein.

Meine Gedanken über Claires brave Pflanzenwahl in ihrem Gärtlein waren im Nachhinein der Auslöser. Der Auslöser dafür, dass ich mir allmählich über mich und meinen jetzigen Zustand Gedanken machte. Hatten mich vor meiner Abreise von zu Hause noch die Kräuter mitsamt ihren Wirkungen, pflanzlichen Besonderheiten und dergleichen interessiert und elektrisiert und mich gar zu einem fast gewagten Versuch hingerissen, fühlte ich bisher in der neuen Umgebung keinen Drang, mein diesbezügliches Wissen aufzufrischen oder mir mehr als das übliche Maß darüber anzueignen, geschweige denn - anzuwenden. Es gab so viel Neues, Anderes für mich aufzunehmen. Davon war ich voll in Anspruch genommen und abgelenkt. Doch nun, auf einen Schlag, hatte ich das Gefühl, mich selbst verlassen zu haben.

Waren es nur innerliche oder auch äußerliche Gründe, die mich zu diesen Überlegungen anstießen? Dazu fiel mir nichts ein. Ich wusste nur, dies dürfte kein Dauerzustand sein. Mein reichhaltiges Grundlagenwissen sollte ich auf jeden Fall weiterentwickeln und so die familiäre Frauentradition in Sachen Kräuter aufrechterhalten. Diese Gedanken nahm ich mit ins Bett und erwachte mit neuem Tatendrang.

Mein Blick auf die Pflanzenwelt am nächsten Morgen war nun, bedingt durch meine Überlegungen des Vortages, ein ganz anderer geworden. Jetzt nahm ich nicht nur die ausgesuchten pflanzlichen Entwicklungen im Jahreskreislauf aufmerksam zur Kenntnis, sondern das gesamte Habitat an sich mit seinem Bewuchs und dessen jeweiligen Besonderheiten oder spezifischen Merkmalen. Im Internet konnte ich mir anschließend alle gewünschten Informationen über das Entdeckte herholen und mir meine Gedanken und Notizen dazu machen. Eine sehr erfüllende Tätigkeit. Das alles hatte ich leider im Zuge der Veränderungen völlig hinter mir gelassen. Jetzt zupfte mich die Erinnerung daran wieder ganz sachte am Ärmel und gemahnte mich dranzubleiben. Nichts lieber als das.

Moreno und Ernest hatten beschlossen, ein kleines Kaninchengehege im Freien für Yoko zu bauen. Jim lieferte ihnen dazu das Baumaterial. Eine Rolle Hasendraht, mehrere Holzpfosten, ein Vogelnetz, Schrauben, Drahtspanner, Häringe und Krampen nebst diversen Werkzeugen wurden von ihm abgeladen. Er bot auch seine Hilfe beim Bau an. Doch die beiden Auftraggeber wollten es mit der Konstruktion zunächst selbst versuchen. Falls es nicht klappte, konnte Jim immer noch den Retter in der Not abgeben. Yoko sollte jedenfalls auf Ernests sehnlichsten Wunsch ein wunderbares Freigehege zum Umherspringen bekommen.

Nach dem gemeinsamen Austauschen der Tagesneuigkeiten am Abend hörten wir noch Nachrichten und Kommentare im Radio. Hobart's ABC Broadcasting brachte eine Reflektion über die Ereignisse des 28. April 1996. Der Amoklauf in Port Arthur eines achtundzwanzigjährigen Australiers, der an diesem Tag fünfunddreißig Menschen tötete und neunzehn schwer verletzte. Ein entsetzter Aufschrei und eine zunächst lähmende Fassungslosigkeit angesichts dieses Ereignisses beherrschte damals nicht nur Tasmaniens Bevölkerung, sondern alle Australier. Mit einem Halbautomatischen Gewehr und anderen Feuerwaffen hatte der geistig unterentwickelte Täter nacheinander an verschiedenen Orten, äußerlich gefühlsmäßig völlig unbeteiligt, alle die ihm begegnenden Menschen wahllos und grundlos erschossen. Darunter auch Kinder.

Sofort gab es laute Stimmen zu einer drastischen Verschärfung des Waffengesetzes. Gegner dieser Forderung hielten mit. Innerhalb kürzester Zeit - genauer gesagt, innerhalb einer Woche - war die Verschärfung des Waffengesetzes bei einer konservativen Regierung durchgewunken;

diese gilt noch heute. In ganz Australien fand eine zivile Abrüstung statt. Über siebenhunderttausend automatische, halbautomatische Waffen und Schrotflinten wurden verschrottet und von der Regierung entsprechend finanziell vergütet, was die Aktion noch zusätzlich populär machte und beförderte. Dass dies so unverzüglich und gründlich möglich war, lag daran, dass Australien keine eigene Waffenproduktion gehabt hatte und damit auch keine Lobbyisten. Zwischenzeitlich gab es etliche Diskussionen darüber, ob das Verbot und das damit zusammenhängende neu konstruierte Jagdwaffengesetz von damals nun noch zeitgemäß seien. Doch die wiederholten Amokläufe, vor allem in den USA, sorgten dafür, dass sich an dieser gesetzlichen Lage in Australien bis heute nichts geändert hatte. Der Täter, Martin Bryant, überlebte und wurde zu fünfunddreißigmal lebenslänglicher Haftstrafe im Risdon-Gefängnis von Hobart interniert. Trotz mehrerer Suizidversuche sitzt er noch ein und wird nie wieder die Gefängnismauern verlassen können. Dazu sollte man wissen, dass Port Arthur, der Hauptort der ehemaligen Gefängnishalbinsel war. Die Befragungen der Menschen aus dem nächsten Umkreis des Täters gaben nicht den geringsten Hinweis auf ein brauchbares Motiv. Vor Gericht lachte er, als man ihm Fotos seiner ‚Hinrichtungen' vorlegte. Insgesamt blieb davon nur die Erinnerung an ein entsetzliches Massaker, das sich hoffentlich niemals wiederholen sollte.

An mir war das damals, als ich noch nicht Teil dieser Welt der Südhalbkugel war, unbemerkt vorbeigegangen. Doch jetzt, im Nachhinein und davon in unmittelbarer Nähe davon betroffen, machte ich mir natürlich schon meine Gedanken darüber. Und nicht nur ich. Moreno, Ernest und Claire waren damals entweder noch nicht geboren oder aber noch im Kindesalter gewesen. Sie hatten davon selbstverständlich nichts mitbekommen. Zum Glück für sie, sonst wäre ihr zukünftiger Blick auf die Welt dadurch schon ein anderer, mehr negativer geworden. Unsere Gedanken zu diesem damaligen furchtbaren Ereignis waren sehr bewegt und anhaltend. Wenn Ernest die Bösartigkeit der Menschen in unserer Welt noch nicht so ganz verstehen konnte, so wussten wir, Claire, Moreno und ich, bestens Bescheid darüber. Zu viel hatte sich davon in unseren Entwicklungsjahren ereignet und unser Wissen darum geprägt.

Aufgrund dieser Nachrichten fragten wir uns außerdem, wo denn das Risdon-Gefängnis in Hobart sei, wer und wie viele Gefangene darin einsitzen würden. Bisher hatten wir uns über solche Themen keine Gedanken gemacht. Aufgrund des Radioberichtes wurden wir darauf aufmerksam und unsere Sinne dafür geschärft. Die Berichterstattung im Radio veranlasste mich, mir eingehend Gedanken über meinen neuen Aufenthaltsort zu machen, im Internet zu recherchieren und eine kurze Zusammenfassung zu notieren:

Eine kurze Geschichte von Tasmaniens Ostküste

Tasmanien wurde nach seiner Entdeckung in der Mitte des 17. Jahrhunderts durch Abel Tasman zunächst von Soldaten und Sträflingen besiedelt. Bis festgestellt worden war, darüber sollten nochmals mehr als hundert Jahre vergehen, dass dieses Land nicht mit dem Kontinent Australien verbunden, sondern eine eigenständige Insel war. Eine stürmische Meeresstraße isolierte ‚Van Diemens Land', so wurde die Insel damals noch genannt. Aus damaliger Sicht konnte man Menschen übelster Gesinnung hier abladen, ohne dass sie zur Gefahr für andere zu werden drohten. Zudem gab es eine strategisch günstig gelegene Halbinsel, auf der die schlimmsten Verbrecher und widrigsten Menschen gefangen gehalten werden konnten. An dieser Stelle befand sich die schmale Hafeneinfahrt zu dem neu errichteten Ort Port Arthur.

Alles ‚Menschenmaterial' aus dem Vereinigten Königreich konnte hier angelandet werden. Von den Sträflingen in Zwangsarbeit geschaffene Wirtschaftsgüter wie Erze, Holz, Mineralien usw. von den Schiffen gleichzeitig wieder ausgeführt werden. Die einzige Verbindungsstelle von der Halbinsel zum Festland war ein dreißg Meter schmaler und vierhundert Meter kurzer Isthmus. Diese Engstelle wurde von angepflockten, scharfen Hunden bewacht, sodass es kein Durchkommen gab. Die Halbinsel, umgeben von der Tasmansee, bildete somit ein natürliches Gefängnis.

Port Arthur war zu diesen Zeiten der Inbegriff für Schrecken, Brutalität und unmenschliche Bedingungen, sowohl in physischer, wie auch psychischer Hinsicht. Aus Verbindungen von weiblichen und männlichen Gefangenen entstanden bereits im Säuglingsalter wiederum Gefangene. Ein ewiger Kreislauf, aus dem es kein Entrinnen geben konnte.

Die Gefängnisanlagen von Port Arthur zeugen noch heute - allerdings hübsch hergerichtet - von den damaligen Zuständen. Durch den gepflegten Rahmen mit reichlich Blumenrabatten, es wirkt wie Tünche, muss man vor Ort viel Vorstellungskraft für vormalige Verhältnisse aufbringen. Tasmanien ist sehr bemüht, seine qualvolle Sträflings-Vergangenheit in Port Arthur in einem milden Licht erscheinen zu lassen, wozu die übrig gebliebenen Sandsteinmauern in warmen Gelb-Rot-Braun-

Tönen – allesamt frisch sandgestrahlt – komplizenhafte Kulissen abgeben.

Im Jahr 1877 wurde diese schreckliche Einrichtung als Gefängnis aufgelöst.

10. Moreno erzählt

Ich sitze an einem meiner Lieblingsplätze. Er befindet sich vor dem hohen Sprossenfenster des Arbeitszimmers auf dem Leuchtturm mit Blick auf die endlosen Weiten der See und den dunklen Höhenzügen der Inseln. Umgeben bin ich hier von etlichen meiner Messinstrumente und der veralteten Technik des Leuchtfeuers.

Diese musste vor ein paar Jahren modernen Systemen weichen, die unauffällig und unweit von hier installiert sind. Doch würden diese - aus welchen Gründen auch immer - ausfallen, könnte ich im Handumdrehen die alte Maschinerie in Gang setzen. Ich habe das für mich ausgetüftelt und bewahre das Geheimnis für mich. Bisher war es nicht notwendig, darauf zurückzugreifen. Doch man weiß ja nie, was sein wird. Hier oben sinniere ich gerne vor mich hin und entwickle neue Forschungsansätze. So manch gute Idee oder Erkenntnis habe ich diesem Rückzugsort zu verdanken.

Es stimmt zum Beispiel, dass ich an Ernest ‚einen Narren gefressen' habe. Irgendwie sind wir uns ähnlich. Ich glaube, das kommt daher, dass Ernest mit einem sehr präsenten und strengen Vater aufgewachsen ist - die Mutter geht in diesem Verhältnis regelrecht unter und hat wenig Einfluss. Allein seinem Kaninchen konnte er sich jederzeit und folgenlos anvertrauen. Nach den Stunden im Tagesinternat hatte er hauptsächlich seinen Vater, den Professor, zur Gesellschaft oder blieb sich selbst überlassen. Als Ausweg aus dieser Situation sah Ernest nur die Flucht in seine Wissens- und Interessengebiete. Was einerseits für ihn eine enorme Bereicherung darstellte, andererseits aber folgte daraus, dass Ernest kaum außerhäusliche Kontakte mit den entsprechenden Abwechslungen für Jungs seines Alters hatte. Da fehlte ihm ein gewaltiges Stück sozialen Lebens. Doch seine geradlinige, auf Lernen und Erkenntnis aufgebaute Erziehung machte davon wieder einiges wett. Das bewies auch die völlig nahtlose Eingliederung in die Arbeit und das Leben in unserer Station. Immer wieder gab es Situationen und Szenen, die mich stark an meine eigene Entwicklung und Schulzeit erinnerten. Vor Ernests Ankunft dachte ich kaum an frühere Zeiten und Begebenheiten in meinem Leben zurück. Mein Blick war hauptsächlich auf das Jetzt und Morgen gerichtet. Die täglichen Daten, ihr Sammeln, Aufzeichnen und Interpretieren, war und ist meiner wissenschaftliche Neugier für die Geophysik – eingebunden darin die Meteorologie, Klimatologie und die Ozeanographie – geschuldet; das ist mir wichtig. Neben meiner Tagesroutine in den genannten Bereichen ist es mir möglich, einen Blick in die Klimavergangenheit zu werfen und meine begonnenen wissenschaftlichen Arbeiten über den Klimawandel fortzusetzen; ein Thema, das mich von jeher innerlich umgetrieben hat und mir alles bedeutet.

Den Feierabend oder überhaupt meine Freizeit verbringe ich gerne und auch leidenschaftlich in meiner profimäßig ausgestatteten Küche beim Kreieren neuer Zubereitungsformen und Rezeptideen. Diese Tätigkeiten erfüllen mich voll und ganz und wirken sehr entspannend auf mich. Gutes Essen in geselliger Runde ist für mich der Treibstoff einer gelungenen Unterhaltung und Zündung für neue Ideen. Das ist mein ‚Jetztzustand'.

Als Maori in Neuseeland geboren, bereits mit acht Monaten verwaist – meine Eltern starben beide durch einen Verkehrsunfall – kam ich zu meinem großen Glück in eine humanistisch gebildete Familie. Zunächst nur zur Pflege, dann aber wurde ich alsbald adoptiert und konnte ziemlich unbekümmert, doch nach festen Regeln erzogen aufwachsen. Außer mir gab es noch zwei ältere Schwestern und einen jüngeren Bruder. Zwischen ihnen eingebettet, lernte ich sowohl Teamplayer als auch Problemlöser zu sein. So war mir Familie und deren Bedeutung – im Positiven, wie im Negativen – nie fremd. Allerdings war ich von Natur aus eher ein Eigenbrötler und so – wie soll ich sagen – eher ein Suchender nach Alternativen. Was aber nicht zur Folge hatte, dass ich Kontakt zu meinesgleichen, den Maori, aufnehmen wollte. Irgendwie fehlte mir dazu ein verbindendes Glied. Viel lieber beschäftigte ich mich mit der Natur, ihren Besonderheiten und Befindlichkeiten.

Deshalb ging ich nach der Schule – lernen hatte mir immer Freude gemacht – zunächst nach Wellington zur Universität. Machte auch ein paar halbherzige Abschlüsse. Ehrlich gesagt, war es mir dort – ich will nicht überheblich erscheinen – einfach zu piefig und provinziell.

Durch die Großzügigkeit meiner Adoptivfamilie und ein Stipendium war es mir möglich, verschiedene Studien in den USA, ergänzend zu meinen Abschlüssen, zu betreiben. Zuerst am MIT, Massachusetts Institute of Technology, Boston. Danach – hier sagte mir auch das Klima besser zu – am Caltech, Pasadena, California. Das waren für mich grandiose Zeiten, dort bewegte ich mich in meinem Element. Auf international hohem Niveau zu studieren, nebenbei das freie Leben als junger Mann auszukosten, gute Abschlüsse zu machen, mich international zu vernetzen und dabei zu fühlen: Ich bin wer in dieser Hierarchie, ich bin in meiner Zukunft angekommen. Ich kann mein

Leben nach meiner Façon gestalten. Das war die totale Freiheit, verbunden mit Verantwortung und Verpflichtung. Genauso, wie ich mir das immer vorgestellt hatte. ‚Es war die beste aller Zeiten ...'

Bei all der Begeisterung für mein wissenschaftliches Arbeiten in den verschiedenen Laboratorien wurde mir auch klar, dass ich dieses Studieren, oft auch in abgedunkelten Räumen, auf Dauer als ‚Grottenolm' nicht würde durchhalten können und wollen. Mein Geist, mein Inneres strebte nach einem beruflichen Dasein in freier Natur. Einem Alltag weitab des Forschungsbetriebes, ganz nah an der Sache. Und so kam es idealerweise zu diesem Aufenthalt auf der Station – schon seit über zwei Jahren halte ich hier die Stellung und fühle mich in jeder Hinsicht wohl. Zu jeder Stunde des Tages umgibt mich an diesem Ort mein Forschungsobjekt, hier halten mich keine Meetings, kollegiale Unzulänglichkeiten, nicht zu öffnende Fenster oder ähnliches auf.

Mit Claire, Philo und Ernest habe ich in jeder Beziehung kompetente, offene Gesprächspartner. Das genügt meinen Ansprüchen an Gesellschaft völlig und macht mich glücklich. Wenn wir, Ernest und ich, in den nächsten Tagen unser Kaninchengehege für Yoko bauen werden, fühle ich mich bestimmt wie der ‚Stararchitekt'. Darauf freue ich mich schon sehr. Bei diesen handwerklichen Tätigkeiten, besser gesagt Spielereien, habe ich noch ein wenig nachzuholen. Doch ich vertraue auf mein angeborenes Gespür für diese Dinge.

Wir bauen für Yoko ein Freigehege

Alles war bestellt und von unserem zuverlässigen Jim geliefert worden. Wir rieben uns schon die Hände – jetzt konnte es an die Umsetzung gehen. Ernest war ganz aufgeregt und zeigte mir seinen Plan, den er mit viel Überlegungen und Begeisterung angefertigt hatte.

„Nicht übel", sagte ich und sah mir seine Vorstellungen genauer an. Ja, das könnte passen. Hier noch eine Schraube oder Krampe mehr, dann würden wir es gut sein lassen können.

So machten wir uns handwerklich an das Bauvorhaben und stellten uns nicht einmal schlecht dabei an. Platziert hatten wir es auf dem Gelände der Station innerhalb der Umzäunung. Ein Tasmanischer Teufel, selbst wenn es hier noch einen gegeben hätte, wäre chancenlos gewesen, zu Yoko durchzudringen. Diese Sorge ist leider unbegründet, denn im Osten Tasmaniens, auch auf unserer Insel, existieren fast keine Beutelteufel mehr. Eine tückische, infektiöse Tumorerkrankung des Gesichts raffte die Population in diesem Landesteil zum größten Teil hinweg. Mittlerweile gibt es Hoffnungen, das Aussterben dieses besonderen Säugetieres verhindern zu können. Durch eine Impfung, an der intensiv gearbeitet wird, sowie durch separate Aufzuchtstationen auf Inseln und in Zoos. Zudem entdeckte man im Südwesten Tasmaniens eine Gruppe von Tieren, der die Erkrankung bisher nichts anhaben konnte. Ein weiterer Hoffnungsschimmer, diese nützlichen und besonderen Tiere erhalten zu können. Nützlich sind sie deswegen, weil sie alles Aas und kranke Tiere samt Knochen und Fell komplett im Handumdrehen wegputzen, Mäuse fangen und den Wald sauber halten.

Wo waren wir jetzt stehengeblieben? Ach ja, beim Bau des Kaninchengeheges. Manchmal könnte ich mich bei einer Umweltproblematik in Rage reden, dafür haben Sie sicher Verständnis. Die Natur – sie liegt mir doch sehr am Herzen.

Das fertige Gehege maß etwa drei Meter im Quadrat, war neunzig Zentimeter hoch und abgedeckt mit einem Vogelnetz zum Schutz für Yoko gegen Raubvögel. Unten herum hatten wir den Hasendraht in der Erde versenkt und zusätzlich mit Häringen befestigt. So war Yoko auch vor sich selbst geschützt. Ich meine, sie hatte es dadurch schwer, sich durchzugraben und ins feindlich Freie zu gelangen.

Ernest und ich blickten stolz und begeistert auf unsere Leistung. Immer wieder strichen wir mit den Händen über den Maschendraht, die Pfosten und das Abdecknetz, um uns deren Wirklichkeit zu versichern. Für uns beide eine echte Erfolgsstory. Und Yoko? Ernest knuddelte freudig sein Kaninchen und setzte es behutsam in den Auslauf. Schnüffelnd schlich, ja wirklich schlich, sie zum Wassertank und zur Futterschüssel, mümmelte ein bisschen herum und begab sich dann in Ruhestellung. Ernest konnte es kaum fassen.

„Spring, spring oder hüpf, da ist doch Platz, und nur für dich!"

Doch Yoko musste sich erst noch an ihre neue Freiheit gewöhnen.

11. Grau ist das Nichts

Solange sich das schmeichelnde Hochdruckwetter noch hielt wollten wir - Claire, Moreno, Ernest und ich - noch einen Ausflug nach Cross Island machen, ein verlorenes Inselchen unterhalb des Leuchtturms. Man kann sich das vereinfacht so vorstellen: Wir waren in der Adventure Station, südlich von uns steigt das Gelände mit hartem Buschwerk bedeckt zum Kap hin an. Gekrönt und weithin sichtbar mit dem weißgetünchten, hoch emporragenden Backsteinbau, das erloschene Leuchtfeuer obenauf. Geradewegs von diesem Punkt abwärts zur See windet sich ein knochenbrechender, immer wieder um steile Doloritfelsen schlängelnder Kletterpfad. Den einzigen und wahrscheinlich letzten Halt gewähren allein die zäh in schrundigen Spalten festgekrallten Hartlaubbüsche, allesamt verschiedene Banksiaarten, die die Klippen hier überwuchern, ihnen festliche Farbtupfer verleihen und zusätzlich der nagenden Erosion Einhalt gebieten.

Entsprechend den natürlichen Gegebenheiten hatten wir uns für diesen Ausflug taff gekleidet. Festes, robustes Schuhwerk, strapazierfähige, lange Hosen, langärmlige Denimhemden, Arbeitshandschuhe und für jeden eine adäquate Kopfbedeckung. So ausgerüstet mit Wasserflaschen, Feldstecher und Kamera, machten wir uns auf den nicht so weiten Weg. Cross Island lag ja gewissermaßen vor unserer Haustür. Es war ein kleines, felsiges, etwas abgedriftetes Eiland unserer Insel. Bei Ebbe, geschicktem Vorgehen und günstigen Konstellationen war es zu Fuß erreichbar. Ansonsten gab es rundherum kaum nennenswerte Anlandungsmöglichkeiten. Deshalb galt diese ‚Perle' als kleines Paradies für Flora und Fauna und stand unter dem Schutz des südlichen Nationalparks.

Bevor wir uns auf den Weg machten, schlossen wir selbstverständlich das Haus sorgfältig ab. Yoko ließen wir im Schatten ihres neuen Geheges behaglich ruhen. Mittlerweile fühlte sie sich dort heimisch und genoss die neue Bewegungsfreiheit, auch die Ruhe, wenn wir uns, so wie jetzt, aus dem Staub machten.

Üblicherweise war es untersagt, dieses kleine Inselreich zu besuchen. Unter der fachkundigen Aufsicht von Claire, der ‚Schutzpatronin aller Tiere und Pflanzen' in ihrem Nationalpark, war es uns gestattet, einen Teil der Insel auf einem vorgegebenen Weg zu betreten. So machten wir uns auf den gefährlichen Abstieg des Kaps, hinunter zu den Steinen und Felsen, die den Übergang zu Cross Island bildeten. Für unser Vorhaben herrschten beste Bedingungen, obwohl wir uns trotzdem nasse Füße holten. Zu glitschig, unförmig und unberechenbar gestaltete sich der Weg durch das kantige Geröll. Normalerweise war dieser Zugang völlig von eiskaltem Wasser geflutet, die Strömungen darum herum reißend und tückisch. Unberechenbare und unerwartete Brecher verhießen Lebensgefahr für Ortsunkundige, vor allem wenn sie die Gezeiten ignorierten. Dank Claires profunden Kenntnissen konnten wir heute bei besten Bedingungen relativ leichten Schrittes hinüberklettern. Achtgeben mussten wir nur auf die in den Zwischenräumen angeschwemmten Kelp- und Tangreste. Sie waren besonders glitschig und daher gefährlich. Roch es zwischen dem nassen Gestein stark nach Jod, würzigem Salzwasser und Algen, veränderte sich der Duft laut ins grünlich Herbätherische, sobald wir zwischen dem halbhohen Bewuchs zu Beginn des Weges auf dem Inselchen steil bergan stiegen. Wir langten auf einem weiten Plateau an und staunten. Von oben, vom Kap herab, sah die gesamte Inselfläche unattraktiv graugrünbraun aus, nichts unterbrach diese Farbsoße. Doch jetzt beim Nähertreten faszinierte uns eine enorme Pflanzen-, Farben- und Strukturvielfalt.

Ein zartes, doch verärgertes Grunzen und Schnauben ließ uns aufhorchen. Der in erdigen Brauntönen gesprenkelte Echidna, ein Schnabeligel mit langen, raschelnden Stacheln, hatte es plötzlich eilig, sich davonzumachen. Nicht allzu schnell, aber doch in sicherem Tempo, den dichten Bodenbewuchs unter dem Gesträuch als uneinsehbaren Laubengang nutzend. Lautes Schnarren, Pfeifen und Geckern erfüllte die Umgebung und zeugte von vielfältigem Leben in der Luft und in den Büschen. Wie ein bewegtes expressionistisches Gemälde, unterlegt mit buntesten Tönen, präsentierte sich die Szenerie. Alle Sinne wurden mit Wucht angesprochen und herausgefordert. Die Luft schmeckte wie frischer Algensalat, angerichtet mit Akaziensamen und Anismyrte. Ein sehr intensiver Seinsmoment.

Inzwischen mehrten sich die tierischen Proteste von allen Seiten. Wir galten hier als Eindringlinge und bekamen das auch von den verborgenen Bewohnern lautstark zu hören. Ein grell aufblitzendes schlechtes Gewissen bemächtigte sich meiner. Ich wechselte einen Blick mit den anderen, denen es ganz ähnlich zu gehen schien. Wir versuchten nun, uns so unauffällig wie unscheinbar zu verhalten. Scharfe Warntöne und schrille Lautäußerungen wichen nach und nach melodischem Gezwitscher, gar silbrigen Gesängen. Sie zeugten davon, dass vor, neben, hinter und über uns ein reges Vogelleben fast im Verborgenen stattfand und wir allmählich ignoriert wurden.

Damit gaben wir uns respektvoll zufrieden und machten ein paar Aufnahmen von den imposanten Proteaarten, die sich hier hartnäckig einen Platz erobert hatten – gewissermaßen in der ersten Reihe. Von hier, nahe des Meeresspiegels und vor uns kein Land mehr in Sicht, wirkte der südliche Ozean unendlich weit und raumgreifend. So klein wie ein Sandkörnchen fühlte ich mich, den anderen ging es wohl ebenso. Wir wagten es nicht angesichts dieser Größe, uns zu unterhalten. So schwiegen wir, hörten die samtweichen Winde raunen, das harte Laub der dunkelgrünen Büsche rascheln und das weite Meer mit seinen farbigen Geräuschen erzählen.

Ergriffen und wortlos machten wir uns auf den Rückweg. Das Wasser stand schon höher als während des Hinwegs und zeigte uns, dass mit diesem Pfad nicht zu spaßen war. Doch wir schafften die Überquerung geübt, wenn auch wieder mit nassen Füßen. Den Anstieg bewältigten wir locker trotz der schwierigen Steigung. Keuchend nahmen wir diese tückische Hürde. Unsere brennende Neugier in Bezug auf Cross Island war nun gestillt und wir wussten wieder ein Stückchen mehr von unserer unmittelbaren Umgebung. Schön war sie – egal, wo man auch hinsah und hinhörte.

Am Fuße des Leuchtturms angekommen, konnten wir nach dem anstrengenden Aufstieg wieder tief ein- und ausatmen, dann stellten sich auch wieder Worte ein: „Geschafft! Kurz, aber heftig und wunderschön."

Hinter und unter uns lag das Inselchen, davor der tiefblaue Südliche Ozean. Neben uns der markante Wegweiser für die zur See Fahrenden, vor uns unsere heimelige Station an der Leuchtturmbucht.

Nein, wir stürmten nicht dorthin. Und ja, wir gingen beschwingten Schrittes gegen den nun auffachenden Wind und freuten uns auf unseren Heimathafen.

Es war ganz leise Abend geworden. Die Gelbohrrabenkakadus nervten fast mit ihrem schrillen Gekrächze, so quietschgelb wie ihre kontrastierende Zeichnung an Kopf und Stoß. Mit waghalsigen Flugmanövern umkreisten sie uns, als hätten sie etwas vorzuführen oder zu erzählen. Lange konnte es nicht mehr so andauern, denn es wurde Zeit für sie, zu ihren Schlafbäumen, den hohen Eukalypten südwestwärts von hier, zurückzukehren.

„Sind die denn verrückt geworden?", wunderte sich Claire über dieses seltsame Verhalten.

„Das könnte der bevorstehende Wetterwechsel verursachen. Sie sind halt doch sensibler in ihren Empfindungen für Veränderungen", überlegte Moreno mit gerunzelter Stirn halblaut vor sich hin.

Wie erwartet, drehte der Vogelschwarm ab und verlor sich im Südwesten. Wir waren zu Hause angekommen. Irgendetwas irritierte uns am Eingang – ja richtig, der sonst dort platzierte Abfallkorb stand nicht mehr sondern lag umgekippt ein wenig abseits davon. Der Wind konnte es nicht gewesen sein, dazu war er heute zu sanft mit uns umgegangen. Kopfschüttelnd nahm ich den Korb und stellte ihn an seinen ursprünglichen Platz.

„Könnten es die Vögel gewesen sein, auf der Suche nach etwas Fressbarem?", ließ sich Ernest vernehmen.

„Nein, nein, das ist nicht ihre Art. Sie bevorzugen ihre gewohnten Samen und Insekten der Umgebung hier", erklärte ihm Claire. „Aber komisch ist das schon. Das habe ich so noch nicht von ihnen erlebt, die waren ja ganz aus dem Häuschen."

Die Dunkelheit kroch allmählich vom Wald herunter und legte sich wie ein anthrazitfarbenes Tuch über die Landschaft. Wir machten, dass wir ins Haus kamen. Claire wollte bei uns zum Abendessen bleiben und erst danach in ihre benachbarte Rangerkate zurückkehren. Während sie und ich ein schnelles Abendbrot anrichteten, sahen Moreno und Ernest nach Yokos Futterschüssel und Wassersäule. Plötzlich ein erstickter Aufschrei von Ernest: „Wo ist sie denn? Sie ist nicht da! Yoko ist weg!"

Claire und ich sahen uns an, und wie der Blitz rannten wir hinaus. Vor dem Gehege hingesunken und sich daran festhaltend, schüttelte Ernest tränenüberströmt seinen Kopf und konnte es nicht fassen, was er sah. Der Auslauf schien grau und leer – ein vorwurfsvolles Nichts.

Moreno tigerte derweil laut schnaubend durch das umzäunte Gelände, um Yoko irgendwo aufzustöbern. Doch tatsächlich fand er nichts. Das konnte doch nicht sein. Die Umzäunung samt Abdeckung des Auslaufs schien unbeschädigt, egal wo unsere prüfenden Blicke sich auch festmachten. Kein Hinweis darauf, was mit Yoko vorgefallen sein könnte, nicht der kleinste Anhaltspunkt. Moreno, selbst geschockt, brachte den verzweifelten Ernest ins Haus zurück und wir setzten uns. Der Appetit war uns gründlich vergangen. Völlig verstört sahen wir uns an und wussten nichts zu sagen. Ein unheimlich dunkles Etwas hatte sich unserer Stimmung bemächtigt. Nur Ernests Schluchzen – es hörte sich nicht mehr kindlich an, es war das stotternde Schluchzen eines zutiefst getroffenen Jugendlichen – unterbrach die aufreizend purpurne Stille. Sie schmeckte nach galliger Traurigkeit und scharfem Schmerz.

Sie ließ reichlich Raum für aufkeimende, geharnischte Wut. Worauf?

Wir spürten sie zusammen und zugleich jeder für sich. Nicht vordergründig, doch latent im Hintergrund mitschwingend und das rotierende Gedankenkarussell weiter antreibend.

12. Albträume

Dieses graue Nichts im Kaninchengehege ließ mich nur schwer und unruhig einschlafen, das Gedankenkarussell drehte sich ungebremst weiter bis in meine Traumfetzen. Ich stand an der Spüle unserer Küche und sortierte von mir gesammelte Wildkräuter für Yoko, auch eine Möhre, in grobe Stücke geschnitten, mischte ich darunter. Mit einem plötzlichen Satz hüpfte aus dem schwarz schillernden Hintergrund ein schwefelgelb blinkender Kugelblitz auf die Ablage neben mir. Er entrollte sich blitzschnell und eine Kaninchenfratze mit gebleckten Zähnen und irrem Blick fauchte mich an: „Ha, hab ich euch endlich zutiefst erschreckt - ich, das eingesperrte Nichts, der Blitzableiter eurer Hilflosigkeit."
 Ich wollte etwas erwidern, wollte auch schreien, doch meine Stimme versagte, kein Ton kam aus meinem erstarrten Körper. Das verrückte Tier trommelte mit seinen amputierten Hinterläufen - es waren nur noch blutende Stummel vorhanden - ekstatisch auf der Ablage herum, warf mir wild funkelnde Blicke zu und verschwand so schnell, wie es gekommen war.

Ich erwachte, klatschnass geschwitzt und verwirrt. Unter dem Türschlitz sah ich einen Lichtstreifen. Jemand musste sich in der Küche aufhalten. An Schlaf konnte ich nach dem Geträumten vorerst nicht denken. Also erhob ich mich und tapste nach nebenan. Moreno saß wie erschlagen in einem Sessel und blickte mich müde an.

„Es ist furchtbar, der heutige Vorfall schickt mir Albträume und lässt mich nicht mehr schlafen. Was ist mit dir, Philo?"

„Bei mir auch." Gepresst schilderte ich ihm den erschreckenden Traum.

Bedächtig hörte Moreno mir zu, um gleich darauf seinen Traum mit mir zu teilen, damit auch nichts davon verloren ginge: „Ich erwartete etwas Unbestimmtes und trat vor die Haustüre. Alles Grün, Büsche, jeder Baum und Strauch, ja sogar das Gras und jeglicher Bodenbewuchs waren verschwunden. Stattdessen nur nackte Erde, Gestein, trockener Sand. Nicht nur hier rund um die Station. Soweit das Auge reichte nur dieses kahle Bild. Kein Leben mehr weit und breit. Ich wandte meinen Blick dem Meer zu und erschrak bis ins Mark. Selbst das Meer, das riesengroße und starke, das nicht wegzudenkende, war zurückgewichen, hatte sich zurückgezogen, weg von uns. Nur wohin? All seiner Schönheit beraubt und einsam lag der einstige Strand unserer Lighthouse Bay vor mir. Nun degradiert zu einem x-beliebigen Sandstreifen. Leblos. Allein ein paar tiefere, kleine Wassermulden, Meteoriteneinschlägen gleich, zeugten noch von seiner ehemaligen Bestimmung als stolze Begrenzung eines mächtigen Ozeans. Vorsichtshalber sah ich um mich, denn es konnte ja sein, dass ich mich woanders befand. Doch unsere Station ließ keinen Zweifel daran, dass ich hier an unserem angestammten Ort war."

„Ein seltsam goldenes Licht tauchte die Landschaft in einen starren, beinahe künstlichen Schimmer - anders kann ich es nicht beschreiben - und dann, dann sah ich es: Zuerst als kleinen Punkt am Horizont, dann allmählich größer werdend, immer noch als Punkt. Die Furcht saß mir plötzlich im Nacken, nur wovor? Es war die Furcht vor dem, was auf mich vom einstigen Strand aus zulief: Yoko. Übergroß. Es war Yoko. Zweifellos. Völlig verändert. Sie hatte den Körper und die Zeichnung des ausgestorbenen Tasmanischen Tigers. Völlig grotesk wirkte dazu der Kaninchenkopf mit langen Löffelohren und sichtbaren Reißzähnen. Sie jagte geradewegs auf mich zu, sah mich mit hohlen Augen an und verschwand – ins goldfarbene Nichts."

Tickende Stille.

„Fällt dir eine Idee ein, um den Traum zu deuten?", fragte ich Moreno. Doch er verneinte, völlig erledigt von dem, was er erzählt hatte.

„Jetzt möchte ich auch nicht darüber nachdenken, das Ganze nimmt mich zu sehr mit. Ich muss mich einfach ablenken, denn an Schlaf ist momentan nicht zu denken."

„Mir geht es genauso, ich würde nur im Dunkeln liegen und mich schlaflos hin- und herwälzen. Wir könnten doch das Radio einschalten, uns durch etwas Musik ablenken und auf andere Gedanken bringen lassen."

„Oh ja, guter Einfall." Moreno wandte sich um zum Radiogerät, schaltete ein und drehte die Lautstärke herunter. Ernest sollte nicht durch unsere nächtlichen Aktivitäten aufgeweckt werden.

Wir vernahmen die samtweichen Töne eines Saxophons, begleitet von tiefgründigen Gitarren und einem stimmungsvollen Bass. Das fühlte sich jetzt richtig gut an. So wie wir es erhofft hatten, entspannten wir uns allmählich und lauschten den kontrastierenden Stimmen der Instrumente, ihren einschmeichelnden Melodien. Sie ließen leise unsere Gedanken an die Albträume in den Hintergrund abtauchen. Die Kraft der reinen Klänge bescherte uns unsere Hingabe an sie uns sonst nichts anderes.

Die Erkennungsmelodie der Nachrichten zur vollen Stunde brachte uns wieder in die Realität zurück. Eine Übersicht in Stichpunkten zur Weltpolitik, Wirtschaft und sonstigen Ereignissen.

Dann ein Warnhinweis für die Bewohner von Hobart und weiterer Umgebung: „Gestern, in den Vormittagsstunden, gelang es dem verurteilten Mehrfachtäter, Jack McKenzie, aus dem Risdon-Gefängnis in Hobart auszubrechen. Daraufhin fand man in der näheren Umgebung des Gefängnisses einen bewusstlosen Mann, der offenbar durch Schläge gegen den Kopf schwer verletzt worden war. Seine Kleidung fehlte. Der Mann ist bis jetzt nicht vernehmungsfähig. Die Polizei geht davon aus, dass der Ausbrecher der Angreifer sein könnte, der sich zivile Kleidung, Geld und weiteres aneignete. Das Opfer ist bis zum jetzigen Zeitpunkt noch nicht identifiziert. Hier eine kurze Beschreibung: männlich, weiß, sonnengebräunt bis auf den Rumpf, etwa fünfzig Jahre alt, hundertdreiundachtzig Zentimeter groß, drahtige Figur, gepflegtes Äußeres, mittelbraunes, kinnlanges Haar. Möglicherweise handelt es sich um einen Bushwalker, der Fundort in einem botanisch interessanten Gebiet könnte darauf hindeuten. Wer Angaben zur Identität des Opfers machen kann, melde sich umgehend bei der nächstgelegenen Polizeidienststelle."

„Die Polizei bittet um erhöhte Aufmerksamkeit, was den entwichenen Häftling, Jack McKenzie, angeht. Seine Größe und Figur entsprechen denen des Opfers. Hier nochmals die Kurzdaten: Größe hundertfünfundachtzig Zentimeter, schlanke, muskulöse Figur. Der Sträfling ist zweiundfünfzig Jahre alt, hat dunkles, leicht meliertes, kurzes Haar. Auffällig sind Sommersprossen im Gesicht sowie die Tätowierung eines blauschwarzen Dolches am linken, inneren

Unterarm. Hinweise zur Ergreifung des Täters nimmt jede Polizeidienststelle entgegen. Und hier noch ein Warnhinweis: Der Mann gilt als sehr gefährlich und unberechenbar!"

Moreno und ich sahen uns an. Schließlich sagte er: „Wir sollten auf der Hut sein, alles Mögliche einkalkulieren, vor allem Ernest beschützen und ein jeder von uns sollte auf seine besonderen Fähigkeiten vertrauen. Sie sind es, die uns stark und unbezwingbar machen."

Wie recht er hat, dachte ich bei mir. Ich nickte bejahend und gähnte ausgiebig dabei. Müde erhob ich mich, winkte Moreno zu und tippelte in mein Bett zurück. Ein paar Gedanken noch über meine ‚besonderen Fähigkeiten', dann übermannte mich doch der ersehnte Schlaf.

Der frühe Morgen brachte auch schon den angekündigten Wetterwechsel mit sich. Der Wind frischte auf, die Quecksilbersäule war um ein paar Grad gefallen und der Himmel schien in unterschiedliche Watteformen gepackt. Die Sonne? Sie machte Pause.

Am Frühstückstisch instruierte Moreno Ernest für den neuen Tag. Moreno hatte vor, ihn in die Eingeweide des Leuchtturms blicken zu lassen und in all seine speziellen Geheimnisse einzuweihen. Für mein Dafürhalten glich das Vorhaben einer rituellen Initiation Ernests. Dieser Gedanke kam mir spontan und ich fand das nach den Vorkommnissen des letzten Tages äußerst gelungen und sehr sinnvoll. Moreno konnte seine Herkunft, trotz aller Abstände, doch nicht ganz verleugnen. Sie äußerte sich hier sehr ursprünglich in dieser Aktion. Toll, wie selbstverständlich und nebenbei er das in die heutige Zeit eingliedern konnte. Allein so eine besondere Aktion konnte für Ernest die gestrigen Ereignisse noch positiv toppen.

Ich versprach ihm, bei meiner phänologischen Tour alle meine Sinne auf Empfang zu schalten, was das Verschwinden Yokos beträfe. Von diesem Schock hatte er sich zwar noch nicht erholt, ordnete das Geschehene jedoch unter der Rubrik ‚Hoffnung' für sich ein. Von den Nachrichten der ABC-News erzählten wir ihm vorerst nichts. Ich vertraute auf Morenos Geschick, Ernest die Neuigkeiten erst bei realem Bedarf mitzuteilen.

„Habt ihr auch alles beisammen, was ihr für euren Tag braucht, um gut überleben zu können?", rief ich den beiden zu. Genervt kam es zurück: „Ja, ja, passt schon!"

Mir war klar, die wollten mich nur loshaben. Aber so einfach machte ich es ihnen und auch mir nicht. Sehr gut konnte ich mir ausmalen, dass diese Aktion nicht in ein paar Stunden beendet sein würde. Das könnte durchaus zu einer Übernachtungstour ausarten. Dazu kannte ich mittlerweile Moreno als ‚Lehrbeauftragten' und auch Ernest als seinen ‚sehr interessierten Schüler' zu genau. Also nahm ich einen Korb, ging in die Speisekammer und begann, ihn sinnvoll mit dem Notwendigsten zu füllen. Erst danach konnte ich meine vorgesehene Tagesarbeit beginnen. Den gefüllten Korb stellte ich vorsichtshalber direkt vor die Haustüre, sodass die beiden beim Hinausgehen fast darüber stolpern mussten. So, das war mir aber auch ein sehr wichtiges Anliegen. Nun konnte ich mich auch auf mich selbst und meine Aktivitäten konzentrieren. Schon die vergangenen Tage hatte ich das Gefühl gehabt, das erzählte ich auch bereits, mich mehr um meine botanischen Neigungen kümmern zu müssen. Diesem Impetus folgend, hatte ich so allerlei was mir interessant schien, in meine Kräuter- und Samenbox gesammelt. Für den heutigen Tag war diese fast zu klein, so groß war meine erfreuliche Ausbeute. Was wollte ich eigentlich genau damit? Ich konnte es nicht benennen, wollte nur gerüstet sein. Gerüstet für den Moment X, in dem ich gezwungen sein sollte, mein Verteidigungsarsenal um mich herum aufzubauen und es zu nutzen.

Bevor ich aus dem Haus ging, hörte ich Claires Fahrzeug. Offenbar hatte sie etwas vergessen und war nochmals vor ihrem Dienstantritt zurückgekehrt. So war es auch. Verwirrt durch die Ereignisse des gestrigen Abends und den darauf folgenden schlechten Schlaf hatte sie es versäumt, erstens ihre Rangerkate ordentlich abzuschließen und zweitens sich eine sättigende Brotzeit für untertags einzupacken.
„Völlig durch den Wind", so bezeichnete sie ihren momentanen Zustand. In kurzen Worten erzählte ich ihr von den Nachrichten der vergangenen Nacht im Radio.
„Philo, jetzt müssen wir verdammt vorsichtig sein! So etwas ist kein Zuckerschlecken. Hoffen wir mal, dass der Typ sich nicht in unsere Richtung verirrt."
Ihr gegenüber wiederholte ich Morenos Worte in Bezug auf unsere besonderen Fähigkeiten. Genau das war es, was auch sie mir sagen wollte. Für uns war die Sachlage völlig klar: Wir hier und auch die von uns beschützte Natur um uns herum ziehen an einem Strang. Egal, was auch von fremder Seite kommt: Wir bilden ein Bollwerk gegen seine Einflüsse oder Ambitionen. Ein Glied greift ins andere, das ist unsere starke Art von Abwehr und Erfolg. Wir blickten uns verschwörerisch in die Augen und schlugen mit der jeweils Rechten darauf ein. So gründlich gebrieft gingen wir auseinander. Wir begannen, eine jede für sich, unsere Verteidigungsstrategien für den Fall eines Falles zu entwickeln.

Gerade wollte ich die Station verlassen, als ich eine Staubwolke auf mich zukommen sah. Was für ein Betrieb heute, dachte ich, hielt inne und erkannte dann den Pick-up von Jim. Er wollte einige bestellte Lebensmittel für uns abliefern und hatte auch die Post mit dabei.

„Hi, Jim, wie geht's? Alles in Ordnung?"

„Ja, ja, Philo, alles okay. Hab' da so einiges für euch mitgebracht. Denn ihr wisst ja, bin dann für ein paar Tage weg zu Besuch bei meiner Schwester in Verena Beach. Ella und die Kinder kommen auch mit. Liegt ja fast gegenüber der Meerenge, leider für uns während des Jahres außer Reichweite. Doch jetzt zum Ende der Ferien, da passt es. Ist doch eh nichts los hier und neue Feriengäste auch nicht in Sicht."

Na ja, das konnte man so oder so sehen. Doch ich wollte ihm seine Freude über ein paar Urlaubstage nicht nehmen, sagte nichts von den Nachrichten und stimmte ihm zu. Nebenbei nahm ich die Post an mich, Jim lud die Waren vor der Haustüre ab. Ich dankte im Namen von uns allen und wünschte ihm und seiner Familie schöne Urlaubstage in Verena Beach. Inmitten einer Staubwolke war von Jim und seinem Pick-up bald nichts mehr zu sehen. Sofort kümmerte ich mich um die Lebensmittel und verstaute sie entsprechend. Dann nahm ich die Post, sah sie durch, entnahm einen etwas dickeren Brief für mich und legte den Rest auf das Beistelltischchen im Windfang.

Gespannt öffnete ich das Kuvert. Es enthielt einen doppelseitig beschriebenen Briefbogen sowie etwas ‚Kugeliges', eingewickelt in Seidenpapier. Melba schrieb mir in flotter, großzügiger Schrift auf pfirsichfarbenem Briefpapier. Die junge Dame versteht etwas von Corporate Identity, ging es mir durch den Sinn und ich lächelte dabei. Ihr lockerer

Schreibstil kündete von selbstbewusster Jugend und entspannter Ferienstimmung. In von Herzen kommenden Worten dankte sie mir nochmals für die Offenheit zwischen uns und dem damit entstandenen Vertrauen. Sie war sich nun sicher, mit Ernest den Tanzkurs absolvieren zu wollen. Ja, sie freue sich sogar sehr darauf. In Perth und Freo gäbe es derzeit eine Reihe von attraktiven Ferienveranstaltungen, die sie gerne besuche, Spaß mit Freunden habe sie dort und es sei immer etwas los. Zum Beispiel das quirlige ‚Sardine Festival' an der Hafenpromenade in Fremantle. Dort habe sie auch das beiliegende Geschenk für mich entdeckt. Sie habe es an einem Stand der ‚Aktivisten für die Boat People' erworben und hoffe, dass es mir gefallen würde. Gleichzeitig wolle sie damit auch die Arbeit dieser Menschen unterstützen.

Neugierig geworden durch diese Zeilen, öffnete ich die Verpackung. Sie enthielt ein auffälliges Armband aus kunstvoll verknüpften knallroten Kernen einer tropischen Leguminosenart. Ich kannte sie vom Sehen, von Fotos, versehen mit Warnhinweisen der höchsten Klasse. Sie waren es zweifellos – Paternostererbsen, auch Krabbenaugenwein genannt. Mit ihnen hielt ich den Tod in der Hand.

Damit hatte Melba, ohne es zu wissen oder zu beabsichtigen, bei mir ins Rabenschwarze getroffen. So dachte ich, freute mich riesig und besah mir das Schmuckstück etwas genauer. Eine Erbse an der anderen. Getrocknet, zweimal durchstochen und mit einem elastischen, schwarzen Gummifaden zusammengehalten. Original knallrot, wie Klatschmohn, hochglänzend, elliptische Form, an einem Ende ein schwarzer Punkt.

„So sehen sie also in natura aus", sagte ich äußerst respektvoll. Mit ihrer schrillen Signalfarbe und der gefährlich wirkenden Zeichnung werden mögliche Fressfeinde vor ihrem Genuss gewarnt. Wer sich nicht vorsieht oder es nicht glauben mag, stirbt einen sicheren, doch grausam langsamen Tod.

Völlig fasziniert ließ ich das martialische ‚Perlenspiel' durch meine Finger gleiten. Es fühlte sich an wie ein feiner Handschmeichler. Deshalb auch für gläubige Unwissende die Verwendung als Gebetskette oder Rosenkranz in den Religionen des Orients und Okzidents. Ich kannte diese tropische Kletterpflanze mit ihren Früchten bisher nur von Beschreibungen mit verschiedenen Abbildungen. Einem Original wie diesem war ich bisher noch nicht begegnet. Doch ich wusste, dass solche Schmuckstücke ohne Kenntnis deren Gefährlichkeit weltweit sehr beliebt waren. Hauptsache: schön.

Und immer wieder diese Paarung: attraktiv und gefährlich!

Ein Schmucktyp war und bin ich nicht, werde es auch nie sein. Trotzdem streifte ich mir das Armband über das linke Handgelenk und dachte dabei an Ernest und Melba. Ihren Brief legte ich in meine Schublade und verließ nun endgültig die Station zu meiner täglichen phänologischen Tour.

Der Wind hatte nochmals böig aufgefrischt, doch es war trocken und auch weiterhin kein Regenschauer zu erwarten. Froh über die Nachricht, dass Ernest nun mit Melba als feste Tanzpartnerin aufwarten könne, schritt ich beschwingt aus und ließ mir den Wind um die Nase wehen.

Plötzlich erschnüffelte ich Brandgeruch. Das konnte und durfte hier nicht sein! Auf Bruny Island war es nicht üblich oder gestattet, ein ‚kontrolliertes Feuer' zu entfachen. Das gab es nur auf der Hauptinsel oder dem Kontinent mit seiner dafür speziellen Vegetation. Alle Fakten sprachen hier dagegen. Vor allem hätte ich vorher benachrichtigt werden müssen. Inmitten meines Berichtszeitraumes ein Feuer - undenkbar. Entschlossen ging ich dem Geruch nach und erblickte nach kurzer Wegstrecke durch den lichten Busch die noch leicht glimmenden Reste eines Lagerfeuers, etwa autoreifengroß, eingerahmt von etlichen abgenagten Knochen. Mir blieb fast die Luft weg. Es war mir danach, sofort Claire anzurufen, um ihr Mitteilung von diesem Frevel zu erstatten. Doch leider hatten wir auf der Station und in der weiteren Umgebung keinen Mobilephone-Empfang. Es funktionierte nur die eine Standleitung für Festnetz und Internet. Beherzt trat ich die Glutreste mit meinen festen Schuhen aus. Zuvor hatte ich noch ein Beweisfoto gemacht.

Was nun? Wie sollte ich weiter vorgehen?

Mein Herz klopfte mir bis zum Hals vor innerer Erregung, Empörung und Anspannung. Automatisch dachte ich an die beunruhigenden Lokalnachrichten der vergangenen Nacht und - an Yoko. Diese mögliche Kausalkette ließ mich erschreckend wütend werden. Gleichzeitig drängte sich der nächtliche Gedankenaustausch mit Moreno über unsere jeweiligen besonderen Fähigkeiten in den Vordergrund. Für mich war es meine Vorliebe für spezielle Pflanzen und Kräuter in Verbindung mit meinem persönlichen Wahlspruch: ‚Wachsam sein und wehrhaft handeln.' Augenblicklich legte sich eingedenk dessen mein innerer Aufruhr. Festen Schrittes und sehr entschlossen drang ich ein ins wartende Grün des Waldes zu meinen pflanzlichen ‚Jagdgründen'.

13. Auf dem Leuchtturm

Das sah Philo ähnlich. Sie war der Meinung, das schmächtige Bübchen müsse groß und stark werden. In diesem Sinne hatte sie für Moreno und mich einen riesigen Picknickkorb zusammengepackt. Ähnlich einer Stolperfalle stand er vor unserer Bürotüre, um uns daran zu hindern, achtlos und ohne ihn zu bemerken das Leuchtturmabenteuer zu beginnen. Daneben hatte sie noch ein Sixpack XXL-Wasserflaschen hingestellt. Ihre Botschaft war klar: ohne vernünftige Verpflegung kein Leuchtturm. Aufseufzend und insgeheim sehr gern ließen wir uns diese resolute Bemutterung gefallen. Schließlich erblickte ich unter anderem eine große Schokoladentafel ‚Cadbury Nussnougat', was mein Herz gleich höher schlagen ließ. Wir schnappten uns jeder einen Teil des Proviants und machten uns auf den ansteigenden Weg.

Das Wetter an diesem Tag war ‚so la la'. Mal so, mal so, nichts Beständiges, eigentlich ein perfektes Lernwetter, wie ich es gerne mag. Getrieben von Morenos Ankündigungen für diesen Tag und meiner Neugier, stapften wir beide schwer beladen durch das grasige Gelände. Wäre nicht mein hinderliches Gepäck gewesen, hätte ich am liebsten einen Hindernislauf um die auftauchenden Inseln verschiedener Büsche gemacht. Oder noch besser, einen Wettlauf mit Moreno von hier bis zum Ende des Trampelpfades. Doch er schien nachdenklich und dazu nicht recht in Stimmung zu sein. Meine Last drückte schwer. Dann eben ein anderes Mal, dachte ich in Vorfreude auf unsere heutige Herausforderung.

Insgeheim hielt ich Ausschau nach allem, was sich bewegte. Könnte dort die weißgraue Bewegung hinter dem Strauch vielleicht Yoko sein? Oder da, unterhalb des großen Steines, das Atmen eines kleinen Körpers in der Kuhle? Sie fehlte mir. Sie fehlte mir so sehr. Immer wieder schlich sich das Bild des leeren Auslaufs in meine Gedanken und machte mich traurig. Am schlimmsten bedrückte es mich, nicht zu wissen was mit ihr geschehen war. Darüber wollte ich vor lauter Angst gar nicht nachdenken.

Die Unternehmung mit Moreno tröstete mich etwas. Ich war gerne mit ihm unterwegs. Er wirkte so stark und beruhigend auf mich – fast wie Yoko. Nur konnte ich ihn nicht so knuddeln … Für einen kurzen Moment blitzte Melbas Lächeln in meinen Gedanken auf. Was war das? Doch darauf verschwendete ich keinen weiteren Gedanken.

Es war nicht leicht für mich, mit Moreno Schritt zu halten. Wo er einen Schritt tat, brauchte ich zwei. Doch die Bewegung an der würzigen Seeluft und unser Vorhaben machten mich fast übermütig. Ähnlich den vielen um uns segelnden Seevögeln. Mir gefielen sie, wie sie durch die Lüfte sausten, mit den Luftströmungen spielten, wie sie schrien, sich jagten und immer wieder steil herabstießen, um sich etwas einzuverleiben oder einen Konkurrenten zu vertreiben. Der Wind zauste mein mittlerweile längeres Haar. Erst jetzt fiel es mir auf und ich nahm es erstaunt zur Kenntnis. Was würden meine Eltern dazu sagen? Würden sie mich dafür schelten, oder …? Diesen Gedanken wollte ich nicht weiterspinnen. Hier ist hier, für gute zwei Wochen noch, und dann? Darüber wollte ich lieber nicht spekulieren.

Zum Glück entspannten sich Morenos bisher ernsthafte Gesichtszüge, und ich las daraus Gesprächsbereitschaft.

Am Ende des Pfades angekommen, seufzten wir beide erleichtert auf, sahen uns an und waren froh, den Anstieg mit schwerem Gepäck geschafft zu haben.

„Sag' mal, Moreno, seit wann bist du auf der Insel?"

„Na ja, so etwas über zwei Jahre werden es bestimmt sein."

„Und, warst du immer gerne hier? Hat es dir gefallen?"

„Oh ja, schon, hier fühlte ich mich von Anbeginn an wie zu Hause, hatte alles, was mir wichtig war. Es fehlte mir an nichts. Ja, es war gut."

„Meinst du mit hier den Leuchtturm oder die Station?"

„Natürlich beides. Die Station war und ist mein Zuhause. Doch der Leuchtturm, mein Refugium - er ist das Sahnehäubchen und damit, seit ich auf der Insel bin, meine Heimat. Komm mit herauf und du wirst verstehen, was ich meine."

Mit unserer Last keuchten wir die letzten Meter zum Ziel. Wie Moreno gerne sagte „zur weithin sichtbaren Landmarke für alle zur See Fahrenden". Diese Bezeichnung fand ich besonders cool, denn sie erinnerte mich dabei jedes Mal an die Seefahrerromane, die ich mit Vorliebe verschlungen hatte.

Mit einem langen rostigen Schlüssel schlossen wir die massive alte Holztür auf. Über diesem Bollwerk war eine hölzerne Gedenktafel angebracht mit dem eingeschnittenen Text: ‚a.d. 1836'. Ehrfürchtig registrierte ich die Jahreszahl und rechnete insgeheim nach: Fast zweihundert Jahre überdauerte das robuste Bauwerk schon schwerste Stürme und andere Naturgewalten. Wirklich beeindruckend.

Dann nahmen wir über zwei ausgetretene Sandsteinstufen den Weg in das Turminnere. Nach einem engen Windfang betraten wir die historische Wendeltreppe nach oben.

Eine neue Welt tat sich vor mir auf. Blauschimmerndes Licht fiel, hervorgerufen durch die Reflektion des Südlichen Ozeans, von einer Lichtöffnung gegenüber der Eingangstüre in den Raum, sodass ich keine Orientierungsschwierigkeiten hatte und die Stufen der Eisengusstreppe sicher betreten konnte. Nach oben hin wurde es noch heller. Es roch nach kaltem Stein und altem Gemäuer, leicht feucht und muffig. Moreno stapfte vor mir die gewendelte Treppe nach oben, die bei jedem Tritt heftig erzitterte. Dabei machten er und ich ein Geräusch in diesem röhrenartigen Gehäuse wie eine Maschine mit gleichmäßigem Hub und Schub.

Schon bald kamen wir im ersten Stockwerk an. Der Blick nach Osten aufs freie Meer war verwehrt – es gab hier oben in diese Richtung kein Fenster. Doch nach Westen tat sich eine grandiose Aussicht durch ein hohes Sprossenfenster auf. Man konnte unsere Station und dahinter den südlichen Nationalpark mit seinen sehr hohen Bäumen sehen. Bei dieser Aussicht wurde mir deutlich bewusst, wie vielfältig die Landschaft war, in der ich gestrandet war. Ganz anders als zu Hause. Im Licht der noch fahlen Morgensonne wirkten die bewaldeten Höhenzüge in der Ferne wie graugrün in schweres Moll getaucht. Huch, habe ich das eben so gedacht? Gleich muss ich lachen. Diese Gegend macht mich noch zum Poeten.

Die Plattform über fast die Hälfte des ersten Stockwerkes diente als Abstellfläche mit einem Arbeitstisch wie in einer Werkstatt. Bestimmt war das in der Vergangenheit notwendig gewesen. Gelegentlich könnte ich Moreno ja fragen, was der Spind und die Holzkisten enthielten.

Weiter bewegten wir uns in der wummernden Spirale nach oben und kamen im zweiten Stockwerk an. Auch hier, wie schon vorher, gab es nur ein hohes unterteiltes Fenster in Richtung Westen.

„Moreno, warum sind hier oben nur Fenster nach Westen und nicht nach Osten?"

„Na, Ernest was meinst du? Denk doch mal genau nach. Hier lebte und arbeitete in früheren Zeiten der Leuchtturmwärter. Wann immer auch die Sonne im Westen unterging und die Bewölkung es notwendig machte, setzte er das Leuchtfeuer auf dem Turm in Betrieb. Dazu musste er auch von jedem Stockwerk aus die Kontrolle behalten können. Stell dir vor, er hatte zum Beispiel untertags in der Werkstatt im ersten Stock zu tun. So konnte er trotzdem die Situation in der Atmosphäre kontrollieren. Gegenüber des Eingangs unten war das Fenster nach Osten nur dazu da, genügend Licht ins Erdgeschoss zu lassen und um einen kontrollierenden Blick auf das offene Meer werfen zu können, ohne die Eingangstüre öffnen zu müssen. Die hohen Fenster lassen viel Licht in den Turm. Es war nicht notwendig, mehr als vier davon zu haben. Das war auch günstiger wegen der starken Winde. Oben, am Leuchtfeuer, konnte er durch den Schutz der Reling den Turm umrunden und nach allen Himmelsrichtungen Ausschau halten."

„Für damalige Zeiten war das ganz schön clever ausgedacht, meinst du nicht auch, Moreno?"

„Nein, Ernest, das war es nicht. Schon lange vorher wussten die Menschen Bescheid über diese Dinge. Es war einfach überlebensnotwendig für sie, Grundlegendes zu festzuhalten und anzuwenden. Deshalb waren sie entsprechend aufmerksam und gaben ihre Kenntnisse immer wieder weiter. Nur durch diese und deren Weitergabe konnten sich Wissenschaften wie zum Beispiel die Astronomie oder die Nautik entwickeln. Die Menschen damals war klar, so einfach sie hier lebten, dass ohne gesunden Menschenverstand und gezielte Kommunikation, wie etwa durch Leuchtfeuer, kein Überleben gesichert war. Deshalb nahmen sie, eingedenk der Wichtigkeit ihrer Aufgabe, zusammen mit ihren Familien auch fortwährende Härten in Kauf."

Nun standen wir in der dritten Etage, dem obersten Turmzimmer mit Morenos klimatologischen Messeinrichtungen, und sahen nach oben, wo der Ausblick von der Galerie aus lockte. Da wollte ich unbedingt hin. Wir stellten unser Gepäck ab und erklommen die restlichen Stufen. Eine schwere Metalltür mit Glaseinsätzen nach Südosten entließ uns auf die umlaufende, weiß gestrichene Plattform mit ihrer Reling. Über uns thronte die ‚Laterne' des Leuchtfeuers, das im Jahr 1996 außer Dienst gestellt worden war. Der Wind rüttelte kräftig an der Tür und an uns. Doch die umlaufende Reling bot sicheren Halt.

Was für ein bewegender Moment. Dramatisches hatte ich darüber gelesen. All die Textpassagen und Bilder von in Not geratenen Schiffen vor der Errichtung dieses Feuers. Der verzweifelte Kampf ihrer Mannschaften und die überlieferten Toten dieser Tragödien spielten sich wie in einem schnell durchlaufenden Erinnerungsfilm in mir ab. Seit seiner Errichtung durch Sträflinge hatte dieser Leuchtturm auf der Klippe hoch über dem Meer vielen zur See Fahrenden eine sichere Passage diesseits und jenseits dieser Insel gezeigt.

Und nun standen wir hier, blickten auf die ringsum ruhige See, die heute gleichmäßig von ablandigen Winden bewegt wurde, und nichts ließ dabei auf die tragischen

Schiffsunglücke der Vergangenheit schließen. Moreno und ich sahen uns gedankenverloren an, nickten beide und nahmen den Abstieg ins Turmzimmer.

Moreno schien mir hier zwischen all seinen Gerätschaften sehr nachdenklich und irgendwie zögerlich zu sein. Deshalb fragte ich ihn, ob ich mich nützlich machen könne. Lange antwortete er nichts, sah abwesend in die Ferne und sagte dann zu mir: „Ernest Truman Stormyweather jun. - heute haben wir - wir beide etwas Bedeutendes und Wichtiges zu tun. Wir kennen und schätzen uns seit deiner Ankunft und ich weiß, was ich dir zutrauen kann. Dein wohlüberlegtes Handeln in gemeinsam erlebten Situationen imponiert mir. Deshalb werde ich dir heute mein Geheimnis des Leuchtturms anvertrauen."

Ich schluckte vor Aufregung, bekam Herzklopfen und sah Moreno fragend an.

„Okay, Ernest. Jetzt setzen wir uns erst einmal und knabbern einen von Philos leckeren Lavendelkeksen. Dann machen wir uns an die Arbeit."

Zuerst mich kirre machen und dann Kekse mümmeln - so dachte ich enttäuscht. Dabei konnte ich es kaum erwarten, das Geheimnis zu erfahren. Aber ich fügte mich geduldig und fand diesen Break dann recht gelungen, gab er mir doch Zeit, mich innerlich auf Morenos Offenbarung einzustellen. Danach hörte ich meinem Lehrmeister zu und staunte Bauklötze.

„Im Jahr 1996 wurde dieses bedeutende Bauwerk, das von 1838 an zuverlässig seinen Dienst tat, außer Betrieb genommen. Das heißt, die spezielle Technik des Leuchtfeuers wurde von der Stromversorgung und auch von den Diesel-Notstromaggregaten des Maschinenraumes im Nebengebäude unten getrennt. Von nun an übernahm ein durch Solarstrom gespeistes Lichtsignal auf einem Fiberplastmast von lächerlichen vier Metern Höhe seine Funktion. Unweit von dieser Stelle ist es installiert, man übersieht es fast. Einfach und billig, das war es. Seiner Bedeutung nicht würdig.

Nicht genug damit – das erhabene Kulturdenkmal alter Prägung wurde der Regierung auch noch im Unterhalt zu teuer und so schob man es der Verwaltung des Südlichen Nationalparks zu, auf dessen Flächen es sich befindet. Das Nationalparkmanagement war natürlich mit einem technischen Denkmal völlig überfordert – wie man sich leicht vorstellen kann. Zum Glück für mich. Durch Verquickung unterschiedlicher Interessen verschiedener Seiten und guter Vernetzung konnte ich meine Messinstrumente für die Klimatologie und Meteorologie hier installieren und damit meine Forschungen fortsetzen."

Allmählich ungeduldig geworden, fragte ich: „Ist das das ganze Geheimnis?"

Ein verschwörerisches Lächeln huschte über Morenos klare Gesichtszüge. „Ach nein, daran ist ja nichts Geheimnisvolles. Aber jetzt kommt es, hör gut zu: Damals hatten die Verantwortlichen nur ein sehr geringes Budget. Deshalb gab man sich damit zufrieden, lediglich die alte Technik vom Strom abzuklemmen. Die Verkabelung, die Anschlussvorrichtungen und alles dafür Notwendige wurden nicht zurückgebaut. Das stellte ich fest, als ich meine Einrichtung installierte. Für mich war das, als ginge ein Kindheitstraum in Erfüllung. Schlösse ich das Kabel wieder an, könnte das Leuchtfeuer seinen Dienst wieder aufnehmen."

„Aber wozu? Es gibt doch das moderne Lichtsignal?"

„Ernest Truman Stormyweather jun. – Es gibt Momente oder Situationen, wo die neue Technik ausfällt oder versagt.

Dann könnte der Veteran wieder einspringen wie eh und je. Wäre es nicht wundervoll, ihn wieder mit seinem weißen rotierenden Lichtstrahl arbeiten zu sehen?"

„Ach, Moreno, aus dir, dem Wissenschaftler, ist plötzlich ein Romantiker geworden. Find' ich cool und dein Geheimnis erst recht. Glaubst du, du würdest im Ernstfall Schwierigkeiten bekommen, du weißt schon, mit den Gesetzen und so?"

„Dieser Gedanke besteht durchaus. Doch nach sorgfältiger Abwägung von Für und Wider meine ich, es riskieren zu können. Möglicherweise kann so ein Unglück verhindert werden. Damit wäre mein Tun durchaus zu rechtfertigen. Ausgetüftelt habe ich das technische Vorgehen schon vor einiger Zeit. Es wird nur ein kleiner Eingriff notwendig sein und das Signal ist wieder einsatzbereit. Bist du soweit, mir zu assistieren, Ernest?"

Ich blickte zu dem mächtigen Hünen auf und salutierte begeistert: „Aye aye, Sir!"

14. Sonderbare Begebenheiten

Das Grün des Waldes umschloss mich. Sofort griff die Empörung über die Feuerstelle mit den abgenagten Knochen wieder nach mir.

„Nein, Philo", sagte ich zu mir, „so nicht. Du musst es rationaler angehen lassen. Du reagierst auf Äußerlichkeiten – im erweiterten Sinn ‚Angriffe' – zu impulsiv und emotional. Das ist nicht gut, ja mitunter sogar gefährlich. Da musst du dich zügeln, zurücknehmen und cooler werden. Du kannst nur überlegen sein, wenn du überlegst."

Kann man das trainieren? Diese Frage ging mir durch den Kopf, als ich mit kräftigen Schritten – oder waren es gar Tritte – den Busch durchmaß. Diese Art meiner Fortbewegung fiel mir dann doch auf und ich versuchte, auf halblang zu machen. Nur schwerlich gelang es mir, als ich just an einem meiner Lieblingsplätze angekommen war: einer Felsterrasse mit natürlicher Sitzmulde an ihrem Rand. Es war der richtige Augenblick gekommen, um innezuhalten, mich hier für eine Weile niederzulassen und nachzudenken.

Die tiefblaue Meeresbucht, weißgerüscht an ihren Rändern, schien zum Greifen nahe, obwohl ich mich auf einer Anhöhe von etwa dreißig Metern befand. Steil fiel das felsige Gelände bis zur Wasseroberfläche ab. Kein Sandstrand, nur Wellen, die sich am Gestein brachen, gischtige Fontänen erzeugten und stetig verhallend rauschten.

Gegenüber der Bucht ragten wie Kirchtürme sechseckige Basaltsäulen aneinandergewachsen aus dem Meer. Eine ähnliche Formation hatte ich schon einmal gesehen, vor Jahren – es war ‚Kilt Rock' auf Skye vor der Westküste

Schottlands. Hier vor mir verlieh die gefältelte Felsformation dem Küstenstrich ein majestätisches Aussehen. Dazu passte meine Sitzmulde, mein Thron. Doch ich war kein Herrscher, der großmütig einen Ring in die Fluten werfen wollte. Ich fühlte mich als winziges Menschlein inmitten dieser großartigen Naturbühne, zurückgeworfen auf sich selbst.

In welche Richtung ich auch blickte, außer mir war weit und breit niemand. Geräusche und Klänge, die die Natur erzeugte, erfüllten die salzige Luft. Sie erreichten mein Gehör und wurden weitergetragen von den Luftströmungen und Winden. Das Wasserrauschen lullte mich ein, wirkte meditativ und ließ eine Erinnerung auftauchen.

Sie führte mich in meine Heimat. Dort hatte ich in einer wasserreichen Stadt gelebt, direkt am Inneren Graben mit einem bemoosten Wasserrad. Unweit davon führte eine Brücke darüber. Dort stand ich gerne nach einem Spaziergang durch die engen Gassen der Altstadt, lauschte dem vertrauten Rauschen und Plätschern, beobachtete das Auftauchen der spritzenden Fächer des unterschlächtigen Rades, sah hinab in das quirlig strömende Nass bis zum graugrünen Grund.

Da wurde ich in meinen Betrachtungen unsanft angerempelt. „Hoppla", entfuhr es mir.

Ich war zum Stein des Anstoßes geworden. Für eine Gruppe Jugendlicher stand ich im Weg. Die Objekte ihrer Begierde waren zig bunte ‚Liebesschlösser', die, angehängt am Brückengeländer, von der ewigen Liebe ihrer Anbringer kündeten. Sie anzufassen, Liebespaare zu identifizieren und die eingravierten Schwüre mit wenig schmeichelhaften Worten und Gejohle lautstark zu kommentieren, war ihnen ein Fest.

Mit der Ruhe war es endgültig vorbei. An den Rand gedrängt, versuchte ich, meinen Beobachtungsposten zu behaupten. Es war nicht einfach, doch ich setzte mich durch. Ziemlich laut war es geworden, verursacht von der Hauptstraße her, durch eine ununterbrochene Reihe von vorbeifahrenden Autos, Bussen und LKWs. Mittendrin ein Polizeiauto mit Blaulicht. Stop and Go vor der nahe gelegenen Ampelanlage. Empörtes Gehupe und Gasgeben. Stau im Feierabendverkehr. Vorwärtskommen, ‚ab nach Hause' war die Losung. Pech heute für die ‚Poser'. Glücklich, wer mit dem Fahrrad auf dem Fußweg unterwegs sein durfte. Unglücklich der Fußgänger, der massiv von einem ‚Kampfradler' angegangen wurde.

Alles drängte sich auf engstem Raum zusammen. Ein reales Wimmelbild mit lärmendem Hintergrund. Selbst ein Schwarm frecher Spatzen mischte mit. Ich kannte und liebte sie. Diese kleinen Federbällchen hausten seit jeher in einer Ligusterhecke um die Ecke. Fast unsichtbar, so gut war ihre Tarnung, nur ihr lautes Zanken und Tschilpen verriet ihren Aufenthaltsort. Kam man ihnen zu nahe, verstummten sie jäh, schwärmten flugs aus zu einer weitverzweigten Eibe neben der Brücke, um in ihr das lautstarke Gesellschaftsspiel fortzusetzen.

Eine Weile noch sah ich dem Treiben zu, ließ die Flanierer, Eiler, mit Tragetaschen Beladenen an mir vorbeiziehen. Bemitleidete Ältere mit Gehrad, die Mühe hatten, auf dem Kopfsteinpflaster vorwärtszukommen. Verstand nicht, wie man im Gehen Kaffee aus einem Pappbecher schlürfen mochte, um diesen anschließend ins Grün zu werfen. Roch Rauch von Zigaretten, Abgase von Motoren und aufdringliche Parfüms. Hörte Strömungen der Sprache in unterschiedlichen Mustern und Klangfarben. Wartete noch einen Sonnenstrahl aus dem weißblau marmorierten Himmel ab, ließ mich noch einmal von der Wasserströmung unter mir anregen, beobachtete die wogenden Ströme des Verkehrs und der Menschen um mich herum und beschloss: Genug!

Nun thronte ich auf der Insel hoch über den Dingen, genoss die Rundumnatur und meine Freiräume. Die Welt lärmte mit riesengroßem Abstand weit draußen.
Was hatte mein Dösen, durchzogen von Erinnerungen, mit mir angestellt? Oh ja! Ganz klar zeichnete sich für mich der unschätzbare Wert des Hierseins ab. Diesen galt es auf jeden Fall sehr überlegt und wehrhaft zu verteidigen.

Ich beendete meine Pause über atmosphärische Betrachtungen, erhob mich von meinem Thron und schlug den Weg durchs Gebüsch ein. Aufmerksam sah ich mir die vorgeschriebenen Zeigerpflanzen an und machte entsprechende Häkchen und Notizen auf meinen Checklisten. Diese Tätigkeit mochte ich sehr. Sie befriedigte meinen Drang, mich mit den einzelnen Pflanzen intensiver auseinanderzusetzen. Sozusagen auf du und du mit ihnen zu sein. Die letzten Wochen in diesem Beobachtungsgebiet hatten mich manches über den hiesigen Bewuchs und seine Entwicklung gelehrt.
Veranlasst durch die Nachrichten über den entflohenen Sträfling und das vorgefundene Lagerfeuer mit den abgenagten Knochen, war ich besonders aufmerksam und wachsam, nahm Dinge wahr, die mir vorher nicht aufgefallen waren. Zum Beispiel – und jetzt flippte ich fast aus: In einem Gehölz, das keine Zeigerpflanzen enthielt, weshalb ich es bisher umgangen hatte, entdeckte ich durch meine

aufkeimende Umsichtigkeit einen – Sie werden es nicht glauben – ‚Kletternden Giftsumach', mindestens vier Meter hoch. Automatisch murmelte ich meinen Merksatz vor mich hin: „Der Blätter drei, geh' dran vorbei!" Diesem ‚Sauron' der Pflanzenwelt wollte ich keineswegs zu nahe kommen. Respektvoll hielt ich Abstand und besah mir seinen Wuchs. Kein Zweifel, das war er. Ein Neophyt der übelsten Sorte. Von woher und wie mochte der nur hergekommen sein? Wahrscheinlich eingeschleppt aus Nordamerika, seinem Ursprungsgebiet. Dort ist die Pflanze sehr gefürchtet, denn durch ihre Giftigkeit ist sie in der Lage, Lebewesen, selbst mit einigem Abstand, Verletzungen der Augen und Atmungsorgane zuzufügen – allein durch ihre toxischen Ausdünstungen. Abbrechende Blätter oder Zweige lassen den hervortretenden Milchsaft gerinnen und ein abscheulicher Gestank verpestet die Umgebung. Eine Berührung von Pflanzenteilen jeglicher Art mit bloßer Haut führt zu extremen allergischen Reaktionen. Blasenartige Hautverbrennungen sind typisch für dieses gefürchtete Kontaktgift, dessen Hauptbestandteil Urushiol bildet.

Sofort machte ich ein Foto. Warum? Gesetzliche Vorgabe! Und um es unverzüglich mit genauer Standortbestimmung an die Behörden senden zu können. Dieser gefürchtete Giftsumach kann nur von einem speziell ausgebildeten Team der Schutzbehörde mit höchsten Sicherheitsstandards beseitigt werden. Erwischen diese Experten nicht alle Pflanzenteile, breiten sie sich ungehemmt in alle Richtungen aus. Wie eine Saat des Bösen. Eine Horrorvorstellung!

Nach einer höchst beunruhigenden Nacht verlangte es mich nicht auch noch nach einem Tag gespickt mit Absonderlichkeiten. Doch ich kam nicht aus. Ich musste mich diesen Begebenheiten stellen, so sonderbar und fortwährend, wie sie mir auch begegneten. Was würde heute noch alles auf mich zukommen?

Laut sprach ich es aus: „Bitte, nur einen kleinen Lichtblick!"

Und da war er schon. Ein aufmunterndes Signal. Selten in diesem Teil der Insel, doch unverkennbar - Klatschmohn. Schon wieder. Heute Morgen noch erhielt ich per Post ein attraktives Armband in der leuchtend roten Farbe dieser Pflanze. Und nun diente das harmlose Gewächs für mich als Beruhigungspille. Bitte diesen Begriff nicht wörtlich nehmen - Klatschmohn enthält keine Opiate. Es war einfach erfreulich und märchenhaft, schon von weitem die vertraute hochrote Blüte inmitten grüner Gräser leuchten zu sehen. Von ihrer staubgefäßgefassten Mitte aus reckten sich an ihrem lackschwarzen Grund glänzend rote Blütenblätter in den blauen Himmel, vier an der Zahl, zum Rand hin leicht gewellt und matt werdend. Sie signalisierten: Hierher zu mir, ihr Bestäuber oder Winde, ich bin bereit. Umhüllt von zwei weißlich behaarten Kelchblättern zeigten sich an einem elegant abwärts gerundeten Stängel pralle Knospen kurz vor dem Aufplatzen, daneben aufgehende, schon halb aufgerichtete Blüten in noch hilflos verknittertem Zustand. Ein rührendes Bild, das doch zukünftige Schönheit ahnen ließ. Der Anblick dieser verletzlichen Standhaftigkeit richtete mich innerlich auf und ließ mich beruhigt voranschreiten.

Bildete ich mir es ein oder war da ein Motorengeräusch zu vernehmen? Unweit von hier führte ein Buschweg vorbei. Dorthin trieb mich meine Neugierde. Hinter einem dicken ‚Blue Gum' verborgen, konnte ich schon von fern erkennen, dass Claire mit ihrem Landcruiser nahte. Hatte sie vielleicht doch meinen heimlichen Hilferuf gehört? Winkend trat ich hervor und Claire stoppte sofort.

„Was für ein verstörender Tag heute." Mit dieser Begrüßung stieg sie aus ihrem Fahrzeug und fiel mir um den Hals.

„Und was für ein Glück, dich jetzt zu treffen", sagte ich völlig erleichtert. „Es kommt ja selten vor, doch heute könnte es nicht besser passen."

„Erzähl, Philo, was war los?"

Ich fasste die Geschehnisse kurz zusammen und sah Claire dabei erblassen.

„Lagerfeuer, Knochenreste ...", murmelte sie beunruhigt vor sich hin. Dann sprudelte es aus ihr heraus: „Ja, und stell dir vor, was ich heute entdeckt habe? Du weißt, unten am Farnbach, der quellklare Pool, da fand ich ein verletztes Schnabeltier. Männlich, sah böse verletzt aus, möglicherweise Revierkämpfe ... oder ...?"

„Und? Wie hast du reagiert?"

„Hätte ich es sich selbst überlassen, würde es sicher bald verendet sein. So habe ich kurzerhand meinen Hand- und Armschutz angelegt, das hilflose Tier aufgenommen und in die Gitterbox gebettet. Es hat sich nicht einmal mehr dagegen gewehrt. In der Station werde ich seine Wunden versorgen, dann sehen wir weiter."

„Ein Schnabeltier! Darf ich es anschauen?"

„Nein, lieber nicht, es muss sich erst beruhigen, um dann von mir verarztet zu werden. Sollten dir Würmer, Schnecken oder andere schnabeltiertaugliche Insekten und Tierchen über den Weg laufen, dann stecke sie doch schon mal in die Hosentasche. Wir werden sie zum Aufpäppeln benötigen. Ich fahre jetzt los zur Station, um die entsprechenden Meldungen zu machen. Es ist wirklich sonderbar. Tage- und wochenlang liegt nichts Nennenswertes vor. Doch heute überschlagen sich plötzlich die Ereignisse."

Sprach's, setzte sich hinter das Steuer und startete.

Klatschmohn hin oder her, das Schnabeltier beschäftigte mich mehr. Dieses sonderbare Tier, teils Säuger, etwas Vogel, mit einem Schuss Reptil. Ein fabelhaftes Mischwesen aus einer ganz anderen Zeit und weltweit einzigartig. Wie aufregend. Warum Claire wohl Hand- und Armschutz angelegt hatte? Das wollte ich sie bei meiner Rückkehr fragen.

So rasch wie möglich absolvierte ich meine Tour und kehrte von Neugier getrieben zur Station zurück. Was wohl dort auf mich warten würde?

15. Ein haariger Gast

Ruhig und unverändert lag die Adventure Station vor mir, als ich von der sanften Anhöhe auf sie hinunterblickte. Was hatte ich erwartet? Darauf konnte ich mir keine Antwort geben, es war einfach so ein diffus warnendes Gefühl, das mich beschlich und nicht mehr weichen wollte. Der Landcruiser parkte vor Claires Rangerkate, doch Claire selbst traf ich in unserem Badezimmer an. Völlig hingegeben und versunken in ihre Tätigkeit. Sachte und vorsichtig reinigte sie mit kaltem, fließendem Wasser und einem Stück Gaze ein dunkelbraunes Fellbündel mit Entenschnabel und Schwimmhäuten zwischen den Zehen. Es war das verletzte Schnabeltier. Mehr tot als lebendig, was Claire die Arbeit immens erleichterte. Ich wagte es nicht, sie anzusprechen, um den Verletzten nicht zu erschrecken. So sah ich zu, wie sie mit kundiger Hand das Tier behandelte. Es war offensichtlich nicht einfach, aus seinem extrem dichten Haarkleid alle Schmutzreste und Blutverkrustungen zu entfernen. Vorteilhaft war es sicherlich, dass im Januar, also jetzt, der Haarwechsel anstand und das Fell dadurch nicht ganz so füllig war. Für mich war es anrührend, zu sehen, wie sanft und doch gründlich Claire vorging. Nach der Reinigung nahm sie, was mir völlig unerklärlich schien, Morenos Honigglas, tauchte einen Spatel hinein und verteilte die bernsteinfarbene, klebrige Masse großzügig auf den Wunden. Das Schnabeltier zuckte nur leicht und ließ es mit sich geschehen. Zum Glück waren die Wunden allein auf der Rückenpartie, so würde sich der Heilungsprozess reibungsloser gestalten. Zum Abschluss deckte Claire die behandelte Partie mit einer luftigen Gazekompresse ab und sagte zärtlich: „Voilà, mein Süßer, jetzt ist die Reihe an dir, werd' wieder gesund."

Sie schob vorsichtig ihre Hand unter den Bauch des Patienten und hob ihn in einen Wäschekorb, den sie mit einem frischen Bettlaken ausgepolstert hatte. Über dieses Krankenlager deckte sie einen Baldachin aus dunkelblauem, duftigen Batist. So gebettet und ungestört sollte der Verletzte wieder gesunden. Zusammen trugen wir das Krankenbett in die Waschküche, sie war der kühlste Ort im Haus, hatte ein Fenster mit einem Fliegengitter davor, es war ruhig und dämmrig, fließend kaltes Wasser war vorhanden – kurz – es war die perfekte Krankenstation für unseren haarigen Gast.

So sehr mir auch meine aufgestauten Fragen unter den Nägeln brannten, war es doch viel wichtiger, für Claire wie für mich, unsere Meldungen über die Vorkommnisse an die zuständigen Behörden weiterzugeben. So setzten wir uns im Arbeitszimmer ans Telefon und den Computer und kamen unseren Verpflichtungen unverzüglich nach.

Claire, die Parkrangerin, meldete die Feuerstelle mit den abgenagten Knochen, gab die Details und die Position durch und hängte mein Foto davon an. Außerdem, denn das fiel auch in ihren Zuständigkeitsbereich, machte sie Meldung über den Giftsumach, ebenso mit Positionierung und Foto.

Zum Schluss berichtete sie, ebenfalls mit Bilddatei, über den angegriffenen Platypus. Eine ungewöhnliche Anhäufung von Vorkommnissen für einen Vormittag. Das hatten wir bisher so nicht erlebt.

Nun war wirklich eine Kaffeepause für uns fällig. Morenos semiprofessionelle Espressomaschine leistete wie oft schon rasche und perfekte Dienste und ließ uns wieder tief durchatmen.

„Sag doch mal, Claire, warum hast du denn das Schnabeltier mit Honig verarztet? Ich dachte, ich sehe nicht richtig."

„Ach ja, der Manuka, so heißt der Honig, ein Hausmittelchen aus Morenos neuseeländischer Heimat. Doch auch hier in der Umgebung gedeiht der rote Teebaum, aus dessen Pollen er gewonnen wird, prächtig. Gleich hier in der Nähe wachsen eine große Anzahl davon, allerdings als Sträucher. Bäume im klassischen Sinn sind es hier nicht. Ihre zahlreichen roten bis rosafarbenen, manchmal auch weißen Blüten wirken unwiderstehlich auf Wildbienen. Moreno kennt einige Wildbienenstöcke in Baumhöhlen und bedient sich dort für seinen besonderen Honigvorrat."

„Ich verstehe immer noch nicht, was der Manuka – so nanntest du ihn – auf dem schwer gebeutelten Schnabeltier soll?"

„Na ja, das ist sicher erklärungsbedürftig. Extrakte des roten Teebaums wirken stark desinfizierend, antibakteriell und antientzündlich. Die Dosierung ist jedoch sehr schwierig, meist zu hoch und damit gefährlich. Da ist es einfacher, den Honig als bereits fertiges Auftragsmittel zu verwenden, denn er wirkt genauso, wenn nicht besser, und beinhaltet vor allem eher die richtige Wirkstoffmenge."

„Das heißt, wir warten nur ab, dass der Manuka so wirkt, wie er soll, und damit wird unser Patient wieder heil. Oder?"

„Ja, so könntest du es dir vorstellen. Eine Kleinigkeit fehlt aber noch. Wir müssen ihn auch durch Nahrungsnachschub wieder kräftigen und das ist nicht so einfach, wie du dir es vielleicht vorstellst. Er ist ein nämlich ein reiner Fleischfresser. In der Natur ernährt er sich von unter Wasser lebenden Kleinlebewesen – vom Wurm bis zu kleinen Fröschen. Pro Nacht, denn er ist nachtaktiv, stopft er sich seine Backentaschen voll mit Unterwasserdelikatessen, die er dann an der Wasseroberfläche genüsslich, eine nach der anderen, verschmaust. Ein bis eineinhalb Kilo futtert er auf diese Art und Weise."

„Ach du liebe Zeit", entfuhr es mir. „Heißt das, wir müssen täglich so viel Futter fangen?"

„Nein, keine Angst, erstens ist er im Augenblick zu lädiert und zu schwach, um zu fressen. Allerdings wird sein Appetit wieder erwachen und dann bevorzugt er Lebendfutter. Solange wir ihn nicht entlassen können, sind wir in der Pflicht, für ihn zu sorgen."

„Und wie stellst du dir das vor?", fragte ich stirnrunzelnd. „Soll ich nun täglich in seinem Pool tauchen und Fröschlein fangen?"

„Ach, Quatsch! Wir züchten einfach sein Futter, das geht problemlos. Hin und wieder können wir ihm ja einen Leckerbissen fangen."

„Also los, was kann ich dafür tun?"

„Nun gut, liebe Philo, du hast es nicht anders gewollt. Hiermit ernenne ich dich zum Futtermeister der geschundenen Kreatur. Wir bauen uns eine respektable Madenzucht."

Und so kam es, dass wir verschiedenes Material zusammensuchten und ganz am Ende der Umzäunung die Zuchtanlage installierten. Wir hatten ganz schön zu tun, doch zum Schluss waren wir ziemlich stolz darauf.

Unsere Madenzucht kann man sich so vorstellen: Ausgangspunkt war eine lange Zinkwanne, wahrscheinlich ehemals die Badewanne des Leuchtturmwärters und seiner Familie, denn wir hatten ja eine moderne in unserem

Badezimmer. Bisher diente die Ausrangierte als Trinkwasserbehälter für die Schafe und Albena, wenn sie bei uns zu Besuch waren. Doch heute stellten wir in die Zinkwanne fünf Putzeimer gefüllt mit einer Einlage von etwa ein Finger breit Sand und Kies. Über jeden Eimer legten wir ein Gitter aus dem übriggebliebenen Hasendraht von Yokos Auslauf. So, das war die Basis.

Aus der Kühltruhe nahmen wir zwei mickrige Fische, eine Portion grüne Muscheln, ein Stück Suppenfleisch sowie ein Reststück stark riechenden Käses aus dem Kühlschrank. Diese Leckerbissen für die Fliegen platzierten wir jeweils mittig auf dem Hasendraht über den Eimern. Und damit unsere Möwen und sonstigen Liebhaber derartiger Delikatessen nicht ran konnten, wuchteten wir eine ausreichend große Holzplanke, wahrscheinlich ehemals eine Türfüllung, über das Ganze. Es waren genügend Spalten und kleine Öffnungen vorhanden, sodass Fleischfliegen und andere aasliebende Spezies dieser Größenordnung ihren Weg dorthin finden konnten, um darunter ihre Eier abzulegen. Bei unseren derzeitigen Witterungsbedingungen und hohen Temperaturen könnten locker innerhalb von Stunden oder eines Tages die ersten Maden durch die Drahtroste in die Eimer purzeln. Interessant für uns war die Frage, welcher Köder die beste Ausbeute liefern würde und ob es Unterschiede in der Bevorzugung durch das Schnabeltier gäbe. Bald würden wir es wissen. Als Futtermeister war es mir selbstverständlich ein persönliches Anliegen, darüber die Kontrolle zu behalten und Buch zu führen. Aufregende Zeiten, so fühlte es sich für mich an. Claire bewunderte ich maßlos wegen ihrer Kenntnisse und ihres Einfühlungsvermögens. Innerlich stellte ich sie auf mein Siegerpodest. Nun musste das lädierte Tierchen nur noch durchhalten und gesund werden. Dafür drückte ich die Daumen.

Unsere emsigen Bewegungen und rätselhaften Umbauten auf dem umzäunten Gelände blieben auch Moreno und Ernest auf dem Leuchtturm nicht verborgen. Kaum waren wir fertig und in der Station zurück, klingelte auch schon das Telefon.
„Na, ihr zwei Schönen, was schafft ihr denn so wild am hintersten Ende der Koppel?", fragte Moreno völlig entspannt und gutgelaunt. Abwechselnd am Telefonhörer erzählten wir, was im Laufe des Tages bei uns vorgefallen war. Moreno hörte aufmerksam zu und unterbrach uns auch nicht. Nach einer gefühlt mehrminütigen Pause, in der es mucksmäuschenstill war, meldete er sich mit den Worten: „Egal, was passiert, ihr wisst, was ihr zu tun habt. Es gelten weiterhin die vereinbarten Verhaltensweisen und Signalzeichen. Entgegen unseres bisherigen Plans bleiben Ernest und ich vorerst auf dem Turm. Es gibt hier genügend für uns zu tun. Dank deiner üppigen Versorgung, liebe Philo, funktioniert das problemlos und wir können euch sehr gut im Auge behalten." Und, mit einem vorstellbarem zwinkernden Auge: „Die Lage ist ernst, aber nicht hoffnungslos."
 So in Gedanken vereint, schien unsere kleine Welt schon wieder viel einfacher.

Claire machte sich mit ihrem Allradfahrzeug nochmals auf eine Kontrollfahrt durch das Reservat und ich bewachte unseren Patienten, bereitete etwas zu essen für uns zu und ging in Gedanken nochmals unsere Signalzeichen durch. Die Kommunikation mit dem Leuchtturm sollte auch ohne Technik ganz einfach und unauffällig funktionieren.

Zum Spannungsabbau – danach war mir zumute – setzte ich aus einem Vorteig und zwei Esslöffeln Sauerteig einen Hauptteig für ein schönes Brot an. Etwas Fenchelsaat und gemahlener Schabziegerklee sollten es zusätzlich aromatisieren. Diese ursprüngliche und meditative Tätigkeit konnte mich in turbulenten Momenten oder Zeiten immer wieder erden und zu mir selbst zurückbringen. Ein ruhespendender Ausgleich mit gesundem Nährwert.

Während der Teigbereitung kamen mir einmal mehr die ‚Kräutlein' und meine Neigung, mit ihnen zu spielen, in den Sinn. Vielleicht sollte ich doch mal wieder etwas experimentieren. Rohmaterial hatte ich in der letzten Zeit nebenher gesammelt und zum Trocknen in meinem Zimmer aufgehängt. So begannen meine Tage mit dem lustvollen Einatmen herber grasiger Düfte, die die Pflanzen verströmten. Da fiel mir ein, ich könnte Melbas Armband aus klatschmohnfarbenen Paternostererbsen, das ich heute Morgen erhalten hatte, dazwischen hängen. Das wäre ein toller Lichtblick zwischen all dem verschrumpelten Graugrün. Eine wirkungsvollere Kollektion unterschiedlichster Arten gab es bestimmt so schnell nicht wieder. Das Schmuckstück gehörte einfach in diese spezielle Sammlung. Außerordentlich hübsch anzusehen. Der Anblick machte mich insgeheim glücklich und stolz.

„Das hast du wirklich gut ausgewählt, liebe Melba", sagte ich halblaut vor mich hin.

In Gedanken vertieft, tauchte auch meine damit verbundene glücklose Vergangenheit wieder auf. Das geniale Jakobsbier für einen ungeliebten Schulkameraden drängte sich in den Vordergrund, mein klägliches Versagen und meine Flucht vor mir selbst hierher. Könnte es hier zu einer Neuauflage meiner Mittelchen mit einem neuen Versuchsobjekt kommen? War ich noch mittendrin in meinem selbstgewählten Rennen? Wollte ich es mit einem finalen Tusch gar zu Ende bringen? Endlich einmal?

Wie kam ich eigentlich zu dem Begriff ‚Rennen'?

Jetzt fiel es mir wieder ein. Es war ein Theaterstück, Harold Pinters ‚Niemandsland'. Ja, genau, von dem britischen Nobelpreisträger. Ein bemerkenswerter Satz daraus, den ich mir gemerkt hatte, traf auf mich und meine Situation zu: „Heute Abend, mein Freund, sehen Sie mich bei der letzten Runde eines Rennens, von dem ich längst vergessen hatte, dass ich es laufe." Es ging mir um den Symbolgehalt des Satzes. Denn offenbar falle ich genauso in meine alten Muster zurück wie andere Menschen auch. Vielleicht hatte ich, ohne es zu registrieren, nie damit aufgehört. Davonrennen hilft anscheinend nicht. Ist Scheitern das Muster? Oder eher die Freude an meinen spannenden Spielereien? Ich hoffe Letzteres. Die letzte Runde ...?

Eine Frage beschäftigt mich noch oder wieder: Warum legte Claire einen Hand- und Armschutz an, als sie Platon – so nannte ich für mich unseren Platypus, die australische Bezeichnung für Schnabeltier – am Verletzungsort aufgenommen hatte? Gab es da etwas Wichtiges, was ich wissen sollte?

16. Geheimnisse

Tja, Platon – natürlich drehte sich alles um ihn. Der Spezialpatient in einer Spezialsituation. Und wir mit ihm. Doch auch das würde vielleicht schon morgen Normalität sein. Normalität, wie auch das Warten auf ungewöhnliche Ereignisse. Moreno und Ernest auf dem Leuchtturm, Claire und ich mit verletztem Schnabeltier in der Waschküche. Nicht zu vergessen unsere neu angelegte Madenzuchtstation, die die Fliegen der gesamten Umgebung verrückt machte. Ich hätte nie geglaubt, dass unsere ausgelegten Köder so attraktiv auf die geflügelten Insekten wirken würden. Claire war vorausschauend genug gewesen, sie am hintersten Ende des umzäunten Grundstücks zu platzieren. Sie wusste es oder konnte es sich zusammenreimen, wie gammelnde Proteine von Fisch, Käse und Fleisch riechen würden. Vielleicht können Sie sich das vorstellen, wenn Sie einmal im Leben Verwesungsgeruch in der Nase hatten. Diesen Geruch vergisst man nie. Denn der evolutionsbedingte Dechiffriercode dafür steckt bereits in unseren Genen.

Dank des raschen Verwesungsprozesses und der warmen Temperaturen funktionierte die Zucht prächtig und zuverlässig. Sobald Platon Futter benötigen würde, wären wir sehr gut aufgestellt damit. Doch vorerst musste er sich erholen und zu sich kommen.

Claire schlief im Gästebett in meinem Zimmer, um sofort im Notfall zur Stelle zu sein. Außerdem fühlte es sich für uns beide besser an, nicht alleine zu sein. Vor dem Einschlafen lagen wir beide noch wach und erzählten, was uns gerade so in den Sinn kam. Offenbar inspiriert durch meinen Kräuterbaldachin mit seinen Düften und Aromen, schilderte ich ihr vertrauensvoll in kurzen Worten meinen bisher einzigen und einzigartigen Versuch, mittels eines selbstgebrauten Jakobsbieres einen unliebsamen Zeitgenossen um die Ecke zu bringen. Claire bekam große Augen.

„Was? Du?" Sie schnappte hörbar nach Luft und hakte nach. Deshalb schlug ich ihr der Einfachheit halber vor, aus meinen Tagebuchaufzeichnungen vorzulesen.

„Oh ja, unbedingt, das will ich wissen! Wie spannend!"

Und so nahm ich meine geheimen Aufzeichnungen zur Hand:

Der erste Versuch

Zufällig begegnete ich während eines Spaziergangs im Stadtpark einem Klassenkameraden aus der Schulzeit. Schon von weitem machte er auf seinem Fahrrad durch heftiges Winken auf sich aufmerksam. Zuerst traute ich meinen Augen nicht – ausgerechnet er – der, den ich nie ausstehen mochte wegen seiner hinterlistigen, falschen und verlogenen Art; krudes Benehmen krönte sein Verhalten über die Jahre, und ich konnte ihm jetzt nicht mehr aus dem Wege gehen. Aber dann machte es plötzlich bei mir innerlich ‚klick'.

„Hallo, Jakob, na so was", begrüßte ich ihn. „Ewig nicht mehr gesehen, ist bestimmt schon etliche Jahre her, wohl seit unserem letzten Klassentreffen, oder?"

Er stieg vom Sattel, nickte und gab mir seine Hand, wobei er, wie er es bei Mädchen und Frauen immer getan hatte, meine Rechte ganz kräftig quetschte. Widerlich. So einen Typen kennen Sie sicherlich auch.

„Au", schrie ich, „du hast dich überhaupt nicht verändert. Daran würde ich dich selbst im Stockfinstern erkennen."

Meine heftige Reaktion amüsierte ihn sichtlich, und er grinste von einem Ohr zum anderen. Ich hatte ihm Gelegenheit gegeben, sich mal wieder als ganzer Kerl zu fühlen.

Warte nur, dir werd' ich zeigen, wer hier wen zerquetscht, dachte ich und lächelte ihn dabei zuckersüß an: „Komm, Jakob, wir gehen ein Stück des Weges zusammen, und du erzählst mir, was alles so los ist bei dir und wie es dir geht."

Unschlüssig blickte er hin und her, dann sagte er: „Na ja, keine schlechte Idee, hab' gerade ein paar freie Tage und damit Zeit; außerdem nix Bestimmtes vor."

Wir spazierten, er sein Fahrrad schiebend, in die Richtung, die ich eingeschlagen hatte. Die Jahre hatten ihn äußerlich verändert. Seine vormals schmale und wendige Gestalt war einer kräftigen Statur gewichen. Er hatte deutlich an Gewicht zugelegt, was sich auch an seinem runden Kopf zeigte. Graue Strähnen durchzogen bereits sein dunkelbraunes, mittellanges Haar. Es war noch immer so geschnitten und hingeklatscht wie eh und je. Phantasielos eben. Wir schlenderten die gepflegten Parkwege entlang. Ins Gespräch mit Jakob vertieft, hatte ich an diesem sonnigen Tag weder Auge noch Ohr für die sommerliche Natur um uns herum. Mein Interesse galt ausschließlich dem, was er zu berichten hatte. Gezielt stellte ich ihm Fragen, um mir ein konkretes Bild von seiner Situation zu machen. Mit jedem bisschen Mehr an Information wuchs meine Begeisterung für sein schlichtes und überschaubares Leben. Schließlich langten wir am Parkeingang an und verabschiedeten uns mit meinem Versprechen, dass ich mich bei ihm melden würde. An meine gequetschte Hand denkend, winkte ich ihm vorsichtshalber ein ‚tschüs' zu und ging meines Weges.

Meine Gedanken fuhren Achterbahn, ich musste sie in geordnete Bahnen lenken, damit ich ja nichts übersehen und vergessen konnte. Ich wusste eines ganz sicher: Mein großer Moment war gekommen – jetzt musste ich handeln. Und zwar so schnell wie möglich.

Zu Hause angekommen, kramte ich sofort meine Rezepte und Utensilien fürs Bierbrauen sowie meine gehorteten Zutaten heraus. Das war fertiges, helles Gerstenmalz; die bitteren Hopfenpellets aus Spalt in Mittelfranken würde ich zu diesem Spezialsud nicht benötigen. Dafür hatte ich ausnahmsweise etwas Erlesenes als Ersatz. Es war Jakob buchstäblich auf den Leib geschneidert: ein Leinensäcklein gefüllt mit getrocknetem ‚Jakobsgreiskraut'. Greiskraut aus einer Gegend mit nachgewiesen besonders hohem, ungesättigtem Pyrrolizidinaklaloidgehalt. Der Geschmack, denn das ist mit das Entscheidende, sei, im Spätsommer geerntet, nicht allzu bitter und feinherb fruchtig – damit ein veritabler Hopfenersatz. Zudem echte Bio-Qualität aus deutschen Landen. Beim vorgesehenen Einsatz wäre eine maximale Schädigung seiner Leber ab der ersten Bierflasche durch eine metabolische Toxifizierung mit Nachhaltigkeitseffekt sicher zu erwarten. Erst Tage später würden schwere, unklare Symptome auftreten und, wenn alles glatt lief, gäbe es keine Möglichkeit der Remission; der sichere Todeseintritt käme Wochen oder Monate später. Die Ursache, oder gar die Umstände wären nicht mehr ermittelbar. Ein Fall von natürlicher Raffinesse, der mich geradezu entzückte.

Ach, wie lange wartete ich schon auf diese Möglichkeit der angewandten Erprobung! Und plötzlich, wie aus dem

Nichts, war da mein Paradefall. Ein Paradefall deshalb, weil mir Jakob erklärt hatte, dass seine Frau wegen seiner massiven Eifersucht ins Ausland geflüchtet war. Seine möglichen Kinder niemals die Chance hatten, ausgetragen zu werden. Die Eltern längst gestorben waren und die Nachbarn der Vorortgemeinde sich um nichts, aber auch gar nichts scherten. Er bewohnte dort sein bereits baufälliges Elternhaus auf einem kleinen Gartengrundstück. Weder Freund noch Feind gaben sich hier in den Außenbezirken die Türklinke in die Hand. Hund und Katze mieden das Areal. Würde er jemandem fehlen? Höchstwahrscheinlich nicht. Ganz anders war die Situation bei mir in der Innenstadt. Hier wohnten wir in hohen Häusern, eng auf dicht. Man kannte sich zwar vom Sehen, blieb aber trotzdem anonym. Eine sehr angenehme Art des urbanen Zusammenlebens, schloss sie doch von vornherein persönliche Aufdringlichkeiten untereinander aus.

Eine Charge mit sechs Schnappverschlussflaschen Jakobsbier stand bereit sowie eine Zwölfercharge von obergärigem, harmlosem Hopfenbier. Beide Sorten kennzeichnete ich sorgfältig, um keine fatalen Verwechslungen zu provozieren, und war mit meiner getanen Arbeit sehr zufrieden. Für das weitere Vorgehen fehlte nur noch die Einladung an meinen Gast. Aber das hatte keine Eile.

„Abwarten und Tee trinken", sagte ich zu mir und beschloss, einen Spaziergang durch das Viertel zu machen. Wollte einfach auf andere Gedanken kommen und ein wenig frische Luft schnappen. Mein Weg führte mich von zu Hause weg durch die Altstadt, vorbei an kleinen Läden, Kneipen und einem angesagten Gastronomiebetrieb mit eigener Hausbrauerei. Dort parkten wild durcheinander mehrere Fahrzeuge des Zolls, und gerade eben kam deren Besatzung aus dem Gebäude. Unter den uniformierten Einsatzkräften kam mir ein Gesicht sehr bekannt vor: Es war Jakob. Konzentriert und händefuchtelnd gab er Anweisungen für seine Mannschaft und sah mich nicht.

Ich weiß nicht mehr, was ich dachte, ich lief einfach nur davon.

Wenn es mir nur in den Sinn gekommen wäre, ihn zu fragen, was er beruflich mache, hätte mir der Schulkamerad Jakob stolz darüber erzählen können, dass er beim Zoll im operativen Bereich des mittleren Managements tätig war. Just bei dem Amt, dem ich meine gelegentlichen Bierbrautätigkeiten gesetzestreu anzuzeigen hätte. Was ich aber nicht getan hatte, denn es schien mir lächerlich. Weiter nichts als eine gesetzliche Lappalie.

Nicht auszudenken, was gewesen wäre, hätte er mich zu meiner ‚Hausbrauerei' befragt und ich im Anschluss aktenkundig geworden wäre. Die direkte Spur zu mir wäre offensichtlich gewesen.

So war die Lust auf einen Spaziergang meine Rettung. Ein übler und dilettantischer Anfängerfehler wäre mir beinahe zum Verhängnis geworden. Zudem meine oberflächliche Einschätzung von Jakobs Wesen: Von wegen prollig oder sonst ein Gedanke in diese klischeehafte Richtung – davon konnte überhaupt keine Rede sein. Vielleicht war er menschlich etwas schwierig, ein Exekutivbeamter eben.

Das, was weitaus schwerer wöge, ließ ich zunächst stillschweigend in einem großen, dunklen Loch verschwinden. Jakob wird es mir bestimmt verzeihen, wenn ich mich nicht so schnell bei ihm melde.

Aber penibel sauber gebrautes Jakobsbier in attraktiven Schnappverschlussflaschen hält sich problemlos über Jahre ...

Claire war mehr als baff über meine Geschichte, konnte sie kaum glauben. Immer wieder hakte sie nach, fragte und suchte nach Antworten und Erklärungen, die in ihr Bild von mir und ihrem Wertekanon passten. Doch wie wir es im Gespräch auch drehten und wendeten, wir fanden keinen Ausweg aus ihrem Gedankenlabyrinth. Schließlich kam sie laut aufseufzend zu dem Schluss, dass mein Geständnis - trotz all ihrer Zweifel und Vorbehalte - doch unglaublich interessant und spannend sei, fast wie in einem Krimi. Sie wolle und könne jedoch nicht darüber urteilen. Zu groß sei ihre Verwirrung über diese Konfrontation. Etwas sarkastisch fügte sie hinzu, ich solle doch bitte nicht auf die merkwürdige Idee kommen, meinen neuerlichen Versuch an ihr, Moreno oder Ernest durchzuführen.

Dann, offenbar schon etwas vertrauter mit der Neuigkeit, meinte Claire, dass meine nach Heu duftenden, verschrumpelten Kräuter unter der Zimmerdecke für den Fall eines Falles bestimmt sinnvoll und hilfreich sein könnten. Sie würden, in Verbindung mit meinem Wissen darüber und mittels meiner offenbarten Skrupellosigkeit, einen wirksamen Schutzschild für uns bilden.

Da schau mal einer an. Nun schlug wieder Claires praktische Seite durch. So staunte ich für mich über ihre elegante Volte. Sie hatte ihr neues Wissen über mich flugs und flexibel in ihr pragmatisches System eingebaut.

„Ich weiß über die Flora zu wenig, mir ist die Fauna um uns herum näher und wichtiger, da kann ich mitreden, das ist mein Thema", sagte sie. „Ach, und übrigens danke noch, dass du auf Tierversuche verzichtet hattest." Dabei lächelte sie süffisant.

Nach diesen Worten von ihr fiel es mir wieder ein: „Ich wollte dich noch fragen, warum du Hand- und Armschutz angelegt hast, als du Platon aufgenommen hattest. Was war der Grund dafür, das würde mich sehr interessieren."

„Gute Frage. Es verhält sich so: Das männliche Schnabeltier hat an seinen Hinterbeinen je einen circa fünfzehn Millimeter langen Giftsporn. Dieser kann ein starkes Gift ausscheiden. Bei Revierkämpfen oder wenn es um paarungsbereite Weibchen geht, sind diese Giftsporne eine gefürchtete Waffe, ebenso zur Verteidigung bei Angriffen jeglicher Art. Deshalb ist es erst einmal sinnvoll, sich zu schützen, denn man kann nicht wissen, in welcher Haltung uns ein männliches Schnabeltier begegnet."

„Oh, das wusste ich noch gar nicht. Gut, dass du mir das sagst. Ich hätte ihn bestimmt völlig unbedarft berührt."

„Das solltest du lieber bleiben lassen. Wir müssen nur vorsichtig sein, wenn er wieder zu sich kommt. Da könnte seine Wildheit wieder durchbrechen."

„Wie wirkt denn das Gift, wie muss ich mir das vorstellen?"

„Aha, die Giftmischerin wird neugierig", bemerkte Claire spöttelnd. „Es ist nicht tödlich, doch die Schmerzen sind extrem. Es wird einem furchtbar schlecht und es entstehen in kürzester Zeit sehr schmerzhafte Schwellungen. Dieser Zustand kann über Wochen und Monate anhalten. Bis heute gibt es kein Gegengift und selbst stärkste Schmerzmittel, wie Morphium, helfen nur unzulänglich."

„Wow, das klingt phantastisch übel, sehr interessant. Dafür könnte ich mich sofort begeistern."

„Nein, Philo, vergiss es, viel zu gefährlich und kompliziert. Da hast du bestimmt raffiniertere Methoden in deinem Repertoire - oder?" Das fragte sie in einem schon neckischen Tonfall.

Ich hatte etwas sehr Geheimes von mir preisgegeben und nicht wissen können, wie es aufgenommen werden würde. Doch ich hatte es im Vertrauen auf Claire riskiert - und gewonnen. Nun, wo es heraus war, beruhigte und erleichterte es mich zugleich.

Die Zeit der Geständnisse war noch nicht vorbei. Claire war es, sie hob an in einem Tonfall, den ich noch nicht von ihr kannte. Deshalb hörte ich ganz genau hin.

„Weißt du, Philo, manchmal vor speziellen Ereignissen - dir kann ich das nach deiner Offenbarung erzählen - habe ich so etwas wie Tagträume oder besser gesagt Visionen. Früher sagt man auch ‚Gesichte' dazu. Es kündigt sich dadurch an, dass ich nicht mehr aufmerksam sein kann und wie abwesend werde und wirke. Meine Selbstwahrnehmung wird fast ausgeschaltet und ich kann mich nur auf das ‚Gesicht' fokussieren. Es ist für mich ein Moment der völligen Hilflosigkeit und Hingabe. In diesem Zustand bin ich willenlos und angreifbar. Das macht mir einerseits Angst, andererseits ist auch das, was ich sehe, nicht beunruhigend und im Nachhinein sogar stärkend."

Jetzt war ich es, die platt war. Ich hatte zwar so einiges über diese Phänomene gehört und gelesen, doch eine direkte Konfrontation mit einem Betroffenen hatte ich bisher noch nicht gehabt.

„Wie wirkt sich das denn aus, Claire? Hast du ein Beispiel dafür?"

„Ja, heute, Philo, war es wieder einmal soweit. Ich war nach unseren Aktivitäten mit Platon, wie du weißt, im Revier unterwegs. Kam dann gegen Abend mit dem Landcruiser aus dem Busch auf eine freie Heidefläche mit niedrigen Sträuchern und kleinen Felsbrocken. Vor mir machte der Weg einen scharfen Rechtsknick, weg von einer Abbruchkante. Ich stoppte, weil mir so komisch wurde, der Motor erstarb und vor mir am Rand des Abhangs stand plötzlich, mit dem Rücken mir zugewandt, eine aufrechte Frauengestalt in einem langen, eleganten Empirekleid. Das rot gelockte Haar trug sie aufgesteckt und rubinrote Ohrgehänge schmückten sie. Sie schien sich sehr konzentriert dem Abendrot darzubieten, fast so als wollte sie es beschwören. Das zumindest deuteten ihre nach unten und vom Körper weggehaltenen Arme und Hände an. Diese ableitende, konzentrierte Haltung erinnerte mich an Mariendarstellungen, in denen die Gottesmutter mit ausgestreckten Armen ihren blauen Mantel um sich ausbreitet, um einer Kinderschar Schutz zu gewähren. Hier gab es keinen Umhang und auch keine Kinder, dafür waren ihre mit kostbaren Ringen geschmückten Hände zu sehen. In allen nur möglichen Gelb-Rot-Orangetönen wurde sie von der Abendsonne beleuchtet, sodass ihre im Schatten liegende Rückenansicht für mich fast schwarz wirkte. Alle Geräusche waren verstummt und ich wünschte mir nichts sehnlicher, als dass diese Dame sich umdrehte, um mir in die Augen zu sehen. Doch einer Statue gleich blieb sie in ihrer Haltung stehen, von einer granatapfelfarbenen Aura umgeben. Ich hatte plötzlich das sichere Gefühl, dass sie etwas Unsichtbares bannen wollte, mich davor schützen. Ja, das war es, diese sichere Erkenntnis: Einem Schutzschild gleich stand sie vor mir. Nichts, was sie vor sich sah, sollte hinter sie dringen können. Sie wendete etwas Starkes, Übergriffiges von mir ab. Das war es!"

Claire war nach dieser Erzählung ziemlich ausgelaugt und fast den Tränen nahe. Dieses mystische Erlebnis rührte offensichtlich sehr stark an ihrem Inneren und wühlte sie bis in tiefste Schichten auf.

„Kam dir diese Dame bekannt vor?", fragte ich, es war nur so eine spontane Idee.

„Ich weiß nicht, Philo, ich war so verwirrt und bin es immer noch."

„Du erzähltest doch letzthin, als wir uns für deinen besonderen Halsschmuck interessierten, von einer Urahnin, die auf der Innenseite des Medaillons abgebildet war. Soweit ich mich erinnere war es die Hofdame der Königin von Holland. Louise Cochelet, so hieß sie und sie lebte in der Zeit des Empire? War es nicht so?"

„Ja, jetzt, wo du das sagst, könnte sie es gewesen sein", sagte Claire gedankenverloren.

„Wie endete denn die Erscheinung?", wollte ich wissen.

„Ich starrte auf die Frauengestalt, denn es hatte mir die Stimme verschlagen und ich konnte meine Augen gar nicht von ihr lassen, so gefesselt hat mich ihr faszinierender Anblick. In diesem Moment jedoch schrie ein Keilschwanzadler hoch über uns und ließ sich wie ein Stein nach unten fallen. Ich sah ihn stürzen, blickte wieder auf die Dame und da – sie war weg, verschwunden."

„Eine Weile wartete ich noch in der Hoffnung, dass sie zurückkehren würde. Doch nichts geschah, das war's. Das komische Gefühl, das sich meiner bemächtigt hatte, schwand. Dann startete ich den Motor wieder und fuhr weiter, nach Hause."

Diese bezaubernde und rätselhafte Claire. Sie schaffte es immer wieder aufs Neue, mich zu verblüffen. Eine Konfrontation mit dem Übersinnlichen. Wer hätte das gedacht.

17. Wer klopfet an?

Herrlich! Sonnenschein, ein klarer Himmel in strahlendem Blau, immer wieder von kleinen huschenden Wölkchen geziert. Dieser strahlende Morgen spiegelte sich ebenso in unseren Wohnräumen wie in unserer Stimmung. Zuerst sahen Claire und ich vorsichtig nach unserem Patienten. Platon, ein nachtaktives Tier, hatte sich kaum bewegt. Ruhig atmend und ausgestreckt lag er in seiner Höhle. Untertags würde er sich eh kaum regen, da es seine natürliche Schlafenszeit war. Glücklicherweise war es über Nacht auch recht kühl gewesen, das war wichtig für den Heilungsprozess und sein Wohlbefinden. Unter diesen Bedingungen konnten wir beruhigt unserem Tagesgeschäft nachgehen.

Die beiden gestrandeten Abenteurer auf dem Leuchtturm schienen auch schon auf den Beinen zu sein. Wir konnten Bewegungen auf dem Balkon zumindest von Moreno ausmachen. Er bot mit seiner Körpergröße, seinen langen, wehenden, ebenholzfarbenen Haaren und nicht zuletzt mit seinem Umfang eine leicht auszumachende Sichtfläche. Ernest Truman Stormyweather jun. blieb von uns unentdeckt, er ließ sich nicht blicken. Womit er sich wohl beschäftigte? Die beiden da oben würden sicherlich viel Spaß miteinander haben. Mal sehen, wie lange sie es dort aushielten.

Claire checkte ihre Meldungen an die Behörden auf Antworten, doch nichts. Die Beamten waren noch nicht aktiv geworden.

„Dann eben nicht", sagte Claire und schwang sich hinter das Steuer des Wagens. „Adieu", rief sie mir zu, winkte noch mit ihrem speckigen Rangerhut und verschwand in einer Staubwolke.

Es war noch etwas Zeit hin zur alltäglichen Tour. Das war die Gelegenheit, vorher mein Herbarium zu kontrollieren. Unter dem sanften Kräuterduft verströmenden Pflanzenbaldachin fühlte ich mich geborgen und sondierte meine Schätze. Alles, was ich mir für meine Spielereien vorstellte, sollte in ausreichender Menge und Qualität vorhanden sein. Von neuem Eifer gepackt und in Gedanken versunken, machte ich mich an die Inventur. Es war doch so einiges in der letzten Zeit zusammengekommen und sollte nur hie und da ein wenig ergänzt werden. Insgesamt konnte ich mit dem Artenreichtum und den sich daraus ergebenden Möglichkeiten sehr zufrieden sein. Stolz über meine kostbare Sammlung klopfte ich mir auf die linke Schulter, als wollte ich mit dieser Geste zu mir selbst sagen: „Gut so, auf ein erfolgreiches Gelingen dieses Mal." Mich dünkte, auf gutem Wege zu wandeln.

Da klopfte es.

„Huch, wer könnte das sein? Eins, zwei, drei - cool bleiben!" Das sagte ich mir laut vor. Es klopfte ein zweites Mal.

„Ist ‚Er' das?", fragte ich mich.

„Keine Emotionen", befahl ich mir. Eiskalt öffnete ich die Tür.

Ein taxierender Blick aus zwei stahlblauen Augen traf mich. Vor diesen Augen, auf Nasenrücken und Wangenbogen, tüpfelten einige schwarzbraun vorwitzige Sommersprossen ein an sich makelloses Männergesicht. Automatisch wanderte mein prüfender Blick in Richtung Unterarme, insbesondere des linken. Fehlanzeige. Lange Hemdsärmel mit zugeknöpften Manschetten. Wie war das nochmal mit

den Haaren? Kurz, dunkel, leicht meliert ...? Auch hier Fehlanzeige. Schirmmütze. Der Mann hielt sich bedeckt.
Meine aufkeimende Panik konnte ich bis jetzt noch ganz gut unterdrücken. Ich checkte weiter: Das Alter, was sagte dazu der Nachrichtensprecher? Ich meinte, so etwas Mitte fünfzig. Und dieser Mann? Ihn schätzte ich nur etwas älter als mich. Oder täuschte ich mich? Eine Unsicherheit blieb, die Panik in mir ebbte ab, wich einer Nervosität. Weitere Informationen wären vonnöten.
„Ja bitte, Sie wünschen?", fragte ich so kühl wie möglich.
„Hübsch ..."
„Bitte? Wie meinen Sie?"
„Hübsch haben Sie's hier. Wollte ich sagen." Mit ausgestrecktem Arm deutete er einen Bogen um sich an.
„Einmeterfünfundachtzig", murmelte ich vor mich hin.
„Ja, das dürfte hinkommen."
„Was sagten Sie? - War das einmeterfünfundachtzig? - Ich muss Sie enttäuschen, ich bin einmeterachtundachtzig."
„Oh, das ist okay."
„Ist das die Voraussetzung, um von Ihnen normal begrüßt zu werden?", wollte der Mann wissen.
Ich schluckte. Eine Melange von Peinlichkeit, Furcht, Blamage und allem Möglichen lähmte mich schier. Ich war verunsichert. Jetzt half nur noch mein Frontalangriff, um Klarheit zu gewinnen.
„Krempeln Sie Ihren linken Hemdsärmel hoch!"
„Soll ich auch noch die Hosen runterlassen?", konterte er keineswegs eingeschüchtert mit einem Grinsen. „Bei Ihnen herrschen ein strenger Ton und seltsame Empfangsriten. Äußerst ungewöhnlich, das muss ich schon sagen."
Doch folgsam knöpfte er die Manschette des linken Ärmels auf und rollte ihn bis über den Ellbogen hoch.

„Und nun zeigen Sie mir bitte die Innenseite Ihres Unterarmes."

Langsam drehte er den Arm und präsentierte ihn mir.

Elfenbeinfarbene Haut, durchzogen von blauen Adern, sonst nichts. Keine Tätowierung. Kein blauschwarzer Dolch. Menschliche Haut – sonst nichts.

Was sollte ich sagen? Was sollte ich tun? Eigentlich war es nun egal. Ich bekam weiche Knie.

Der Mann sah mich fragend an. Er bemerkte wohl meine Unsicherheit und sprang galant in die Bresche: „Gestatten, mein Name ist James Richard Ivory. Ich komme vom Naturwissenschaftlichen Museum in Hobart und möchte gerne Mister Ebon-Takarangi sprechen."

Ich versank in einem Ozean von Verlegenheit und Scham. Doch es half nichts.

„Entschuldigen Sie bitte vielmals mein Verhalten", stotterte ich unter Erröten. „Das galt nicht Ihnen – Ihnen persönlich, ähm – eine Verwechslung, ja eine Verwechslung."

„Ja bitte, damit kann ich versöhnt sein, ist schon in Ordnung. Ist Mister Ebon-Takarangi da, kann ich mit ihm sprechen?"

Diese geschäftliche Ansprache ließ mich ebenso sachlich fragen: „Sind Sie angemeldet, haben Sie einen Termin?"

Volltreffer! Nun schien die Peinlichkeit bei ihm gelandet zu sein.

„Tut mir leid, ich bin weder angemeldet noch habe ich einen Termin. Ich kam unverrichteter Dinge in einer anderen Angelegenheit zufälligerweise am Fährhafen vorbei und dachte mir, diese Gelegenheit beim Schopf zu packen. Beim Warten auf die Überfahrt wurde mir dummerweise mein Mobilephone aus der Wagenablage entwendet, so konnte ich mich nicht mehr kurzfristig anmelden."

Während er sich erklärte, überlegte ich mein weiteres Vorgehen. Vor allem auch deshalb, weil ich aufbrechen sollte, denn ich hatte einen gewissen Zeitrahmen einzuhalten.

„Oh, das tut mir leid, das mit Ihrem Mobilephone. Ich werde Mister Ebon-Takarangi informieren, doch es wird eine Weile dauern, bis er hier sein kann. Sie können gerne im Schatten des Banksiabaumes Platz nehmen. Ein kühles Getränk zur Gesellschaft biete ich Ihnen dazu gerne an, wenn Sie möchten. Doch ich muss nun los, meine Arbeit wartet."

„Unsere Begegnung steht nicht unter dem besten Stern heute. Ich hoffe, es findet sich wieder eine Gelegenheit für eine entspanntere Konversation", sagte er und ließ sich auf der Bank nieder. „Und ja bitte, ein Getränk täte mir gut."

Servil, um etwas gutzumachen, was nicht mehr gutzumachen war, brachte ich James Richard Ivory einen Eistee in den lichten Baumschatten. Eigentlich schade, dass ich weg muss, dachte ich. Daran merkte ich, dass das Gefühl der Blamage sich allmählich verflüchtigte und ich nun zu einem angeregten Gespräch aufgeschlossen wäre.

Der Song ‚Ebony And Ivory' von Paul McCartney, gesungen im Duett mit Stevie Wonder, bemächtigte sich unwillkürlich meiner und vor mich hin summend schlug ich den Weg in die Büsche ein.

18. Bergbeben

Bergab ging es nun ganz leicht. Anders als am Tag zuvor, als ich beladen mit Proviant gemeinsam mit Ernest zum Leuchtturm anstieg. Immer wieder passierte es mir, dass ich die weitläufige Klippe in ihrem Höhenzuwachs gewaltig unterschätzte und ich mir meine Kräfte falsch einteilte. Doch jetzt, der Station entgegen, wieselte ich leichtfüßig zwischen den im Wind raschelnden Hartlaubsträuchern durchs lebhaft gemusterte Gelände und war schon sehr auf meinen Besucher gespannt.

Von unten den Berg heraufziehende Luftströmungen fingen sich an mir, dass ich fast glaubte, sie verliehen mir Flügel, um mich zu tragen. Bei dem Gedanken brach ein dröhnendes Lachen aus meiner Kehle und meine Körpermitte hüpfte vor Freude. Ich, Moreno Ebon-Takarangi, ein Doppelmeter von einhundertdreißig Kilogramm; zwar mit langen Haaren, doch nicht blondgelockt und mit Flügelchen an meinen breiten Schultern. Dieses Bild vor Augen segelte ich beglückt mit ausgebreiteten Armen und lachend, kleinen Felsvorsprüngen kreisförmig wie ein Flieger ausweichend, hangabwärts.

Kurz flogen meine Gedanken zurück in die Zeit, als ich so alt war wie Ernest. In diesen Jahren zeichnete sich bereits mein typischer Maorikörperbau ab. Hochgewachsen und üppig nach allen Richtungen – ein physischer Berg. Weshalb mich meine Freunde dann auch maorisch ‚puke' nannten, ein Massiv, hinter dem man sich verbergen konnte und sicher war.

Selbst mit dieser schutzsuchenden Meute hinter mir war ich ein einsamer Berg. Es gab niemanden neben mir, es war keiner auf Augenhöhe da, mit dem ich mich austauschen konnte. Das vermisste ich sehr in all meinen jungen Jahren. Den Wunsch danach trug ich stets abrufbereit in mir.

Unter meinen großen Füßen spürte ich dieses liebgewonnene Stück Land, diese Erdverbundenheit ohne Wenn und Aber. Dazu den weißen Leuchtturm im Rücken und die großzügige Anlage der Adventure Station in der Mulde vor Augen – das alles war seit über zwei Jahren mein Segen. Es hatte immer mal wieder solche Augenblicke gegeben, in denen sich Glück und Freude vermischten und mir ein wunderbares Hochgefühl bescherten. Ja, es war ein Gipfelgefühl. So wie jetzt. Augenblicke, in denen ich mich äußern musste, um nicht zu ‚platzen'.

Eingedenk meines Besuchers verlangsamte ich mein Tempo, um nicht allzu sehr außer Puste zu geraten. Philo hatte mich auf dem Leuchtturm angeläutet und mir den Gast in kurzen Worten angekündigt. So beschloss ich, dass Ernest die Stellung oben halten sollte. Ich würde den Besucher empfangen und danach wieder zurückkehren. Doch nun richtete ich mein Augenmerk auf das bevorstehende Aufeinandertreffen und was es dabei zu beachten gälte.

Vom Tasmanischen Museum in Hobart kam er also. Und das so bald. Damit hatte ich noch nicht gerechnet. Doch umso besser, dann wäre meine – ach halt, was sage ich – unsere Neugier gestillt. Wir alle hier in der Station waren auf das Untersuchungsergebnis unseres Höhlenfundes sehr gespannt. Seit unserer Strandparty zu Epiphania fieberten wir der Lösung dieses Rätsels entgegen. War das, was wir geborgen hatten, nun Teil eines Tasmanischen

Tigers oder war es weniger spektakulär? Na, wir würden es bald wissen.

Dieses Fundstück, ein Röhrenknochen, hatte ich nach unserer Rückkehr aus dem nächtlichen Meer bis zum übernächsten Morgen auf meinem Schreibtisch trocken werden lassen und ihn dann, so wie er war, in eine ausreichend große Versandhülse aus säurefreier Biopappe gesteckt. Dazu schrieb ich ein Datenprotokoll und legte alles zusammen auf meinen Schrank im Arbeitszimmer. Mehr konnte ich von meiner Seite aus nicht tun. Und nun war der Experte des Museums hier, um die rätselhafte Fracht abzuholen.

Schon von Weitem konnte ich sehen, wie der Besucher unsere Sitzecke belebte. Gestenreich bewegten sich seine Arme und Hände in eleganten Bewegungen. Wen oder was dirigierte dieser Typ da?, fragte ich mich beim Näherkommen. Doch dann löste sich das Rätsel seines ungewöhnlichen Verhaltens: Der hier lebende Kookaburra, ein geselliger Bursche, saß über ihm im Geäst auf seinem Lieblingsast und unterhielt sich schnarrend, geckernd und lautstark mit dem Besucher. Beide hatten offensichtlich ziemlich viel Spaß aneinander mit ihrem Hinundhergeplänkel. Das machte mir diesen Mann auf den ersten Blick sympathisch.

Philo hatte zum Glück daran gedacht, ihm ein Getränk anzubieten, von dem er eben noch einen Schluck genommen hatte. Ich winkte ihm zu, er stand auf. Davon aufgeschreckt flog der ‚Lachende Hans' hastig von seinem Platz in der ersten Reihe den höheren Eukalypten entgegen. Mister Ivory, so hatte Philo ihn mir angekündigt, kam mir freudestrahlend entgegen. Seine blauen, mich direkt anblickenden Augen, beschattet von einer Schirmkappe, zogen meinen Blick unversehens an. Was ich sah, stimmte mich offen und neugierig. Hier stand ein natürlicher und unverstellter Mensch vor mir, der in diesem Moment einfach nur, mit allem was ihn ausmachte, jetzt und hier war. Wunderbar. Durch nichts aus der Ruhe zu bringen. Etwas kleiner als ich, mit sportlicher Figur und lässiger Haltung. Ich reichte ihm die Hand zum Gruß und er erwiderte ihn mit einem kräftigen Druck.

„Gestatten, ich bin James Richard Ivory, Archäologe und Anthropologe des Tasmanischen Museums in Hobart." Das sagte er in verbindlichem Tonfall, doch mit so einem originellen ‚Kieks' in der Stimme, dass es mich anrührte.

„Es freut mich, Mister Ivory, dass Sie so bald gekommen sind. Mein Name ist Moreno Ebon-Takarangi, ich bin Leiter dieser geophysikalischen Forschungsstation. Aber kommen Sie doch bitte mit ins Haus und setzen wir uns. Da erzählt es sich besser."

In der Wohnküche bereitete ich zwei fruchtige Drinks, Mister Ivory blickte derweil durch das Panoramafenster auf die in der Sonne glitzernde Leuchtturmbucht. Er schien von diesem Anblick ganz gefangengenommen zu sein und bemerkte mich erst, als ich mich auf der Couch niederließ und ihn aufforderte, es mir gleichzutun.

Sofort fanden wir einen Gesprächsfaden über Allgemeines und Aktuelles und unterhielten uns angeregt. In unserem Gespräch, ein wechselseitiger lebhafter Dialog, herrschte eine Vertrautheit, wie ich sie in dieser Art mit einem Fremden noch nie erlebt hatte. Offenbar fühlte es mein Gast ebenso. Wir hatten beide sehr große Freude an der stimmigen Situation.

So angenehm mir das Gespräch auch war, ich musste es dann doch in zweckgebundene Bahnen lenken, denn ich dachte erschrocken an Ernest allein auf dem Leuchtturm. James Richard Ivory bemerkte wohl meinen abschweifenden Gedanken und kam mir zuvor: „Wie ist das nun mit Ihrer Fundsache, Mister Ebon-Takarangi? Kann ich sie mir mal ansehen?"

„Natürlich ja, deshalb sind Sie ja hier. Gehen wir doch am besten in mein Arbeitszimmer, da ist der richtige Platz dafür."

Ich ging voraus und er folgte mir zu einem freien Ablagetisch. Die Versandhülse samt Kuvert mit dem Datenblatt nahm ich behutsam vom Schrank und überreichte ihm beides. Vorsichtig legte er es auf dem Tisch ab, öffnete den Schraubverschluss, dann zog er Einmalhandschuhe aus seiner hinteren Hosentasche, streifte sie über und erst dann entnahm er den Knochen dem Behältnis.

Entgegenkommend knipste ich ihm die Tischleuchte an und er betrachtete prüfend das Gebein von allen Seiten. Dann, immer noch schweigend, führte er es wieder in die Hülse ein, verschraubte sie sorgfältig und zog nachdenklich seine Handschuhe aus. Dann überflog er das Datenblatt mit ernster Miene. Nach einer kurzen Pause sagte er zur mir: „Ich muss das Teil auf jeden Fall mitnehmen. Über das Ergebnis meiner Inaugenscheinnahme kann ich vorläufig nichts sagen. Das Objekt wird einer ausführlichen Untersuchung zugeführt. Daraus ergibt sich ein Bericht, von dem Sie eine Abschrift erhalten werden."

So sprach er als Experte, der er war. Ganz seiner Aufgabe zugetan. Und dann, nach kurzem gedanklichen Verweilen mir schelmisch zugewandt: „Es wäre eine große Freude für mich, Ihnen, lieber Mister Ebon-Takarangi, den Befundbericht persönlich überreichen zu dürfen und ihn für Sie ausführlich zu interpretieren."

Na, wenn das kein Vorschlag war. Dem stimmte ich heftig zu und freute mich jetzt schon auf das Ergebnis und seinen Überbringer.

„Ach übrigens, in Kettering, am Fähranleger, wurde mir aus der Autoablage durch das geöffnete Fenster mein Mobilephone entwendet. Ich sage Ihnen das nur zur Information, falls Ihnen etwas darüber zur Kenntnis gelangen sollte. Die Welt ist ja klein hier. Doch nun sollte ich mich wieder auf den Weg machen, will ich rechtzeitig die nächste Fähre zurück erreichen." Mit diesen Worten legte er seine Karte auf den Tisch und unterstrich dabei kräftig die Telefonnummern.

Auf dem Weg zurück durch das Arbeitszimmer und die Wohnküche lobte er die angenehme Atmosphäre des Hauses und die tolle Küchenausstattung. Mit Stolz in der Stimme schlug ich ihm vor, dass er bei seinem nächsten Besuch Zeit für ein gemeinsames Essen einplanen solle – somit sei er offiziell eingeladen. Wir, dabei zeigte ich auf ein gerahmtes Foto von unserer Besatzung an der Wand, würden uns sehr darüber freuen.

Die Einladung zauberte eine glückliche Miene auf sein ebenmäßiges und glatt rasiertes Gesicht. Nun konnten wir uns, da die Situation geklärt schien, erleichtert voneinander verabschieden. Mit federnden Schritten eilte er auf sein Auto zu, verstaute die Fundsache sicher im Kofferraum, winkte nochmals, bevor er langsam und vorsichtig – er wollte wohl so wenig Staub wie möglich aufwirbeln – hinter dem ersten Hügel verschwand.

Was für eine faszinierende Begegnung! Sie löste geradezu ein innerliches Bergbeben in mir aus. Unfassbar.

19. Sehnsüchte

Moreno, mein großer Meister, und ich, der kleine Praktikant, erlebten hier auf dem Leuchtturm einzigartige Momente. Völlig isoliert vom Geschehen auf der Erde in circa neunzig Meter Höhe gingen wir unserer Arbeit nach. Für mich war das megacool. Mich nach kurzer Zeit in die Geheimnisse und Besonderheiten dieser luftigen Forschungsstation einzuweihen, war von Moreno sehr vertrauensvoll.

Ich strengte mich deshalb an, mich ihm gegenüber als würdig zu erweisen. In mich hatte er schließlich seine Hoffnungen auf einen zukünftigen Klimaforscher gesetzt und ich wollte ihn nicht enttäuschen. Für ihn war ich wichtig geworden; das gefiel mir.

Allein schon die Nacht in diesem Turm zu verbringen, kam einer Auszeichnung gleich. Eine Nacht wie diese gab es vorher in meinem ganzen Leben nicht. Hier oben, mit dem Heulen des Windes und dem Klappern der hohen Metallsprossenfenster, oder waren es die Scharniere der Laterne? Egal, was es war, für mich hörte es sich spannend, fremd und aufregend an. Über das Rätseln der Geräusche driftete ich in einen tiefen Schlaf, von dem ich nur kurz hie und da aufschreckte. Nach einem bewegten Traum erwachte ich kurz und sah durch das hohe Sprossenfenster den unglaublich dicht bestirnten Nachthimmel leuchten. Das war überirdisch schön und so beruhigend, dass ich sofort wieder in meine Träume abtauchte. Die spartanischen Schlafkojen taten noch immer ihren wunderbaren Dienst. Sie nahmen uns leise knarrend auf und sorgten dafür, dass wir am Morgen erfrischt aufwachten.

Moreno war weg. Ich war allein. Ich nun der Hüter des Leuchtturmes. Unglaublich!

Philo hatte kurz angeläutet und einen Besucher für den Leiter der Forschungsstation gemeldet. Er war ein Experte des Museums in Hobart.

Wie aufregend für mich. Pflichtschuldigst versuchte ich, alles soweit wie möglich im Blick zu behalten. Vom Panoramafenster aus, klippabwärts in Richtung Station, sah ich Moreno, für seine Körperfülle ungewöhnlich elegant und wendig, um Felsbrocken und undurchdringliche Strauchinseln kreiseln und seinen Versuch, mit ausgestreckten Armen die Balance zu halten. Ich konnte ihm, so dachte ich es mir, beim erträumten Fliegen zusehen. Ach, wie ich ihn verstehen und es ihm nachfühlen konnte, wie er so losgelöst von quälenden Fragen ihnen einfach davonsegelte. Soweit ich es noch erkennen konnte, wartete der Besucher in der Sitzgruppe unter den Banksiabäumen. Nachdem die beiden sich begrüßt hatten, begaben sie sich ins Haupthaus.

Das war es dann vorläufig für mich. So, wie ich Moreno kannte, würde er den Besucher, vorausgesetzt er war ihm sympathisch, nicht so schnell vom Haken lassen. Das könnte ich gut verkraften, denn mir war ganz und gar nicht langweilig. Ich war neugierig, sehr sogar. Da waren geheimnisvolle Dinge im Turm, die ich zwar gesehen, sie aber noch nicht hatte untersuchen können. Solange Moreno hier gewesen war, galt es für mich, nach allem zu fragen, worauf er mir antworten konnte. Doch nun, da er weg war, fragte ich nach Dingen, die für sich selbst sprechen mussten.

Am lautesten lockte mich ein Schrank oder vielmehr ein Spind auf der ersten Plattform. Er war mir zusammen mit einer Werkbank und einigen Holzkisten aufgefallen, als Moreno und ich bei unserer Ankunft die schwingenden Metallgusstreppenstufen emporgestiegen waren. Ich war neugierig geworden. Was verbarg sich darin? Moreno hatte abgewunken, „vorerst nicht wichtig, da kommen wir irgendwann dazu."

Dieser Spind hatte es mir angetan. Vielleicht deshalb, weil Spinde, das wusste ich aus dem Tagesinternat, sehr persönliche Dinge enthielten, aus denen man Schlüsse ziehen konnte. Genau das signalisierten sie für mich. War das hier ebenso?

Nachdem an der Bucht nichts mehr los war, schlich ich die Wendeltreppe bis zur ersten Etage hinunter.

„Warum schleiche ich eigentlich?", fragte ich mich und schlich trotzdem weiter.

Der alte Spind war verschlossen. Daneben stand die malträtierte Werkbank, sie hatte zwei Schubladen. Ich öffnete die zweite, diejenige, die weiter vom Spind entfernt war, und betastete prüfend ihr leeres Inneres sowie auch den nach unten zugänglichen Boden. Und tatsächlich: Dort war mit ein paar Krampen ein Stück dichtgeknüpftes Fischernetz angebracht, fast wie ein winziges Gepäcknetz. Darin entdeckte ich den Schlüssel des Spindes sowie ein Notizblatt.

Was soll ich sagen? Ich war baff von meiner Kombinationsgabe. Glich sie doch auffallend der von Sherlock Holmes. Wow, das hatte gepasst!

Zuerst probierte ich den Schlüssel aus. Das Blatt mit den Notizen ließ ich unbeachtet und an seinem Platz. Tatsächlich passte der Schlüssel zum Spind. Quietschend eröffnete sich mir eine bunte Welt.

An der Innenseite der Spindtür waren Bilder über Bilder angepinnt. Journalseiten, Werbeprospekte und Postkarten aus der – ich schätzte die Zeit der 1950er Jahre, bis ...? Es waren keine, wie hießen sie noch? – Pin-ups? Nein, so sahen sie nicht aus. Sie schienen mir eher auf den ersten Blick altbacken und, na ja, langweilig. Außerdem roch das Papier ziemlich muffig und war vergilbt. Ich schwankte zwischen Enttäuschung und ...? Was hatte ich erwartet? Der Rest des Schranks war ausgeräumt, leer.

Irgendetwas an den Bildern faszinierte mich trotzdem. Waren es vielleicht die Darstellungen ziemlich unwirklicher Welten für die damalige Zeit? War es das? Nein, es gab vielmehr eine Schicht darunter. Sie war es, die mich anzog. So langte ich nach einer der Holzkisten, um mich zu setzen. Saß also vor der offenen Spindtür und blickte durch meine Brille auf die bunte Bilderwelt und fragte mich: „Warum?"

Viel Platz war dafür nicht vorhanden, doch er reichte aus, um die Träume und Sehnsüchte des ‚Pinners' für ein Arbeitsleben lang sichtbar werden zu lassen. Ja, so musste es wohl gewesen sein. Ich versuchte, mich in seine Gedankenwelt hineinzuversetzen.

Hier verbrachte vor langer Zeit, mehr als einem halben Jahrhundert, ein Mann seine Tage und Nächte mit seiner Arbeit und all seinen Sehnsüchten und Träumen. Seinem Wunsch, diesen Turm, fast sein Gefängnis, wenn auch bloß für kurze Zeit, einmal verlassen zu können und sei es nur in seinen Gedanken. Wichtig schienen ihm die Sehnsuchtsorte gewesen zu sein, in die er sich hineinträumen konnte. Orte wie diesen, wo ein Urlauberpaar, Mann und Frau unter einem Sonnenschirm in Ferienlaune am Strand, einen eisgekühlten Drink vor sich, ein Gespräch führen und sich vermutlich Gedanken darüber machen, was sie am Abend zusammen unternehmen wollen. Beide genießen den Blick auf einen einladend leeren Sandstrand, auf sanft auflaufende Meereswellen mit weißen Säumen und ein paar geduckten Häuschen im Hintergrund. Der Schönling, vollständig lässig elegant bekleidet, scheint zu sagen: „Das teure Flugticket hat sich wirklich gelohnt, wenn ich an diesem begehrten Urlaubsort meinen Scotch-on-the-Rocks genießen kann und dich, meine Schöne, neben mir schlank und braungebrannt in einem coolen Badeanzug sehe. Das nenne ich Urlaub!"

Die gut frisierte Frau lächelt charmant, ist sich ihrer Wirkung, auch ohne Worte, völlig bewusst. Ihre langen Beine liegen verführerisch auf dem Tischchen vor ihr, fast wie eine ... Was erzähle ich da? So ein Quatsch!

Nun begann auch ich schon zu phantasieren! Bereits nach einer Nacht auf dem Leuchtturm.

Meine Phantasien galten einer Ganzseitenanzeige von BOAC & Quantas, Australien. Also nicht ganz aus der Welt und doch so unerreichbar für einen Leuchtturmwärter der damaligen Zeit. Mit seinem Hungerlohn und den ständigen Diensten war an Urlaub, gar eine Reise, überhaupt nicht zu denken. Und so pinnte er die Bilder seiner Sehnsuchtsorte an die Schranktür. Besonders wärmere Gegenden hatten es ihm angetan. Vielleicht bildeten sie eine angenehme Vorstellung zur häufigen Kälte auf dem Leuchtturm. Immer wieder Abbildungen von Südseeinseln, Dampfschiffen in tropischen Gewässern und sportliche Frauen in Schwimmposen an traumhaften Stränden. Dazwischen harte Männer auf Pferderücken, die eine riesige Schafherde im gleißenden Sonnenlicht kontrollierten. Und so weiter ... Sogar eine Seite aus ‚Superman', rasant in seinem blauroten Outfit durch die Lüfte aufsteigend, fand sich dazwischen. Damit hatte der Leuchtturmwärter seinen

Traum von Freiheit und Abenteuer plakatiert. Ein Bild auf das andere geheftet, auf dass das Wegträumen niemals enden sollte. Das waren seine Alltagsfluchten, seine phantasierten Urlaube in den damals begehrten Destinationen.

Ich war von der Bilderflut, dieser Wunschfülle aus der Vergangenheit, völlig erschlagen. So war das also gewesen. Die Bilder zeigten mir in klarer Sprache: Es würde immer Menschen mit sehr viel mehr oder weniger Möglichkeiten geben. Nicht gleichmäßig verteilt. Zu groß waren, sind und werden die Unterschiede immer sein. Das ganze Ausmaß der öden Arbeitswelt damals auf dem Leuchtturm offenbarte sich mir durch diese überfüllte Spindtür. Getroffen durch diese Erkenntnisse saß ich da und versuchte, mich und meine Gedanken wieder auf die Reihe zu kriegen. War ich bisher dafür blind gewesen?
  Diese Bilder zwangen mich, zu ihnen hinzuschauen. Sie lehrten mich zu sehen. Doch noch vieles blieb diffus für mich. Ich spürte, oder nein, besser gesagt, ich wusste plötzlich, dass ich eigentlich nichts von alledem wusste – und das in meinem Alter. Nächste Woche würde ich meinen achtzehnten Geburtstag feiern. Zu wenig oder eigentlich gar nicht hatten mich meine Eltern über soziale Ungleichheiten aufgeklärt oder gar darüber gesprochen. Es waren, würde Moreno vielleicht spöttisch sagen, „Tabuthemen für einen jungen Mann aus gutem Hause."
  Der Spind hatte sein Geheimnis preisgegeben und öffnete mir die Augen. Machte mich empfänglicher und neugieriger für das Leben, die Wünsche und Gedanken anderer. Das Entdeckte öffnete mir eine neue gedankliche Dimension. Das machte mir beinahe Angst und ich wünschte, Moreno würde baldmöglichst zurückkehren. Er war es, der in meinen

Augen die Welt verstand, sich nicht fürchtete und sie mir erklären konnte. Ein wahrer Glückstreffer.

20. Soll und Haben

Nach meinem Weggang von unserem interessanten Besucher – es war, ob Sie's glauben oder nicht, tatsächlich ein würdevoller Aufbruch zu meiner Arbeitstour gewesen, keine Flucht – nahm mich das schützende Silbergrün der Eukalypten auf und empfing mich mit seinen typischen Aromen. Heute waren sie besonders stark wahrzunehmen, denn der Wind war sehr schwach oder kaum spürbar und die Sonne tat ihr Übriges. So erschien mir die Nationalparksilhouette von einer bläulich ätherischen Aura umrahmt. Der charakteristische ‚Blue Gum', eine markant blaublättrige Art, wächst sehr hoch, sein starker Stamm trägt eine ausladende Krone und verströmt einen intensiven Duft nach Hustenbonbons. Eine Wolke aus freigesetzten duftenden Ölen weitete meine Nase und meine Bronchien, ließ die eingeatmete Luft in mir widerstandslos zirkulieren und füllte mich mit Frische und neuen Kräften. Wow, extrem gut! So gestärkt ging ich meiner standardisierten Aufgabe nach. Dafür war ich heute sehr dankbar. Denn ich konnte diese Arbeit tadellos erledigen, ohne sehr viel überlegen zu müssen – auch an einem ereignisreichen Tag wie heute.

In Stunden wie diesen ging mir einfach zu viel im Kopf herum, sodass ich froh war, meine übliche Zugewandtheit an meine Pflanzen etwas lockern zu können. Außerdem störte mich bei meiner gewohnten Tätigkeit ausnahmsweise ein kleiner Kanister, den ich mitgenommen hatte, um für Platon frisches Originalwasser aus seinem Heimatpool einzufüllen. Heute würden wir ihm unsere ersten

Zuchtmaden vorsetzen können. Dazu bot es sich an, sie ihm in seinem gewohnten Wasser zu servieren. Schnabeltiere sammeln ihre Nahrung unter Wasser solange, bis ihre Backentaschen gefüllt sind. Danach schwimmen sie an die Wasseroberfläche oder ziehen sich in einen ruhigen Winkel zurück, um nach und nach ihre Beute mit dem harten Schnabelrand zu zerkleinern und zu schlucken. Dementsprechend sollten wir versuchen, Platon auf diese Art zu füttern. Unsere Sorge galt seiner Akzeptanz unseres Vorgehens. Wir mussten einfach so gut wie möglich die Natur simulieren und es ausprobieren.

Claire war sich sicher, dass die Methode funktionieren würde. Ich glaubte auch fest daran und marschierte nach meiner festgelegten Arbeitstour und meinen ausgefüllten Checklisten entschlossen mit dem Kanister durch den Wald zum Pool. Auf dem Weg dorthin, es war eine Strecke, die ich sonst nicht einschlug, registrierte ich nach und nach würfelförmige Kothäufchen auf markanten Stellen, zum Beispiel auf Steinen oder Baumstümpfen. Diesen ging ich nach und entdeckte ein äußerst unauffällig angelegtes Höhlensystem. Sehr raffiniert. Kein Zweifel, hier lebten Wombats. Mein Herz machte einen Hüpfer vor Freude. Lange hatte ich mich schon danach gesehnt, diese originellen Tiere in freier Wildbahn zu beobachten. Bisher hatte ich nur in den zoologischen Gärten von Sidney und Adelaide Gelegenheit gehabt, sie zu sehen und ihre Wendigkeit zu bewundern. Ein Tier aus der Familie der ‚Plumpbeutler', dem man blitzschnelle Reaktionen nicht so ohne weiteres zutrauen würde. Um sich zu verteidigen, können diese possierlichen Tiere auch unerwartet schnell zuschnappen und einen damit ganz schön zwicken. Als reine Pflanzenfresser haben sie nicht mehr im Sinn, doch das Wissen um ihre Möglichkeiten reicht und man sollte sich in Acht nehmen. Diesen Platz wollte ich mir merken. Bei Gelegenheit würde ich in der Dämmerung wiederkommen, um zu erkunden, wie groß diese Wombatfamilie wohl war. Vielleicht wusste Claire mehr darüber.

In der von ihr beschriebenen Senke, beschattet von stattlichen Baumfarnen, entdeckte ich den glasklaren Pool, gespeist von einer glucksenden Quelle. Wäre ich ein Schnabeltier, würde ich auch hier leben wollen und es mir gemütlich machen. Ein kleines Paradies für einzigartige Individuen spezieller Ansprüche. Mit verschiedenartigen Moosen und Farnen polstern sie ihre versteckten Schlaf- und Bruthöhlen aus. Die hier wachsenden Farne sorgen auch dafür, dass Ungeziefer von den Ruhestätten ferngehalten wird. Umgeben von kühlem Wasser, bilden von Licht und Schatten belebte Quellsteine mit höhlenartigen Vertiefungen eine ideale Ruheinsel für diese Spezies. Das saubere Wasser war hier nicht sonderlich tief, doch sehr vielgestaltig. Besonders wichtig für ein Schnabeltier: Kleine Krebsarten und Wasserschnecken lieben dieses Habitat und sie stellen für den Platypus eine begehrte Nahrungsgrundlage dar. Vielleicht gelänge es mir, beim Wasserschöpfen auch ein paar Leckerbissen für Platon zu erwischen. Winzig klein können diese Delikatessen sein, doch ihr Geruch und ihr Geschmack könnten ihn dazu verführen, auch unsere grässlichen Maden als Beifang zu akzeptieren. Das hoffte ich inständig. Claire wollte auch etwas zur Appetitstimulation von Platon beisteuern. Mal sehen, ob er sich von unseren Angeboten animieren ließe.

Frohgemut schritt ich aus und schwang erwartungsvoll den Kanister mit dem lebensrettenden Nass. Dieses Leben in der Forschungsstation, verbunden mit meiner Tätigkeit als phänologische Beobachterin, machte für mich echten Sinn und gab mir ein neues Lebensgefühl, das ich nicht mehr missen wollte. Anstrengend war es gewesen, hierhin zu gelangen, doch einmal angekommen, war es nur noch lebenswert. Tag für Tag. Dafür wollte ich da sein und notfalls auch mutig kämpfen.

An der Station angekommen, ging ich zuerst in die Waschküche, um nach Platon zu sehen. An seiner Lage erkannte ich, dass er sich schon bewegt hatte. Immerhin ein Stückchen Leben. Was konnte ich tun, bis Claire vorbeischauen würde? Ich beschloss, meinen Ekel vergessend, Maden zu ‚zupfen', um für Platons Appetitsturm gerüstet zu sein. Mit Morenos überdimensionaler ‚Anrichtepinzette' aus der Küche machte ich mich auf den Weg zum hintersten Winkel unseres Geländes. Unsere Zuchtvorrichtung funktionierte einwandfrei. Durch den Maschendraht, auf dem unser verlockendes Substrat lag, fielen die reifen Maden ein Stockwerk tiefer in die mit Sand und Kiesel gefüllten Schalen. Aus diesen fischte ich mit meiner langen Pinzette die weißen Würmer in ein kleines Eimerchen. Eine reichhaltige Ernte ergab das zu meinem Erstaunen. Genial diese Vorrichtung.

„Ach, lieber Platon, wie gut es dir bei uns geht, bitte werde wieder ganz gesund." So seufzte ich madenzupfend vor mich hin.

Schon irgendwie kurios, was ich hier machte. Das hätte ich mir vor Wochen noch nicht träumen lassen. In meinem Behälter wanden sich die bleichen wurmartigen Lebewesen um ihre eigene Achse mit je zwei schwarzen Pünktchen an einem Ende, ihren Äuglein. Konnten sie mich sehen? Oder gar erkennen?

„So ein Blödsinn", mahnte ich mich zur Ordnung. Sie werden schon nicht kommen, um Rache an mir zu nehmen.

Doch die Rache wurde schon jetzt an mir geübt. Ein bestialischer Gestank umgab mich, seit ich meine Schritte in diesen hintersten Winkel gelenkt hatte. Zudem war klar ersichtlich, dass ich Brutstätten nachzulegen hatte. Dabei stellte ich fest, dass egal, was man den Fliegen vorsetzte, alles unterschiedslos angenommen wurde. Es gab keine Präferenzen, worin sie ihre Eier ablegten. Die sich daraus entwickelnden Maden fraßen unmäßig jegliche ihrer Geburtsstätten auf und gierten nach Nachschub. Eine schwarze Wolke von fliegenden Insekten hüllte mich ein, die in ihrem Vermehrungsdrang keine Grenzen und Gnade mehr kannten. Überall Fliegen. Kaltes Grauen packte mich, hier wollte und konnte ich mich nicht mehr länger aufhalten. Zum Glück hatte ich genug Lebendfutter gesammelt und eilte zum Haus zurück. Mit dem Gedanken „was tut man nicht alles für ein verletztes Tier" trat ich ein.

Claire kam, wie verabredet, soeben mit ihrem Wagen an, parkte ihn im Schatten und entlud einen großen Kanister. Schwer hatte sie an ihm zu schleppen und keuchend stellte sie ihn in der Waschküche ab. Sie betrachtete wohlwollend die Madenausbeute und wirkte dabei glücklich.

„Nun", kicherte sie und klatschte dabei übermütig in ihre zierlichen, doch kraftvollen Hände, „wollen wir mal sehen, was Platon zu einem kleinen Lunch sagt."

Vorsichtig lüpfte sie das abschirmende Batistgewebe von der Ruhehöhle und besah sich ihren Patienten. So gänzlich leblos wie noch gestern wirkte er nicht mehr, doch mussten wohl seine Lebensgeister durch etwas Nahrungszufuhr geweckt werden.

Aus dem Wohnzimmer holte Claire eine dekorative Ikebanaschale, bestimmt ein Gastgeschenk von ehedem dankbaren Essensgästen. Nun sollte diese Schale mit nach innen gebogenem Rand einem völlig anderen Essensgast zur Nahrungsaufnahme dienen. Wir schütteten etwas Poolwasser hinein und gaben auf und zwischen kleine Quellsteine und Kiesel unsere Maden. Es wimmelte heftig. Diese Schale mit nach innen gebogenem Rand platzierten wir etwas schräggestellt und vorsichtig in Platons Höhle und hofften darauf, dass er sie annehmen würde. Mehr konnten wir nicht tun. Wir wandten uns ab und verließen den dämmrigen und kühlen Raum.

„Puh, das wäre erst einmal geschafft", sagte Claire und fragte mich gleich darauf: „Wie es wohl Moreno und Ernest auf dem Leuchtturm geht?" Sie gab selbst die Antwort: „Ist doch wohl klar - sie genießen ihre Eigenbrötlerei." Und zu mir gewandt: „War sonst noch etwas los?"

„Ach ja, das weißt du noch gar nicht."

Und so erzählte ich Claire die zwischenzeitlichen Ereignisse mit James Richard Ivory und ...

„Ach du Schreck", rief Claire aus und flitzte zu ihrem Computer. „Ich wollte doch noch die Mails der Behörden checken." Sprach's und fuhr ihr Equipment hoch, vielmehr - versuchte, es hochzufahren, doch da war nichts, keine Reaktion.

„Verdammt, was ist denn hier los?" Verdattert sah sie mich an, als erwartete sie von mir eine Antwort. „Da rührt sich nichts! - Philo, mach doch bitte mal den Lichtschalter an!"

Auch hier - nichts. Also, schlussfolgerte ich, kein Strom und damit weder Internet noch Telefon. Die Standleitung musste unterbrochen sein. Ein Notstromaggregat gab es nicht, denn die Elektrizität hatte bisher problemlos funktioniert. Die Frage schwebte im Raum: Wie kann das sein? Bei diesem ruhigen und unauffälligen Wetter? Die Freilandleitung war noch nicht alt und somit kaum anfällig für Störungen - es sei denn? Wir sahen uns an. Nickten verstehend und wie aus einem Munde flüsterten wir: „Jemand hat sich daran zu schaffen gemacht!"

Wir blickten uns weiterhin fest an, als würden wir aus dem Gesicht der jeweils anderen Entscheidendes lesen können. Meine Gedanken wirbelten wirr durcheinander, sortierten sich, suchten eine Ordnung und wurden klar. Es war der Moment gekommen, von dem ich gehofft hatte, dass er nicht eintreten würde. Leise sprach ich es aus: „Es ist soweit. Wir werden angegriffen."

Zu allem entschlossen ging ich in mein Zimmer, nahm das klatschmohnrote Armband von der Leine an der Zimmerdecke, schnitt das Gummiband durch und ließ die Paternostererbsen in ein Schraubdeckelglas mit kaltem Wasser gleiten. Da lagen sie nun, abschreckenden Käfern gleich in ihrem Saft. Es sollte ein Kaltauszug von ihnen entstehen. Ohne technische Hilfsmittel ist dies so ziemlich die einzige Möglichkeit, sie in eine tödliche Gefahr zu verwandeln. Es brauchte nur noch etwas Zeit. Claire sah mir wortlos zu und nickte - ich meinte - zustimmend.

„Nun werden wir Moreno und Ernest auf dem Leuchtturm informieren."

Sie winkte mich wortlos mit ihrem Zeigefinger ins Wohnzimmer. Von dort nahmen wir die roten Wolldecken, die auf Sesseln und der Couch verteilt lagen, gingen hinaus in den Garten und hängten sie zum Lüften auf die Wäscheleinen. Die roten Decken bauschten sich als Windwiderstand und flatterten lebendig auf grünem Grund. Das konnte unseren beiden Abenteurern auf dem Turm nicht verborgen bleiben. Moreno wusste dank diesem vereinbarten Zeichen Bescheid und würde seinerseits in Aktion treten.

Wir fühlten uns der Situation durchaus nicht ausgeliefert und handelten nach Plan. Nun konnten wir uns endlich mit unseren ‚Spezialitäten' beweisen.

Das vorerst Wichtigste war getan. Alles Weitere würde sich ergeben.

Claire und ich hatten noch nach Platon sehen wollen. Bereits an der Tür zur Waschküche hörten wir ein Wasserschnappen und Schmatzen. Ein ziemlich eindeutiges und überwältigendes Geräusch das unseren Fütterungserfolg anzeigte. Wir sahen uns lange an. Beide bewegte uns die Freude in den Augen der anderen. Es war uns gemeinsam gelungen, Platon wieder zu stabilisieren; er würde leben.

21. Waltzing Matilda[2]

Ha, nichts einfacher für mich, als aus Risdon rauszutanzen. Diese verfickten Hohlköpfe dort! Glaubten, sie hätten mich im Griff. Mich, den Künstler, niemals. Dieses eiskalte Drecksloch sieht mich nie mehr. Ich hab' sie alle überlistet. Nur mit Mut und Köpfchen. Das soll mir erst einmal einer nachmachen. Sich überhaupt trauen.

Nun bin ich der Neue, der neue Tanzkönig. Einfach rausgetanzt unter dem Rolltor. Diese Schwachmaten. Ich, ein Aussie, ein Swagger auf der Walz, das bin ich. Frei, frei! Die letzten Rohrkrepierer kehrten halbtot wieder zurück. Tanzen? Von wegen. Wieder eingebuchtet. Mich kriegen sie nicht. Ich bin einfach zu clever. Und eiskalt geworden – wie der Bau.

Der blöde Typ im Busch wollte nichts rausrücken. Zwang mich, ihn k.o. zu schlagen. Na bitte, da hat er bekommen, was er wollte. Und ich auch. Ha! Praktische Klamotten in meiner Größe samt Swag, Billy und Tucker Bag.[3] Nicht schlecht für den Start.

So sind wir, die Aussies, besonders die Tassies. Durchschlagen. Komme, was da wolle. Das liegt uns im Blut. Alles Sträflinge gewesen. Ich sage nur ‚Port Arthur'. Beste Abstammung von den Übelsten, direkte Linie von Anfang an. Hochadel der Kriminellen.

Die saublöden Gesichter beim Kontrollgang möchte ich sehen. Ja, ich, Jack McKenzie, der Verwandlungskünstler, fehlte samt Gemüsemesser. Ein Schwerverbrecher bewaffnet mit einem Gemüsemesser. Ich krieg mich nicht mehr. Oah, ha, ha!

Noch besser: Der lahme Biotyp hatte so ein Super-Taschenmesser, so ein rotes mit weißem Kreuz drauf. Scharfes Teil. Gehört jetzt mir.

Nicht mal ein Mobilephone hatte die beknackte Dumpfbacke. Musste mir noch eins klauen. An der Fähre, aus'm Auto. Debby, meine heiße Braut, hab ich angerufen. Die kommt doch locker an ein Motorboot von so 'nem Scheich ran. Soll mich morgen auffischen und wegbringen. Am besten vom hintersten Winkel der Insel, von diesem Cross Island. Debby, die Schlampe, ist es mir schuldig.

Nun hänge ich auf der verdammten Insel rum. Funkloch. Stullen aufgefuttert, nur noch gekochter Wombat übrig. Mann, hat der gequiekt, als ich ihn endlich gehijacked hatte. Das Messer ist echt Spitze, geile Sache. Ha, ha, ha, das war ein Tanz. Schon lange nicht mehr so astrein gefühlt. Aber der Wombat, fad wie die Sau. Brauche was anderes.

Schlage mich durch den Busch, höre einen Jeep. Durch die Zweige sehe ich langsam eine Parkrangerin vorbeifahren, folge dem Wagen. Ein geiler Leckerbissen, sag ich. Ich lass die Puppe tanzen, das schwör' ich. Die hab' ich mir verdient.

Der Weg geht durch elendes Gestrüpp. Dann sehe ich weiter weg drei weiße Häuser, davor der Jeep. Rechts oben ein Leuchtturm. Das Ende der Insel. Dahinter muss Cross Island liegen und morgen auch Debby mit einem Motorboot.

Heilige Scheiße. Ich bin da und vergesse fast zu atmen. Swag, Billy und Tucker Bag stecke ich unter einen Busch. Vorsichtig schleiche ich, gedeckt durch Büsche oder Felsbrocken, in Richtung der Häuser. Komme am Energiecontainer vorbei. Da macht es ‚klick' bei mir. Ohne großen Widerstand reiße ich ein paar Latten von der Seite ab, zwänge mich hinein und löse die Kabel, die zu den Häusern führen, von den Verteilerdosen. Ruckzuck, kein Strom, kein Telefon, kein nichts mehr. Ich in Sicherheit. Gelernt ist gelernt. Ich, Jack McKenzie, sowas von clever. Summe ‚Waltzing Matilda' vor mich hin. Super gelaufen. Ich, der Swagman, der Freiheitsheld.

Ausgebootet

Platons Appetit freute mich so sehr, dass ich gleich nochmals eine Eimerladung Maden aufpicken wollte. Gleichzeitig entnahm ich dem Gefrierfach noch ein paar kleinere Fische und ein Stück alten Käses, um damit die Madenzucht in Gang zu halten. Unser Aas war sehr lebendig geworden und schwand dabei auch zusehends. Unter dem Motto ‚Input ist gleich Output' verteilte ich die Fische sowie den Käse auf den Gittern und zupfte mittels Morenos langer Pinzette nochmals eine ordentliche Portion Maden aus der genialen Vorrichtung in das Eimerchen. Wunderbar, darüber würde sich Platon freuen und wieder vollständig von seinen Verletzungen genesen.

Also, dieser aasige Gestank um mich herum war wirklich bestialisch. Das war nicht lange auszuhalten. Hinzu kamen die Möwen, die mich in ihrer Gier mit minimalem Abstand umjagten, denn es könnte vielleicht noch ein Brocken für sie abfallen. Extrem lästig, diese Aufdringlichkeit. So flüchtete ich schnurstracks zurück ins Haus.

Die Küche lag verlassen im weichen Licht der untergehenden Sonne, Claire arbeitete offenbar in Morenos Arbeitszimmer. Die Maden wanden sich im Eimer und so nahm ich meinen Weg geradewegs in die Waschküche.

Platon hatte die Ikebanaschüssel vollständig leergefressen und mümmelte noch vor sich hin. War er bereits auf dem Weg der Besserung? Aus dem Kanister goss ich Quellwasser nach und leerte das bleiche Gewürm hinein. Was für ein wildes Gewimmel. Sofort und ohne Angst vor mir gründelte Platon emsig darauf los. Er schien wieder zu Kräften gekommen zu sein. Huch, was war ich erleichtert über diesen Fortschritt. Ich richtete mich auf, trat einen Schritt zurück und auf – einen Fuß?

„Claire? Was ist los? Komm doch ganz herein und sieh dir unseren Patienten an, er ist die reinste Freude."

Nach diesen Worten wandte ich mich um, um sie vorbeizulassen. Von wegen Claire. Ich blickte in ein fremdes Männergesicht mit verschlagenem Ausdruck und vielen Sommersprossen. Der Schreck traf mich ins Mark. Trotzdem versuchte ich, mir nichts anmerken zu lassen; gleichzeitig schaltete ich innerlich auf ganz cool und überlegt – meine antrainierte Rolle für einen Fall wie diesen.

„Was machen Sie denn hier? – Oh nein, nein, sagen Sie jetzt nichts – ich rate ganz einfach: Ja, ich hab's, Sie, Sie sind der Spezialist, ja, der berühmte Spezialist aus Hobart."

„Hahaha, das kann man so sagen, hahaha, ja, ich, sehr berühmt, hahaha! Und ein Spezialist, sogar ein Künstler bin ich auch, jahahaha."

„Wir erwarten Sie schon so sehnsüchtig, so sehnsüchtig wegen des Knochens."

„Sehnsüchtig zwecks dem Knochen?" Er kratzte sich dabei fragend am Kopf. „Kann mich nur an mehrere Knochen, mehr so an ein ganzes Gerippe erinnern."

„Ach nein, das verwechseln Sie sicher mit einem anderen Fall. Sie wollten doch meinen, meinen ganz besonderen

Röhrenknochen untersuchen. Eine attraktive Rarität nannten Sie ihn am Telefon. Erinnern Sie sich?"

„Jahaha, ja, Sie sagn's, ich erinn're mich. Gibt's ja nich', dass ich das vergesse, so was Dummes." Dabei glitt sein gieriger Blick an mir auf und ab. „Jahahaha, attraktive Rarität! Großes Interesse!"

Er beugte sich mir entgegen. Er roch widerwärtig, fast wie unsere Madenzucht.

„Und wo is' denn nun dein toller Knochen? Seh' ihn gar nich', nur sexy Kurven."

„Wo ist denn eigentlich meine Freundin Claire?", versuchte ich ihn abzulenken. „Sie sollte mir behilflich sein."

„Is' im Büro, sucht mir was raus. Soll ich dir helfen?"

Er hat es auf mich abgesehen, durchfuhr es mich. Lange kann ich ihn nicht mehr in Schach halten. Diese nicht zu leugnende Erkenntnis machte mich sehr wütend und ich fühlte mich in die Enge getrieben. Meine Paternostererbsen konnte ich in dieser Situation vergessen. Stresshormone fluteten mich und augenblicklich ritt mich der Teufel - wie man so schön sagt. Geistesgegenwärtig erfasste ich den Glücksfall der idealen Konstellation und änderte blitzschnell meine ursprüngliche Taktik.

„Oh ja, Hilfe von Ihnen wäre wunderbar, Sie sind ein echter Gentleman", säuselte ich und dachte insgeheim: „Es geht um alles, es gibt nur diesen einen Versuch."

„Seien Sie doch so nett und heben Sie mir den etwas bösartigen Patienten aus dem Waschkorb, ich muss ihn noch verarzten. Sie sind bestimmt sehr mutig und trauen sich das. Aufgepasst, er schnappt sehr schnell und schmerzhaft zu."

„Jahaha, ich ein Gentleman - wenn's weiter nichts is', mit wilden Tieren kenn' ich mich aus. Oha haha. Und dieser da is' doch ein verletzter Winzling, ein Wicht oder? - Pfh, ein Nichts für einen Künstler wie mich."

Sprach's und griff grob in den Korb.

Mir zog sich bei dieser Szene innerlich vor Schmerz alles zusammen. „Bitte, lieber Platon, sei stark!", suggerierte ich ihm in Gedanken.

Ein gellender Schrei aus menschlicher Kehle ließ mich frohlockend aufhorchen. Ja - ja er hatte es getan. Platon, die geschundene Kreatur, hatte sich gegen das Böse mit seinem Giftsporn gewehrt, war tief eingedrungen in das Fleisch des zupackenden Unterarms, hatte sich idealerweise zappelnd verhakt und dabei die größtmögliche Giftmenge in ihn injiziert.

Der elende Grobian wand sich nach einem heftigen Veitstanz vor Schmerzen und Krämpfen auf dem Boden und hielt sich mit der linken Hand den rechten Arm, der innerhalb kürzester Zeit extrem anschwoll. Deutlich war seine Tätowierung, ein blauschwarzer Dolch, auf seinem linken Unterarm zu sehen. Dieser rohe Typ war wirklich der skrupellose und brutale Vielfachtäter, der dringend gesucht wurde. In diesem Augenblick wurde er wehrhaft und zielsicher von unserem ‚Wicht', diesem ‚Nichts', zur Strecke gebracht.

Mir fiel ein Stein vom Herzen. Erleichtert nahm ich mit einem festen Handtuch den verwirrten und ziemlich derangierten Platon auf und bettete ihn vorsichtig, dabei beruhigend auf ihn einredend, wieder in sein Krankenlager, eine Extraportion Maden versprechend.

Währenddessen wälzte sich der Typ von Krämpfen geschüttelt auf dem Fußboden. Mit seinen Schmerzensschreien und Gewimmer, dabei wilde Flüche ausstoßend, störte der widerliche Gangster ganz gewaltig. Angst musste ich vor ihm nicht mehr haben, Platon hatte ganze Arbeit geleistet und ihn für mindestens drei Monate vollständig ausgeschaltet. Sterben würde er daran nicht. Allerdings gibt es kein Gegengift und nicht einmal Morphium hilft gegen diese extremen Schmerzen. Wie gesagt, mehr als drei Monate. Ein unvergessliches Andenken. Die Natur ist sehr stark in diesem Teil der Erde. Er hatte seine natürliche Strafe abbekommen.

Claire, doch wo war Claire? Nun geriet ich doch in Panik. Aus der Toilette hinter dem Arbeitszimmer hörte ich sie gedämpft nach mir rufen. Die Türklinke hatte der Gangster durch eine untergestellte Stuhllehne von außen arretiert, nachdem sich Claire auf der Flucht vor ihm eingesperrt hatte. So war sie gefangen und der Ausbrecher konnte sich in Ruhe einem anderen Opfer, nämlich mir, zuwenden.

Claire wirkte etwas verstört, war aber sehr erleichtert, mich zu sehen. Selbst das Weggesperrtwerden durch einen Verbrecher wie diesen konnte sie nicht komplett aus der Bahn werfen. Schließlich hatten wir uns ja schon vorher gedanklich mit dieser möglichen Situation auseinandergesetzt.

Da wir beide ganz pragmatisch veranlagt waren und für diese stinkende Hyäne kein Quäntchen Mitleid aufbringen konnten, handelten wir alsdann. Gemeinsam schleiften wir den vor Schmerzen brüllenden Gewalttäter, eine jede an einem seiner Beine, aus der Waschküche und ließen ihn im Windfang achtlos liegen. Wir schlossen die Tür hinter uns und atmeten auf. Er war nun nur noch gedämpft zu hören. Unser geliebter Patient und Retter in der Waschküche brauchte Ruhe und Erholung. Für uns ein ganz klarer Fall von ‚Prioritäten setzen'. Nebenbei schilderte ich Claire den Ablauf des Vorfalls.

„Weißt du was", sagte sie, schon wieder verschmitzt lächelnd, „er, Platon, hat uns mit seiner instinktiven Reaktion alle ausgebootet. Wir, die wir uns die Köpfe darüber zerbrochen hatten, mit welchen Waffen wir uns verteidigen sollten, stehen völlig blank und belämmert da. Deinen Kräuterhimmel kannste vergessen. Der große Held und Retter ist unser kleines Schnabeltier. Einfach umwerfend, schaltet mir nichts, dir nichts das Böse aus. So kann's gehen im Verein mit unserer phantastischen Natur. Das müssen wir gleich auch Moreno und Ernest signalisieren."

Ihrer Begeisterung für Platons Powerreaktion wollte ich nichts entgegensetzen und behielt meine hinterhältige Rolle einer kalkulierten Taktikänderung für mich. Schließlich braucht man ja noch ein kleines Geheimnis.

Diese impulsive Claire. Als hätte sie etwas nachzuholen, stürmte sie hinaus mit einem weißen Bettlaken im Arm. Eine rote Decke ließ sie auf der Wäscheleine hängen und das weiße Laken hängte sie daneben. Das bedeutete so viel wie: ‚Gefahr gebannt, aber noch nicht ausgestanden.' Die hereinbrechende Dunkelheit ohne Licht hinter unseren Fenstern zeigte an, wo es noch hakte. Kein Strom. Moreno und Ernest würden die Lage bestimmt richtig deuten.

Und tatsächlich. Kurz darauf zog ein weißer Lichtstrahl in genau definiertem Zeitabstand über den Horizont. Der Leuchtturm – er war nach Jahren des Stillstands durch die beiden wieder zum Leben erweckt worden. Ein Hauch von Romantik ergriff uns. Fasziniert blickten wir in die Weite des Himmels, belebt durch ein exakt getaktetes Leuchtzeichen wie von jeher. Das war Morenos Hilferuf nach außen für einen Notfall wie diesen. Und er funktionierte tadellos.

Lange dauerte es eigentlich nicht. Morenos Signal war bemerkt worden, es war für alle, die es sehen konnten, zu ungewöhnlich nach all den Jahren des Fehlens. Das war nicht normal, da stimmte etwas ganz und gar nicht. Aber die Zeit zog sich. Dann lag lautes Hubschraubergeknatter über der Bucht und rot blinkende Positionslichter waren auszumachen. Na endlich! Sie hatten das Leuchtfeuer als Signal bemerkt, versucht, mit der Station in Verbindung zu treten, und dann, als alle Leitungen tot waren, verstanden.

Claire reagierte sofort und breitete das weiße Laken mitten auf dem umzäunten Grundstück aus. Das Gelände war groß genug und bestens für eine Helikopterlandung geeignet.

Da keuchten auch schon Moreno und Ernest, vom Leuchtturm kommend, heran. Ernest, weit voraus, fiel uns erleichtert um den Hals. Wie schön, wir hatten uns wieder. Seine Augen hinter den dicken Brillengläsern waren mit Freudentränen gefüllt und aufgeregt schluchzend machte er Moreno Platz, der uns inzwischen ebenfalls erreicht hatte. Wir schmiegten uns beglückt an den ‚bebenden Berg' und genossen dieses heile Wiedersehen. Seine mächtigen Arme umschlossen uns und drückten das Grüppchen an sein Herz – er sagte nichts. Wiegte sich mit uns dreien ganz sachte hin und her, als wolle er ein zartes Freudentänzchen wagen.

Ins starke Scheinwerferlicht des Hubschraubers getaucht, standen wir abseits des provisorischen Landepunkts und beobachteten das Landemanöver. Vorsichtig sank das Fluggerät, eine Bell 205, aus dem Hovermodus über dem weißen Bettlaken nieder, setzte sicher auf und entließ mit abflauendem Flap-Flap-Flap-Plap seine achtköpfige Mannschaft. Die Adventure Station machte ihrem Namen alle Ehre. Sie war plötzlich geflutet von uniformierten Menschen mit avantgardistischer Ausrüstung und zielgerichteter Aktion. Ein erleichternder Aufruhr erster Klasse, sehens- und erlebenswert nach all den aufregenden Vorkommnissen. Ebenso eine Genugtuung für die von uns insgeheim ausgestandenen Ängste. Doch darüber muss man nicht mehr groß sprechen, nicht wahr?

Die Uniformierten erledigten zügig und unaufgeregt mit unserer Hilfestellung ihre Arbeit, fixierten den noch immer arg wimmernden Veitstanzkönig auf einer Trage, nahmen unsere Aussagen auf und schwebten, senkrecht aufsteigend, unter sehr lautem Geknatter und viel gemachtem Wind davon.

Die Station hatte uns, die Dunkelheit und Stille wieder. So fertig und müde wir auch waren, konnten wir doch noch nicht zu Bett gehen. Zu aufgedreht waren wir und wollten uns, eng zusammengerückt in der Wohnküche, die durchgestandenen Aufregungen von der Seele reden.

22. Gescheitert

Dem Trubel am nächsten Tag konnte ich dank meiner Tätigkeit im Busch zumindest zum Teil entgehen. Moreno übernahm es als Chef der Forschungsstation, die zahlreichen Presseleute mit kurzgefassten Statements abzuspeisen, damit wieder Ruhe bei uns einkehren konnte. Einfach war das sicher nicht, denn sie waren wie ein Hornissenschwarm bei uns eingefallen, wie mir Moreno hinterher erzählte. Ich bewunderte ihn dafür sehr. In den Fernsehbildern, die ihn auf allen Programmen zeigten, imponierte er allein schon durch seine charismatische Erscheinung insgesamt und seine Art, mit dem ganzen Körper zu sprechen. Als dirigiere er ein großes Orchester, deutete er mit weit ausholenden Bewegungen Verläufe und Richtungen der Ereignisse nicht nur an, sondern unterstrich damit beeindruckend das abenteuerliche und gefährliche Wesen der Aktionen. ‚Unser' Moreno war nicht wiederzuerkennen. War er in der Adventure Station der ruhige, forschende und nachdenkliche Mann, schien er auf der Mattscheibe plötzlich das Gegenteil davon zu sein. Hier war der welt- und wortgewandte Moreno als Entertainer zu erleben, eine neue Facette für uns. Ernest war davon ebenso hingerissen wie Claire und ich. Sogar Ernest Truman Stormyweather sen. ließ es sich nicht nehmen, uns ein Mail mit seiner Anerkennung für unsere Haltung zu senden. Selbst in Westaustralien waren wir nach der Nachrichtensendung im Fernsehen Tagesgespräch. Wer hätte das gedacht. Die kurz gehaltene Notiz erreichte uns allerdings erst nach dem Aufmarsch der Techniker.

Unser Leben wurde mit Hilfe verschiedener Fachleute wieder in intakte Bahnen gelenkt. Elektriker kümmerten sich um die Stromanschlüsse, die Telekommunikation wurde durch Techniker überprüft und wiederhergestellt. Selbst der bedrohliche Giftsumach wurde schließlich und hoffentlich endlich mit Stumpf und Stiel von ausgebildeten Grünspezialisten ausgemerzt. Und der Leuchtturm? Alles blieb weiterhin beim Alten. Moreno legte den Rückwärtsgang in Bezug auf sein Leuchtturmgeheimnis ein, das heißt, er machte die heimlichen Veränderungen wieder rückgängig und kein Hahn krähte nach dem Wie und Warum des Leuchtfeuers. Alle Beteiligten und Verantwortlichen waren nur froh darüber, dass die Bedrohung für uns folgenlos geblieben war. Wer konnte denn schon wissen, ob man nicht zukünftig nochmals auf die veraltete und offiziell abgestellte Technik zurückgreifen müsste?

So lösten sich Gefahr und Chaos für uns in der Forschungsstation in Wohlgefallen auf. Für uns alle? Nein, mich ausgenommen. In mir wurde ein wunder Punkt bloßgelegt. In der Küche schienen mich die in Wasser eingelegten Paternostererbsen vorwurfsvoll anzuschauen. Sie wirkten darin aus wie seltsam gefährliche Insekten, die sich um ihre Chance gebracht sahen. Durch Platons von mir provozierte Selbstverteidigung waren sie nicht zum Zug gekommen und damit überflüssig geworden. Schade, zu gerne hätte ich sie an unserem Objekt eingesetzt und ihre Wirkung beobachtet. Doch das beherzte Schnabeltier hatte mir den Bösewicht als Opfer direkt vor meiner Nase weggeschnappt, und das auch noch durch mein eigenes Zutun. Wieder einmal hatte ich in meinem pflanzlichen Metier kläglich versagt, war durch mich selbst an meiner pikanten Raffinesse gescheitert.

Mit anderen Worten: Ich hatte mir selbst ein Bein gestellt. So gerne wäre ich endlich einmal in Pflanzenangelegenheiten erfolgreich gewesen, doch das Schicksal war gegen mich, oder ich ließ es nicht zu.

Claires schonungslose Äußerung „deinen Kräuterhimmel kannste vergessen", die Rekapitulation dieses verächtlich hingeworfenen Satzes, gab mir endgültig den Rest. Eine echte Krise schien sich meiner zu bemächtigen. Meine Selbstzweifel wollten über mich hinauswachsen. Dagegen musste ich angehen. Rasch erhitzte ich einen Topf mit Wasser auf dem Herd und schüttete den ‚Krabbenaugenwein' samt Schraubglas und Deckel hinein, ließ die ganze Chose aufkochen, erkalten und entsorgte die knallroten Früchte auf dem Kompost. Das Schraubglas konnte ich nach dieser Behandlung bedenkenlos weiterverwenden. Die Zeugen meines Versagens waren durch das Erhitzen unschädlich gemacht und beseitigt.

Und nun, wie sollte, wie könnte es mit mir und meiner Bestimmung weitergehen? Wofür war ich eigentlich gemacht? Was würden meine Ahnfrauen dazu sagen? Im Geiste sah ich sie ihre haubenbedeckten Köpfe missbilligend schütteln. Was sollte bloß aus mir werden? Diese Frage trieb mich um. Dem kostbaren Kräuterhimmel in meinem Zimmer wollte ich auf jeden Fall nochmals eine Chance geben. Zu viele nette Erlebnisse und Gedankenspiele knüpften daran an. Das mit allen Sinnen erlebbare Sammlerglück repräsentierten diese getrockneten Kräuter, von ihnen konnte und wollte ich nicht lassen. Sie waren Teil meiner Identität.

Mit diesen Gedanken machte ich mich auf den anregenden Weg zu meiner freudvollen Arbeit, der Pflanzenbeobachtung im Revier.

Dank Morenos Manukahonig heilten Platons Wunden am Rücken komplikationslos ab und die üppige Madenfütterung sorgte dafür, dass er alsbald wieder zu ursprünglichen Kräften gelangte. Mit anderen Worten: Die Zeit war gekommen, wir mussten uns von ihm verabschieden, ihn in sein natürliches Habitat entlassen. Claire übernahm es, ihn zu seiner Entlassung aus unserer Waschküche nochmals für die nächste Zeit vorsichtshalber mit Manuka zu präparieren, damit sich seine Verschorfungen nicht mehr entzünden konnten. Eine reine Schutzmaßnahme.

Unser Retter, unser Held, konnte wieder in sein heimisches Revier am Farnpool übersiedeln und sich dort zum Schrecken seiner Rivalen bei bester Gesundheit präsentieren. Wir waren glücklich über seine Genesung, er vielleicht auch. Zumindest war uns klar geworden, dass auch ein eigenartiges Schnabeltier in der Gefahr ein wertvoller Verbündeter sein konnte. Platon hatte es eindrucksvoll bewiesen.

Claire lockte ihn mittels einer Futterration in den vergitterten Container, stellte diesen in ihrem Landcruiser ab und fuhr sachte mit ihrer wertvollen Fracht an Bord weg von uns, weg von den hier stattgefundenen aufwühlenden Ereignissen.

„Adieu Platon, du tapferer Held!"

Ich übernahm es, unsere florierende Madenzucht abzuwickeln. Nichts einfacher als das. Allein schon, dass ich das Grundstücksende zielstrebig ansteuerte, war ein Hinweis für alle Madenliebhaber in den Lüften. Sie umflatterten, umsegelten und umschwirrten mich von allen Seiten, je nach Größe und natürlichem Antrieb elegant oder auch aggressiv, und hofften, von den ‚Brosamen' etwas abzubekommen. Ein irres Kreischen, Blöken, Piepsen und Krächzen erfüllte die Umgebung um mich und die Madenzucht. Beherzt wuchtete ich die schützenden Türfüllungen von den Containern. Wie von Sinnen stürzte sich die wilde Meute auf die gammelnden Fisch, Fleisch und Käserückstände. Im Nullkommanichts waren diese in den gierig hackenden Schnäbeln verschwunden und die Drahtgitter lagen blankgefegt. Den Bodensatz aus Kies und Sand, vermischt mit herabgefallenen Maden, kippte ich auf die Wiese worauf sich blindlings eine Schar von schreienden und flügelschlagenden Raubmöwen um die letzten Reste balgte.

„Puh, geschafft!"

Reine Seeluft trieb die letzten Schwaden von Aas und Verwesung im Nu hinweg. Der Gestank hatte ein Ende.

Fast war es wieder Alltag. Dazu fehlten leider unsere Nachbarn, unsere lieben Freunde und wertvollen Versorger. Denn Jim und seine Familie weilten noch in Verena Beach im Urlaub bei seiner Schwester und ihrer Familie. Auch sie betrieb mit ihrem Mann und den Kindern eine Farm. Damit waren letztlich die Ernährung und das Auskommen einer großen Verwandtschaft, eines ganzen Clans, gesichert. Ein jahrhundertealtes System, das von schottischen Vorfahren in die neue Welt importiert worden war. Gerade in wenig dicht besiedelten Gebieten, wie das an der Südostküste Tasmaniens, war und ist das sicherlich von großem Vorteil. Sinnvoll genutzte landwirtschaftliche Parzellen mit hohen Erträgen. Seien es nun Weidevieh, Ackerbau oder Waldungen. Vieles war möglich in unverbrauchten Landstrichen wie diesen. Durch verwandtschaftliche Verbindungen half man sich im Idealfall hier und dort gegenseitig aus und schöpfte dadurch aus einer großen Vielfalt von Produkten und Möglichkeiten.

Diese Vielfalt führte auch dazu, dass wir schon gespannt auf Jims Rückkehr warteten und spekulierten, was er wohl alles von seinem Familienausflug mitbringen würde. Dass er nicht mehr allzulange ausbleiben würde, vermuteten wir wegen den Berichterstattungen über die bei uns stattgefundenen Ereignisse in allen Medien. Mit Sicherheit waren er und seine Familie gespannt darauf, direkt alles und ungekürzt aus erster Hand zu erfahren. So wie wir Jim kannten, konnte er es kaum erwarten, wieder hier zu sein. Wir freuten uns auf ihn, Ella und die Kinder Robyn, Colin und Darcy.

23. Claires Claim

Claires neu angelegtes Kräutergärtchen stach allmählich wie ein poliertes Juwel aus der graugrünen Umgebung hervor. Es spiegelte die liebevolle Zuwendung seiner Hegerin durch frische Blattfarben und reichlich sprossende Triebe. Eifrig goss Claire bei ausbleibendem Regen ihre Pflanzen und mit großer Freude registrierte sie alle Einzelheiten des Wachsens und Werdens ihrer Schützlinge.

„Philo, stell dir vor, der Liebstöckel hat zahlreiche neue Blattrispen und schießt in die Höhe, die Minzen, sie wuchern geradezu, und die Rauke - ach, ich bin einfach begeistert! Hättest du kurz nach deiner Ankunft daran gedacht, dass deine Ahnfrau aus dem Kloster so weite Kreise ziehen würde?"

Stimmt. Kein Gedanke daran. Und doch: Nebenan gediehen durch Claire und mich die Inspirationen meiner Urahnin, machten sie in einem völlig anderen Teil der Welt, der Südhalbkugel, weiterhin unvergessen. Der Gedanke dieser Weltläufigkeit meiner Familientradition freute mich ungemein. Andererseits erlebte ich die ständige Konfrontation von Erfolg - sprich: den Erwartungen der Frauentradition in meiner Familie zu genügen - und dem Misserfolg - meine Neigung hin zu den Gefährlichen auszuleben - als zu starkes Wechselbad meiner Gefühle. Mir wurde klar, der krasse Kontrast beschäftigte mich unbewusst zu sehr, hinderte mich daran, ‚als Pflanze' richtig aufzugehen.

Unglaublich, was ein paar Tage Kultivierung der Brachfläche bewirkt hatten. Nicht nur die Setzlinge wuchsen kräftig, sondern auch Claire über sich selbst hinaus. Besonders der üppige Rosmarinbusch an der Verandasäule hatte es ihr angetan und regte sie zu poetischen Schwärmereien an: „Wenn meine Hände mit gespreizten Fingern durch die weichgenadelten Zweige streifen, erlebe ich sie sinnlich: Eine widersinnige Flauschigkeit von dunkelgrünen Nadeln sondert den harzigen Duft ihres ätherischen Öles ab, überlässt ihn teils dem Windhauch und haftet anderenteils für eine appetitliche Zeit an meinen Händen. So anhänglich ist der Rosmarin. Vielleicht gilt er deshalb als Symbol für die Liebe und das Gedenken an die Toten."

Während Jims Familienurlaub fehlte uns sein frischer Nachschub von der Farm und da waren Claires Kräuter immer wieder die heimlichen Stars unserer Mahlzeiten. Die Urbarmachung der Brache war für uns in der Adventure Station ein Gewinn gewesen. Eine Prise neuer Genussfreude hatte sich durch Claires Garten in unsere Küche geschlichen.

„Zu meinem Gartenglück fehlt mir noch ein Blaubeerstrauch. Philo, was meinst du, eignet sich ein solcher für die hintere rechte Ecke?"

„Ich würde für die linke Ecke plädieren. Sie ist dank der Hecken der Station besser windgeschützt. Weiterhin würde dieser Standort deinem Garten mehr optische Ausgewogenheit verleihen. Aber, Claire, mach, was du für richtig hältst. Achte nur darauf, dass du ein angemessen großzügiges Pflanzloch gräbst. Füllen solltest du es mit eher saurer Humuserde. Damit wachsen dir glatt goldene Beeren."

Am nächsten Abend wuchtete Claire eine mannshohe Containerpflanze aus ihrem Landcruiser. Stolz präsentierte sie mir ihren Erwerb: „Na, Philo, was sagst du dazu, ein ‚Südlicher Hochbusch' ist das. Wird zwei bis vier Meter hoch und soll unglaublich große Beeren tragen. Ich mach' mich sofort daran, das Pflanzloch auszuheben."

Mein Kommentar verpuffte im Nichts, denn schon war Claire samt Topf in ihrem Garten verschwunden. Hinter der Hecke hörte ich alsbald ein Kratzen, Schaben und Schaufeln. Dazwischen ein gezischtes „... Mist, Scheibenkleister, oohh, neiein gibt's ja nicht, was für eine blöde Idee, verdammte Blaubeeren ..."

Claire werkelte wie besessen. Und alle Achtung, sie hatte trotz aller Widrigkeiten und Flüche ein gesundes Durchhaltevermögen.

„Wenn du so weitergräbst, kommst du noch auf der Nordhalbkugel heraus", rief ich über den Zaun.

„Geht nicht, hier ist so ein störrischer Brocken, der will nicht raus. Wenn ich den geschafft habe, höre ich auf, versprochen."

Allein die stochernden und abgleitenden Spatenstiche mitanzuhören, war für mich schweißtreibend. Das musste wirklich ein ziemlich verkanteter Stein sein.

„Kann ich dir helfen, Claire?"

„Nein, ist schon gut, Philo. Das ist mein Job."

Plötzlich ein Triumphgeheul: „Ich hab's, ich hab's geschafft! Nanu, was ist denn das?"

Stille trat ein. Sie passte ganz und gar nicht zur Situation. Was war da los überm Zaun?

„Claire? Alles okay?"

Immer noch blieb es still. Durch die dichte Hecke konnte ich auch nicht hindurchspähen. Dann ...

„Philo, du glaubst es nicht ..."
„Ja, was denn, Claire, sprich doch bitte."
„Das kann ich dir nicht sagen, du musst herüberkommen."
Seltsam. Flugs eilte ich jenseits der Hecke ins Gärtlein. Claire stand vor ihrem Grabloch, das rechte Bein auf ihren Spaten gestützt, und betrachtete stirnrunzelnd den Störenfried in ihren Händen.

„Na, so ein Gedöns! Wie ein Hindernis sieht dieser Erdklumpen nun wirklich nicht aus."

„Nimm ihn einfach in die Hand", sagte Claire und hievte den faustgroßen Brocken zu mir. Fast wäre er meinem Zugriff entglitten und mir auf die Zehen gefallen. Gerade noch konnte ich das ungewöhnlich schwere Teil halten.

„Was ist das denn?" Ein Stein konnte es nicht sein, dafür war es viel zu schwer. „Claire?" Ich sah sie fragend an.

„Der Spatenstich, schau dahin." Sie wendete den Klumpen in meiner Hand. Und dann sah ich es: An der eingekerbten Linie, verursacht durch das stahlharte Gartengerät, glänzte es goldgelb neben den Erdanhaftungen. Ein weiches, also reines Element.

Ich bekam Puddingknie und musste mich setzen. Claire ebenso. Das Ding wurde mir zu schwer in der Hand und ich ließ es zwischen uns auf das Gras rollen. Abwechselnd blickten wir uns, dann wieder das Ding an. Ohne Worte lief unsere Kommunikation. Diesen ‚Brocken' mussten wir erst verdauen.

So saßen wir uns eine Weile schweigend gegenüber auf dem Boden, die gediegene ‚Fundsache' zwischen uns.

„Das wiegt etwa ein bis zwei Kilo", flüsterte ich. „Wir könnten im Internet nach dem Wert suchen. Willst du das, Claire?"

Sie überlegte und schüttelte den Kopf, zuerst zögernd, dann heftig. „Ich will und brauche das nicht. Wer weiß, woher das stammt und wem es möglicherweise gehört. Es ist hier versteckt worden, eindeutig. Es zu behalten, würde mich und euch nur belasten."

„Was willst du dann machen?"

„Ich - bin niemals darauf gestoßen, bette es wieder in seinen Fundort und pflanze meinen Blaubeerstrauch darauf."

„Also doch, goldene Beeren, wie ich dir prophezeite. Warum bist du dir so sicher, dass es versteckt wurde? Könnte es nicht hier seinen Ursprung haben?"

„Nein, nein, das passt genauso wenig in dieser Gegend wie ein Eisbär. Vielleicht stammt es von Beaconsfield, Tasmaniens bedeutendstem Vorkommen am Tamar Fluss. Die ersten Funde wurden dort schon Ende des 19. Jahrhunderts gemacht. Unzählige Geschichten über diesen unseligen Goldrausch kursieren heute noch."

„Wer weiß, Claire, welche Sagen, Legenden oder Geheimnisse sich um diesen Fund hier ranken? Das wäre sehr interessant zu wissen. Auf jeden Fall kommt jetzt eine weitere Facette hinzu. Aber wir sollten uns nur davor hüten, sie im Logbuch verzeichnen."

„Philo, du hast recht. Die Sache bleibt unter uns. Selbst Moreno lassen wir außen vor, wir würden ihm keinen Gefallen damit tun. Je weniger davon wissen, desto besser."

24. Üppige Gegenwart

Also begruben Claire und ich unser Geheimnis im wahrsten Wortsinn. Glücklicherweise lenkte uns die Rückkunft unserer Nachbarn zusätzlich von unserem ‚Aufgewühltsein' ab. Der Alltag hatte uns wieder. Unsere Spekulationen bezüglich der Mitbringsel aus dem Farmurlaub wurden bei Weitem übertroffen. Ähnlich den Journalisten und Medienvertretern der letzten beiden Tage fielen Jim und seine Familie direkt aus dem Urlaub kommend bei uns vor der Adventure Station ein. Aufgekratzt, braungebrannt und übermütig tauchten sie aus einer dichten Staubwolke nach einer bemerkenswerten Bremsspur auf und strahlten übers ganze Gesicht. Deutlich spürbar war ihre Entspannung. Die paar Urlaubstage ließen sie völlig verwandelt und losgelöst erscheinen.

Es war vorgerückter Nachmittag und so standen Moreno, Claire, Ernest und ich vollzählig Spalier zur Begrüßung. Tatkräftig öffnete Jim den Kofferraum und wuchtete schwere Eskies[4] aus dem Inneren. So war er. Das sagte er über sich selbst und die Erziehung seiner Kinder: „Sich nicht mit langen Reden aufhalten, sondern in die Hände spucken und anpacken!"

Demgemäß wies er seine Söhne Colin und Darcy an, es ihm gleichzutun und auch wir, Ella und Robyn ließen uns von ihrem Arbeitseifer anstecken. Im Nu war die Ladung in unserem Vorratsraum provisorisch verstaut und wir konnten uns guten Gewissens einem Begrüßungsdrink im Schatten des Silberbaumes widmen. Schließlich waren wir schon sehr neugierig, was unsere Versorgungsnachbarn zu berichten hatten. Von unserem Gelächter und Geschnatter angelockt, flog der gesellige Kookaburro eine Ehrenrunde über unseren Köpfen, um sich anschließend unter einem lauten eigenen ‚Lachen' auf seinem Gewohnheitsast über uns niederzulassen und weiterhin vor sich hin zu schnarren.

Rasch bereitete ich für uns alle Minztonic mit Limettensaft und Eis zu, was von den durstigen Heimkehrern freudig beklatscht wurde. So versorgt, konnten wir uns gemütlich in der Sitzgruppe im Baumschatten versammeln und den Urlaubsschwänken von Jims Familie lauschen. Moreno brachte einen Toast auf die geglückte Heimkehr der Urlauber aus und reihum stießen wir darauf an.

„Ernest, das Salz bitte – ja, danke."

Gedankenverloren, doch zugleich routiniert kontrollierte Moreno seine auf ihren Einsatz wartenden Küchenutensilien und fügte die Salzbüchse der Reihe hinzu. Er war dabei, ‚seinen Posten' in der Küche einzurichten. Ich stand dabei, beobachtete und lernte. Diesbezüglich war er sehr penibel, seit er Anthony Bourdains ‚Geständnisse eines Küchenchefs' gelesen hatte. Das ‚Mise-en-place' bedeutet für Kochprofis, alles Nötige für ein Gericht herzurichten und griffbereit zu ordnen. Das erleichtert einerseits den Überblick und sorgt andererseits für einen reibungslosen Kochablauf. Auf diese Art und Weise wird nichts vergessen, was der Raffinesse der Zubereitungen abträglich wäre oder gar zu Zeitverzögerungen führte, die eine begonnene Delikatesse unwiderruflich ruinieren könnte. Diese einführende und einstimmende Küchentätigkeit liebte Moreno ganz besonders, denn sie war für ihn das Vorspiel zu einer großartigen Aufführung, genannt: ‚Leibspeisenrevue'. Bewusst gehalten in der Mehrzahl, denn wer von den kulinarisch Gebildeten hat nur eine Leibspeise?

Moreno war in seinem Element, er war Dirigent und Meister, und wir, Claire, Ernest und ich als ‚Tanztruppe', durften ihm assistieren. Wir schnippelten, was das Zeug hielt, im Takt aufmunternder Hintergrundmusik und nach Morenos choreografischen Anweisungen. Eine kreative Atmosphäre verbreitete sich durch unsere Handinhandarbeit um uns herum.

Erst Jims Rückkehr aus dem Farmurlaub mit seiner Anlieferung von frischen Früchten, Gemüsen, Fleisch, Käse, anderen Milchprodukten und exotischen Spezereien machte es uns möglich, wieder einmal nach einer empfundenen Ewigkeit so richtig befreit aufzukochen und auch einen Gast dazu einzuladen. Auf diesen ersehnten Moment hatten wir doch einige Zeit hinwarten müssen in Anbetracht der zurückliegenden turbulenten Ereignisse.

Und so hantierten wir wild entschlossen in der geräumigen Wohnküche und freuten uns im Voraus auf die köstlichen Ergebnisse. Die frischen Viktualien hatte Claire geschickt auf dem langen Esstisch aufgebaut und appetitanregend drapiert, gewissermaßen als Bühnendekoration zu unserer Kochrevue. Sie inspirierte und lockte uns zu einem Schüsselchen von diesem, zu einem Schälchen von jenem oder gar dazu, eine Platte mit Köstlichkeiten gleich einem delikaten Miniaturgarten anzurichten. Da wechselten sich Gesottenes und Gebratenes, Sautiertes und Gebackenes miteinander ab, dazwischen auch knackige Rohkost, angereichert mit leckeren Saucen und würzig abgestimmten Gartenkräutern. Es machte uns höllischen Spaß, auf unser gemeinsames Ziel, eine fürstliche Tafel, hinzuarbeiten und ihr noch diese oder jene Arabeske hinzuzufügen. Kreativität kennt eben keine Grenzen.

Nichts war abgesprochen. Es gab kein Drehbuch. Wir wussten nur, dass Moreno größten Wert darauf legte, dass die Geschmacksharmonie von allem, was angeboten wurde, auf hohem Qualitätsniveau gewahrt blieb. So hatten wir, trotz seiner gelegentlichen Anweisungen, freie Hand. Dementsprechend locker, gepaart mit geforderter Disziplin, entwickelte sich unsere Stimmung.

„Und, läuft's gut bei euch auf den hinteren Rängen?", fragte Moreno frohgelaunt.

„Jooh, jooh, passt scho", antwortete Claire in tiefstem, gespielten Alt, den sie gerade noch so hervorpressen konnte.

So und ähnlich verliefen unsere Jokes und Küchengespräche. Nichts von Bedeutung, halt einfach Flachs, Gutelaunemacher, zeugend von Zuneigung und gegenseitigem Wohlwollen. In der Hauptsache arbeiteten wir überlegen und konzentriert vor uns hin. An unseren Mienen hätte ein Außenstehender sicherlich eine Suada von Sinneseindrücken und Empfindungen ablesen können, die wir vielleicht selbst gar nicht spürten. Es war völlige Hingabe an unser Tun und die Erwartung, dass wir Großartiges leisten würden.

Nebenbei spülten wir, das heißt, Ernest brachte es dabei zu bewundernswerter Meisterschaft, unsere nicht mehr benötigten Kochwerkzeuge und -geräte, wischten über die Arbeitsflächen und hielten Ordnung. Nicht etwa, weil wir so viel Freude daran hatten, sondern einfach, um dem Wunsch Morenos nachzukommen, ‚den Posten sauber zu halten'. Recht hatte er, so machte das bereinigte Weiterarbeiten gleich viel mehr Spaß.

Nicht nur die Crew samt Chef war am Werk, sondern auch die vielen kleinen Helfershelfer, ohne die eine moderne Küche nicht auskommt. Der Backofen mit seinem Gebläse machte darauf aufmerksam, dass er in voller Aktion war. Delikate Bratenduftschwaden waberten zunächst um uns herum, forderten mehr Raum und schließlich wogten sie durch das Haus und suchten sich einen Weg ins Freie. Davon wurden wir schon ganz kribbelig.

Erwischte Moreno mich, Claire oder Ernest dabei, wie wir verstohlen etwas naschten, oder auch mal eine Schüssel, in der Marinade angerührt worden war, mit dem Zeigefinger säuberten, dann rollte er bühnenreif drohend seine großen dunklen Augen, dass fast nur noch das Weiße sichtbar war. Uns faszinierte dieser Anblick. Er brachte uns zum Lachen und augenblicklich versuchten auch wir, es ihm gleichzutun. Doch leider vergeblich. Dafür waren wir nicht gemacht. Darüber war Ernest sehr enttäuscht, wollte er doch allzu gerne solche Faxen nachahmen können.

Hin und wieder erhob unser leistungsstarker Mixer sein wütendes Geheul, um in Sekundenschnelle das vorbereitete grobbrockige Zerkleinerungsgut wie gewünscht breiig auszuspeien. Für mich immer wieder ein bestauntes Wunder der Technik; hatte ich doch immer noch das bedauernswerte Bild meiner mörsernden Großmutter vor Augen.

Ernest versuchte, sich schnippelnd und rührend hier wie da einzubringen, so gut es für ihn ging, zumal er sich nicht ungeschickt dabei anstellte. Ein bisschen Übung noch, dann könnte eines Tages ein solider Hausmann aus ihm werden – ohne seinen Ambitionen vorgreifen zu wollen. Er hatte sichtlich Freude daran, Claire, Moreno und mir zur Hand zu gehen und ein nützliches Teammitglied zu sein. Auf seine Art war er für uns einfach liebenswert. Auch deshalb waren wir, ohne dass er es ahnte, schon dabei, seinen achtzehnten Geburtstag für nächste Woche vorzubereiten. Mehr wird hier noch nicht verraten!

Die Leibspeisenrevue tendierte allmählich durch unsere gelungene Zusammenarbeit zum Crescendo. Das Finale würde nicht mehr lange auf sich warten lassen und so arrangierten wir in beschwingter Laune unser reichhaltiges Buffet. Stolz betrachteten wir das farbenfreudige, fein duftende Werk und freuten uns darüber wie die Schneekönige. Ganz besonders unser gut gelaunter Maestro, der vergnügt vor sich hinsummte, dabei noch die letzten Handgriffe tat. Von seiner würzigen Bratensoße durften wir reihum kosten und waren hingerissen von ihrem Aromabouquet. Einfach phantastisch!

Von vornherein war klar, wir würden uns anstrengen, um uns, unseren Lehrmeister sowie unseren Gast zu beeindrucken. Angestachelt von Morenos Kochambitionen, ließen auch wir uns nicht mit schnöden Fertigprodukten ins Ziel tragen, schließlich hatten auch wir den Ehrgeiz, mit Kreativität und Begeisterung die Leibspeisenrevue qualitativ aufzupeppen. So gelangten wir durch unser Wollen und Zutun bravourös zu unserem hochgesteckten Ziel.

Es fehlte nur noch unser Publikum.

Da hörten wir auch schon einen Motor brummen. Der Gast nahte. Für uns das Kommando: „Licht aus, Spot an, Vorhang auf und Bühne frei für unsere Vorstellung."

25. Grausige Vergangenheit

Das Herunterschalten des Getriebes zeigte uns einen sehr rücksichtsvollen Gast an. Er hatte nicht die Absicht, mit vollem Karacho bei uns anzulanden. Im Gegenteil: Still, behutsam und ohne groß Staub aufzuwirbeln, wollte er ankommen.

Vor dem Eingang der Adventure Station, aufgereiht nach Körpergröße wie die Orgelpfeifen, hießen wir ihn willkommen. Der Chef, Moreno, vorneweg, dann Claire, gefolgt von Ernest und schließlich ich. Ernest hatte mich in Bezug auf die Körpergröße während seines Hierseins rasch überholt. Der jeweilige Nachschlag bei fast allen Mahlzeiten zeigte seine wüchsige Wirkung. Vielleicht schaffte er es auch noch, in den letzten beiden Wochen Claire zu schlagen. Viel dazu fehlte nicht mehr; es konnte auf den letzten Zentimetern spannend werden.

Mehr noch waren wir auf unseren Gast mitsamt seinen Neuigkeiten gespannt. Ich hatte mich ja bereits auf makabre Art und Weise mit ihm bekannt gemacht und ließ deshalb Moreno gerne den Vortritt zur Begrüßung. Lebhaft und kräftig schüttelten die beiden sich die Hände und schienen sich über ihr Wiedersehen sehr zu freuen. Claire wurde dazugewunken und vorgestellt, ebenso Ernest. Dann war die Reihe an mir. Zwei stahlblaue Augen blickten mich prüfend an. Ich hielt diesem Blick eisern stand. Daraufhin kräuselten sich ganz zarte Mimikfältchen in seinen Augenwinkeln. Dieser verstohlene Ansatz eines Lächelns zog sich nun ganz über sein klar gezeichnetes Gesicht mit den markanten Sommersprossen auf Nase und Wangenbogen. Ein Zeichen des Einvernehmens, unmissverständlich. Er nahm mir nichts mehr krumm und ich kam damit klar.

James Richard Ivory, der Anthropologe und Archäologe des Tasmanischen Museums, zeigte sich hocherfreut über unsere Einladung und das Wiedersehen; gemeinsam gingen wir angeregt plaudernd durch den Windfang in die von der Natur szenisch beleuchtete Wohnküche. Goldene Sonnenfünkchen tanzten wie bestellt auf unserem angerichteten Buffet Ballett und ließen unsere Kostbarkeiten sehr ansehnlich kontrastreich und geradezu beschwingt wirken. Von dieser optischen Wirkung waren selbst wir überrascht und unser Gast war sprachlos. Gebannt stand er vor der vielfältigen Speisenstrecke und konnte sich nicht sattsehen. Ein Leuchten ging über sein Gesicht, wohl ein Zeichen dafür, dass er unsere Bemühungen für ihn verstanden hatte. Verlegen, umringt von uns, stand er da, fand keine Worte und schien berührt von diesem nicht erwarteten Empfang. Moreno ergriff rasch das bereitgestellte Tablett mit den bereits von Claire gefüllten Gläsern und bot reihum den gesalzenen Papaya-Ingwer-Shake mit Limettensorbet an. Damit stießen wir gegenseitig an und das Buffet galt damit als eröffnet.

Die allgemeine Unterhaltung setzte wieder ein. Wählerisch, einen Happen von diesem, ein Häppchen von jenem, eine Näscherei dazu nehmend und so weiter, krönten wir die Teller mit den Delikatessen und begaben uns zu Tisch. Wundervolle Köstlichkeiten ließen einen jeden von uns, auch unseren Gast, entspannt genießen und redselig werden. Feierstimmung füllte den Raum und damit auch ein Gefühl von ‚Laissez faire'.

Im Gespräch kamen wir vom Hundertsten ins Tausendste. Ein Zeichen dafür, dass wir uns verstanden und uns etwas zu sagen hatten. Jeder leistete einen Beitrag dazu. Auch Ernest. Bei dieser Gelegenheit kam seine kultivierte Erziehung voll zum Tragen. Insgeheim bewunderten wir ihn sehr dafür. So hatten wir eine perfekte Unterhaltung, bei der keiner außen vor blieb.

Gemeinsam bildeten wir den Chor und zugleich das Orchester der Aufführung. Vorneweg Moreno: Volltönend melodisch, gleich einem gut gestimmten Cello. Das verdankte er seinem prächtigen und gut gepflegten Resonanzboden. Claires silbriges Vibrato einer Violine setzte die Glanzpunkte und Mister Ivorys gelegentlicher Stimmüberschlag als Kiekser ließ eine Klarinette erkennen, mit der er unser gut gelauntes Capriccio auflockerte. Und Ernest? Zwischendurch bot er fast trompetend seine jugendlichen Sprachkraft auf, tendierte bald als quirliges Xylophon durchzugehen, konnte das gewagte Spiel jedoch nicht ganz durchhalten und beließ es bei einem intermittierenden Triangelschlag. Und, wie würde ich mich als Orchestermitglied hören lassen? Als vorwitzige Pfeife oder mehrsaitige Leier? Lag ich damit richtig oder daneben? Ach, es ist so schwierig, sich selbst einzuordnen. Besonders wichtig erschien es mir nicht. Die Hauptsache war: Ich konnte dabei sein.

Viel wichtiger war Morenos Vorstoß gewesen, dass die Speisen alle fertig zubereitet und hergerichtet sein sollten, damit es keine Unterbrechung der Gespräche und keine Missklänge gäbe. Wir sollten während des Berichtszeitraumes unseres Gastes völlig konzentriert zuhören und auch die richtigen Fragen stellen können.

Damit stand der Zweck unserer Bemühungen eindeutig im Vordergrund und sein Talent als Logistiker offenbarte sich. Hey, es zeigte sich eine bisher nicht beachtete Seite von ihm in dieser Situation. Seine Planung lief auf Hochtouren.

„Und nun, Mister Ivory, kommen wir zu dem Punkt, auf den wir alle hier so begierig warten. Sie ahnen sicher, dass wir Genaueres von unserem Fund erfahren möchten, auch wenn noch nicht alle Details in der Kürze der Zeit geklärt werden konnten." So leitete Moreno zum offiziellen Teil unseres Treffens über. Dabei sah er den Gast erwartungsvoll an.

Dieser erhob sich, brachte sein Trinkglas mit einem zarten Gabelhieb zum Klingen, blickte uns reihum ins Gesicht, bis er unsere gewünschte Aufmerksamkeit hatte und sagte nach dieser Pause einfach: „Vielen Dank, liebe Freunde! Ich bin sicher, Sie so nennen zu dürfen, nach diesem außerordentlich herzlichen Empfang. Nur für einen höchst willkommenen Gast, einen Freund, macht man sich diese Mühe, die Sie sich gemeinschaftlich für dieses Aufeinandertreffen mit mir gemacht haben. Wie Sie bereits wissen, ist mein Name James Richard Ivory. Doch meine Freunde sagen schlicht und einfach Ivy zu mir. Ich möchte, dass Sie sich diesem Brauch anschließen. Sind Sie damit einverstanden?"

Natürlich, wir waren sofort und einstimmig dafür. Machte es die Konversation mit einem sympathischen Menschen doch viel direkter und einfacher. Unnötige Schranken fielen und – wir vertrauten ihm. Wir erhoben uns ebenso von unseren Plätzen und stießen mit Ivy auf seinen willkommenen Toast an. Die Bahn war nun frei. Frei für seinen Bericht und unsere neugierigen Fragen.

„Gleich vorneweg – ein Tasmanischer Tiger oder Beutelwolf, wie von euch insgeheim erträumt, ist es nicht! Das ist sicher. Es wäre auch der Wunsch aller Tasmanier gewesen, nachdem diese Spezies seit dem Jahr 1936 als ausgestorben gilt. Die zwei letzten Vertreter ihrer Art starben im Zoo von Hobart. Manch einer hoffte zwar auf ein neuerliches Auftauchen dieser Tierart, vor allem im fast undurchdringlichen Südwesten der Insel, doch ich glaube, dieser Wunsch muss ein Traum bleiben. Es gibt bis heute keine verlässlichen Hinweise für ein Überleben dieses einzigartigen Tieres. Schließlich waren es unsere Landsleute selbst, die ihrem Wappentier durch grausame Verfolgung den sicheren Garaus gemacht haben. Für ein derartiges Vorgehen waren die Tasmanier schon immer die besten Garanten."

Betreten sahen wir uns gegenseitig an. Was für ein Frevel, eine weltweit einzigartige Tierart sang- und klanglos willentlich auszurotten. Und das erst vor etwa achtzig Jahren. Ein wenig mehr Verstand und Kultur hätten wir den Altvorderen, in der Hauptsache Farmer, doch noch zugetraut. Da war wohl nichts dergleichen. Einfach Fehlanzeige!

Dieses Ergebnis ließ uns schaudern und daran denken, wie mit uns, unseren Werten und zivilisatorischen Errungenschaften, von denen wir glaubten, wir hätten sie, umgegangen wurde. – Wird? Ändert sich jemals etwas? Spielt nur noch wirtschaftliche Entwicklung ohne Rücksicht auf andere Belange eine Rolle? Eine Kernfrage – nicht nur für uns und heute in diesem Teil der Welt.

Wenn nicht unser erträumter Tasmanischer Tiger – was war es dann?

Eingehendere Untersuchungen standen aufgrund der Kürze der Zeit zwar noch aus; doch so viel war klar geworden, wir hatten den Oberschenkelknochen eines etwa acht- bis neunjährigen Kindes, vermutlich eines Jungen, entdeckt, der vor etwa einhundertachzig Jahren sein Leben lassen musste.

Dazu holte Ivy etwas weiter aus: „Der großartige Leuchtturm oben auf der Klippe ist zweifellos ein deutlicher Fingerzeig und Mahner an die Vergangenheit dieser Gegend, die vielen Menschen zum Verhängnis wurde. Häftlinge begannen damals, im Jahr 1836, mit dem Bau des dringend benötigten Leuchtfeuers und brauchten dafür zwei Jahre. Gewiss, eine lange Zeit, doch alles Material musste erst mühsam herbeigeschafft werden. Technische Teile sogar bis von England. Der Bau fand während der Regierungszeit des Gouverneurs John Franklin statt, der bis zum Ende seines Dienstes 1847 endlich die gesamte gefährliche Ostküste kartieren ließ. Ein weiterer Meilenstein in der Geschichte des Landes."

„Ein in ständigem Betrieb gehaltener Leuchtturm war dringend notwendig geworden, weil es innerhalb des Channels und südlich davon mehrere schwere Schiffsunglücke in einem Zeitraum von ein paar Jahren vor der Kartierung gegeben hatte. Die Schiffe liefen allesamt bei Sturm auf Felsen oder Riffe auf und sanken meist daraufhin. Einige sehr schnell, manche hatten mehr Glück, sodass die Besatzung mitsamt den Passagieren komplett oder zumindest teilweise noch gerettet werden konnte. Insgesamt aber gab es viele Tote, Verletzte und Vermisste aufgrund dieser Havarien.

Neben den Überseeschiffen mit großer Tonnage, meist kamen sie aus England mit Häftlingsnachschub an Bord, gab es auch einen örtlichen Schiffsverkehr mit kleineren Schaluppen, Schonern und Booten. Im Register der damaligen Zeit wurden die Fahrten der großen Schiffe verzeichnet, und somit sind detaillierte Unterlagen der Havarien vorhanden. Über die Verunglückung der hiesigen kleineren Boote hingegen wurde nicht immer alles detailliert bekannt. Hier existieren Lücken, die vielleicht noch durch zusätzliche Forschung geschlossen werden können. Möglicherweise gibt euer Fund einen Anstoß dazu in diese Richtung. Es wäre zumindest wünschenswert, dass auch die kleineren Fragezeichen der Geschichte in Ausrufezeichen verwandelt werden könnten. Weitere Untersuchungen des geborgenen menschlichen Materials lassen es vielleicht zu, die Herkunft und Zuordnung des Jungen zu bestimmen. Das müssen wir abwarten."

„Wie kann denn das Kind in die Klippenspalte und damit auf das Plateau gekommen sein?", fragte Ernest.

„Ich nehme an, dass es durch eine Woge hineingetragen und durch den Tidenhub auf den Vorsprung gelangte."

„Meinst du, dass der Junge schon ertrunken war, als das passierte?", erkundigte sich Ernest weiter.

„Da bin ich mir ziemlich sicher. Du weißt ja, das Wasser hier ist zu jeder Jahreszeit sehr kalt. So ein kleiner Körper ist im Nu komplett ausgekühlt und kann sich dann nicht mehr bewegen, er ertrinkt unweigerlich. Eine Leidenszeit in der eiskalten Höhle hatte er mit Sicherheit nicht; du musst dir deshalb keine Gedanken machen. Es ist schlimm, ich weiß, doch Kinder wuchsen damals nicht so sehr behütet auf wie heute. Da kam es häufiger zu Unfällen mit Verletzungen oder gar zu Todesfällen. Das ist kein Trost, doch das war gelebter Alltag."

Das Gespräch erstarb, es war ganz ruhig in der Runde geworden. Ein jeder schien über das Berichtete nachzudenken.

„Die weitere Untersuchung wird feststellen, welcher Ethnie das Material zugeschrieben werden kann", sagte Moreno. „Farbig oder weiß?"

„Ja, sicher, das ist Standard. Doch ich vermute eher weiß. Die ursprüngliche Bevölkerung ging nicht aufs Wasser. Zudem gab es zum Todeszeitpunkt des Kindes keine Farbigen mehr in dieser Gegend, so makaber das auch klingen mag. Sie waren einige Jahre vorher sehr stark dezimiert und auf eine Insel vor Tasmaniens Nordküste, auf Flinders Island, verbannt worden. Ein weiterer sehr dunkler Punkt unserer Vergangenheit."

„Anschließend waren sie aufgrund dieser völlig unmenschlichen und in jeder Beziehung unzureichenden Bedingungen komplett ausgerottet, wie der Tasmanische Tiger, nur schon etwa sechzig Jahre früher. Die weißen Tasmanier hatten wirklich reinen Tisch gemacht." Das sagte Moreno mit verbittert klingender Stimme.

„Oh, ich glaube, es ist nicht gut, wenn wir uns weiter in die dunklen Punkte der Vergangenheit versetzen", sagte Claire. „Es ist sicher wichtig, wenn wir uns im Gespräch und auch darüberhinaus daran erinnern, damit es niemals in Vergessenheit gerät. Doch dann kann es auch wieder gut sein." Sprach's und fragte Ivy nach dem Verbleib seines Mobilephones.

Eine abrupte Wendung, vielleicht auch eine gelungene, dachte ich und hakte gleichzeitig nach. Wir kannten nur die offizielle Version aus dem Mercury und den ABC-News. Danach hatte Jack McKenzie, der Gefängnisausbrecher, Ivys Mobilephone aus dem Auto gestohlen und dazu verwendet, seine Debby anzurufen. Sie erinnern sich? Seine ‚heiße Braut'. In unserer Gegend gab es keinen Netzempfang, somit war das Mobilephone anschließend für ihn wertlos. Nach seiner Festnahme und nach Beendigung aller Aufregungen wurde es dann von der Polizei unter einem Busch mitsamt dem Swag, dem Billy und dem Tucker

Bag gefunden. Allein zuverlässige Hundeschnauzen hatten die versteckten Sachen aufstöbern können. Kein GPS war daran beteiligt gewesen.

„Ja, das würde mich interessieren, was daraus geworden ist", sagte ich zu Ivy.

„Na ja, nach einer kriminaltechnischen Untersuchung und eingehender Reinigung, bekam ich es nach ein paar Tagen wieder zurück. Ich weiß aber noch nicht, ob ich es weiter verwenden möchte. Ich empfinde so ein ablehnendes Gefühl dabei. Es klingt komisch, ich weiß, doch ich glaube, ein neues wäre besser für mich."

„Das kann ich sehr gut verstehen, ich würde es auch nicht mehr verwenden wollen", erwiderte ich und Moreno nickte dazu.

Nach unserem hochgelobten Dessertgang mit allerlei verführerischem Süßen sowie speziellen Käsesorten von Brunys Käserei konnten wir uns höchst zufrieden zurücklehnen und auf unsere inneren Stimmen hören, die vielleicht das eine oder andere zu flüstern hatten. Das eingangs erwähnte ‚Laissez faire' ließ es zu, dass wir völlig entspannt, jeder seinen Gedanken nachhängend, Platz behielten und die entstandene friedliche Stimmung einfach nur aufsogen und in uns aufgehen ließen.

Ein arbeits- und genussreicher Tag neigte sich dem Ende zu.

Vorsorglich, bevor es zu spät wurde, erkundigte ich mich bei unserem Gast wegen einer möglichen Übernachtung. Doch er winkte ab mit dem Hinweis: „Bei Roberts Point, gleich in der Nähe zur Fähre, habe ich eine Übernachtung gebucht. So kann ich ohne große Zeitverzögerung mit der ersten Fähre zurückfahren und pünktlich an meinem Arbeitsplatz erscheinen."

Das war bestens von ihm geplant und vorbereitet. Uns gab es Gelegenheit, mit unserem sympathischen Gast noch eine entspannte Zeit zu genießen und uns vortrefflich zu unterhalten.

Es war unser Wunsch, so resümierten wir am nächsten Tag: Ivy möge bald wieder kommen.

26. Kosmisches Raunen

Ich lernte viel in den letzten Wochen meines Praktikums in der Forschungsstation, sehr viel Unterschiedliches vor allem. Durch fast nichts war ich von meinen mir anvertrauten Tätigkeiten abgelenkt, was für mich eh kein Problem ist. Wenn mich eine Sache interessiert, wie das bei Aufgaben für Routineforschungsarbeiten der Fall ist, kann ich mich zum Glück total darauf konzentrieren und finde darin meine Erfüllung. Ja, am liebsten setze ich noch irgendetwas Unerwartetes oben drauf, sozusagen als mein ‚Markenzeichen'. Scherzend erzählte ich dann bei der Besprechung von meinem ‚Stormyweathereffekt'. Davon zeugten auch etliche kleine Fleißarbeiten, die ich für Moreno als Überraschung in der Hinterhand hatte. Denn das sichere Gefühl, jemanden für sein Forschungsgebiet des Klimawandels begeistern zu können, war das Höchste für ihn. Mir andererseits bereitete es ein großes Vergnügen, Moreno vor Freude fast zappeln zu sehen.

Weitab von Schulischem neue Wissensgebiete und Themen zu explorieren, das war für mich geradezu aufregend. Nicht abgelenkt durch blödelnde Schulkameraden, langweilige Schulstunden oder auch durch meinen Vater, der ständig kontrollierend hinter mir her war und mir obendrein skurrile Vorschriften machte – siehe Weihnachten. Bitte versteht mich nicht falsch. Ernest Truman Stormyweather sen. ist ein sehr fürsorglicher und liebevoller Vater, doch in Erziehungsfragen bestimmt so konservativ wie an seinem Lehrstuhl und in seinem gesellschaftlichen Umfeld. So ist er halt, und so konnte ich mich unter seiner Obhut nur in sehr engen Grenzen bewegen und wachsen. Wenn ihr mich nun fragt, ob ich meine Eltern hier vermisse oder gar Heimweh nach Fremantle habe, dann muss ich rundheraus nein sagen. Es ist so, wirklich! Ich vermisse mein Zuhause überhaupt nicht. Ich genieße die Zeit, solange ich hier sein darf. Für mich ist es aufregend neu und spannend. Das macht mir Appetit auf die Zukunft. Ein Gefühl, das ich bisher noch nicht so kannte.

An diesem südlichen Ende der Insel schien mir die Welt grenzenlos zu sein. Mein bisheriges Leben war nie so abwechslungsreich und phantastisch gewesen wie dieses hier. Moreno, Claire, Philo und ich, ein cooles Team. Glücksfall und Trauerfall zugleich. Bei Letzterem denke ich an Yoko.

Yoko, mein Kaninchen, meine Zuflucht im Zweifelsfall oder wenn ich mich unsicher und allein fühlte. Yoko, mein Spielkamerad zum Knuddeln und Späße treiben, Yoko, mein liebes Tierchen zum Hegen und Pflegen. Sie bedeutete mir über einige Jahre alles. Und nun? Ich ließ sie nur kurz im Stich und sie wurde mir entführt. Weg, einfach weg war sie. Ein leerer Auslauf, der weder beschädigt war noch einen Hinweis darauf gegeben hatte, weshalb sie nicht mehr da war, das war alles, was mir von ihr geblieben war.

Ein Schock für mich, ein Schock für uns alle. Die bangen Fragen, was wohl mit ihr geschehen sein mochte, strapazierten mich und die Crew am meisten – und das bis heute. Doch das Rätsel blieb, trotz aller Nachfragen und Erkundigungen, ungelöst. So trennte ich meine Erinnerungen in eine Zeit vor und eine Zeit nach Yokos Verschwinden. Nun, in der Nach-Yoko-Zeit ist für mich sowieso alles anders. Dieses einschneidende Ereignis veränderte mich. Ich war nicht mehr so stark auf mich selbst und ‚Sie' fokussiert, sondern wurde offener, auch durchlässiger. Der Platz an meiner Seite war frei geworden. Oder war ich, Ernest Truman Stormyweather jun., frei geworden? Wofür? Darüber machte ich mir vorerst keine Gedanken.

Dank Morenos Freundschaft und der fürsorglichen Zuwendung von Claire und Philo könnte ich unter dieser Schutzglocke des Teams niemals Schaden nehmen. Ein wunderbarer und beruhigender Gedanke für mich. Andererseits war es an der Zeit, mich zu lösen, auf eigenen Füßen zu stehen. Der schützende Hort würde bald bröckeln und ich sollte mich wehren können.

Moreeeeenooooo! Hiiiiilf miiiir!

Vage Angst im Verborgenen war lange Zeit meine ständige Begleiterin gewesen. Sie schien mir entbehrlich, ich wollte sie loswerden. Da traf es sich gut, dass mir Colin, Farmer Jims Sohn, beim Abladen einer Lieferung Lebensmittel zur Hand ging. Während Jim und Moreno in der Küche abrechneten, sagte mir Colin hinter vorgehaltener Hand, dass er etwas höchst Geheimes aus dem Urlaub bei der Tante am Verena Beach mitgebracht habe.

„Heute, am Spätnachmittag am Strand, du weißt schon, wo", flüsterte er. Nach diesen Worten sah er mich mit verschwörerischer Miene an und bedeutete mir mit dem Zeigefinger an den Lippen, nichts zu verraten.

Wie aufregend! Er, der taffe Typ, wollte mich, den Angsthasen, in seine Geheimnisse einweihen. Ständig sah ich auf die Uhr und wünschte mir, dass es bald soweit wäre. Dann endlich gab mir Moreno das Zeichen für Feierabend. Wie beim Davenport-Cup, wenn die Starttore sich öffnen, stürmte ich los.

Was würde es wohl für mich zu gewinnen geben? Das fragte ich mich auf dem Weg zum Treffpunkt.

Colin war schon da und grinste breit. In einer Art, wie ich ihn bisher nicht kennengelernt hatte, kam er auf mich zu und schlug mir mit seiner Rechten auf die linke Schulter. Völlig unerwartet und ungewöhnlich. Das hatten ihm wohl seine Cousins während des Urlaubs beigebracht. Wer weiß, was er noch alles von ihnen übernommen hatte. Doch - jetzt kann ich es benennen, was an ihm anders geworden war: Er war so halbstark in seinem Auftreten geworden. Damit hatte er sich unmerklich ein Stück von mir entfernt. Diesen fühlbaren Abstand überbrückte er durch die Lüftung seines Geheimnisses.

Aus einem Jutebeutel entnahm er eine Pfeife, Streichhölzer und eine prall gefüllte Papiertüte. Dann sprach er zu mir, und das mit gewichtiger Miene: „Ein Experiment, ja, wir machen jetzt ein Experiment zusammen. Diese Sachen benutze ich nicht zum ersten Mal, das war schon vor einer Woche. Du wirst sehen, Ernest, das ist eine ganz neue super Erfahrung, die wir zusammen machen können. Ich kenne mich ja schon gut aus und du wirst staunen, was du da alles erleben kannst. Ich bin schon neugierig darauf, was dieses Mal alles abgeht."

Erwartungsvoll blickte er mich an und begann dabei, die Pfeife mit der Kräutermischung aus der Papiertüte zu stopfen.

„Erkläre mir, was du machst, Colin, ich muss das verstehen können."

„Ach was, Ernest, stell dich nicht so an. Das sind alles Wildkräuter von drüben, von Verena Beach. Alles dort gewachsen und von meinen ... na, ich darf's ja nicht verraten - also gesammelt und fertig gemacht. Einfach harmlos."

„Kannst du mir die Hauptbestandteile nennen, Colin? Zumindest das würde mich schon interessieren. Und wenn du meinst, ich sei ein kleiner Angsthase, dann hast du dich getäuscht."

„Sieh an, sieh an! Ich glaub ja eher, du bist ein riesengroßer Angsthase. Stimmt's oder hab ich recht? Also, damit du's weißt, da ist Akazie, Steppenraute, Petersilie, Minze und so ... drin. Klingt doch total nach unserer Umgebung hier. Also schrumpf den Angsthasen in dir und mach mit!"

Neugier, mein Interesse an Experimenten und Colins lockere Überredungssätze zwangen meinen Widerstand nieder. Auch riss mich seine sympathisch spitzbübische Art mit und ließ mich zustimmend nicken. Er steckte die große Pfeife zwischen seine Zähne, entzündete ein Streichholz und dann noch eines, denn das erste blies der auffachende Wind aus. Das zweite hielt durch. Colin zog kräftig an der Pfeife und damit den Sauerstoff durch den Kräuterpfropfen, bis dieser leicht aufflammte und ein kleines Rauchwölkchen entließ. Gierig zog er nochmals und reichte mir die Pfeife. Noch nie in meinem Leben hatte ich geraucht und verschluckte mich prompt. Machte es aber Colin nach und zog nochmal kräftig am Mundstück. Ich spürte den scheußlichen Geschmack des Rauchs auf meiner Zunge. Das verbrennende Kräutergemisch schmeckte und roch widerlich nach verbranntem Plastik. Von weitem hörte ich Colin sagen: „Nochmal tief ziehen ..."

Das war meine sensorische Rettung, denn mit einem Mal war alles wieder sauber und klar um mich herum. Über die Bucht, von der Glühwürmchenhöhle her, kam eine wasserballgroße fluoreszierende Kugel auf mich zugeflogen.

Beim aufprallenden ‚Plopp' auf den Sand neben mir zerstob sie in viele kleine Kugeln, die irgendwie kosmisch leuchteten.

„Huhuhu, hihihi", schienen die Kugeln auszurufen. Ich sah neben mich, hinter mich, doch da war sonst nichts und niemand. Sie rollten auf mich zu und um mich herum. Es waren Kugeln, etwa hühnereigroß, jede davon in einer der Spektralfarben. Keine sichtbaren Augen, Ohren, Mund ... also keine Sinnesorgane. Keine Gliedmaßen oder anderes Menschenähnliches. Ich fragte sie und sie verstanden mich: „Wo kommt ihr denn her?"

Sie antworteten mir, womit weiß ich nicht, das konnte ich nicht ausmachen. Sie tönten einfach: „Wir kommen aus der Glühwürmchenhöhle, wir waren oben auf dem Felsvorsprung versteckt, du ahnst schon, wo. Fast hättest du uns erwischt, wenn uns nicht der Knochen geschützt hätte. Wir lagen dahinter und waren noch nicht ganz ausgereift und voll. Doch nun haben wir den nötigen Ladezustand erreicht und sind flügge."

„Kommt mit", rief ein Teil der Kugeln, dabei formten sie sich zu einer größeren Kugel, diesem perfektesten aller physikalischen Körper, und zischten ab in Richtung Station und Leuchtturm. Die Dagebliebenen fragten mich, warum ich so seltsames ‚Material' um mich hätte. Damit meinten sie sicher meine Bekleidung.

„Und wie du aussiehst. So kompliziert. Was machst du denn mit deinen Anhängseln und Auswüchsen, wozu taugen die?"

Ich versuchte, ihnen eins ums andere Arme, Beine, Nase, Ohren zu erklären. Was mich am meisten dabei verunsicherte, waren weder staunende Augen noch offene Münder, denn die gab es ja nicht. Es waren einfach die ruhig vor sich hinfluoreszierenden Kugeln um mich herum, denen ich mich und unser Sosein erklärte. Eine groteske Situation, hätte mich nur jemand dabei beobachtet. Schon nach kurzer Zeit kam die große Kugel zurück, setzte flott auf dem Strand auf, zerlegte sich in eine Vielzahl kleiner Kugeln wie schon vorher und ein aufgeregtes Geschnatter begann.

Sie schienen soziale Wesen zu sein und hatten vermutlich Empfindungen, wie wir sie kennen, vielleicht auch noch etliche darüber hinaus. Doch nicht nur das. Sie barsten schier vor Fragen und waren extrem neugierig. Damit bestürmten sie mich und ich musste Rede und Antwort stehen. Selten zuvor war mein Wissen derart gefragt gewesen wie in dieser Situation. Das machte mich glücklich, die Glückshormone schienen mich ozeanartig zu fluten. Einige der Kugeln rollten geradezu anzüglich an mich heran, sei es, um mein Verhalten zu testen oder meine menschlichen Daten über diesen Hautkontakt aufzunehmen, vielleicht auch beides oder sogar noch mehr. Diese rollenden Energiezellen – oder wie sollte ich sie eigentlich nennen? – wussten alles über mich, wahrscheinlich auch über andere. Doch wie ich, wie wir lebten, war ihnen offenbar rätselhaft. Ihr Verständnis für uns war im äußersten Fall rudimentär. Unsere Notwendigkeiten, Vorlieben, Verhalten und Werte konnten sie nicht in ihr System integrieren, dafür waren sie nicht geschaffen. Ich, wir, waren einfach zu fremd, zu andersartig, vielleicht auch zu kompliziert. Deshalb Fragen wie diese: „Warum esst und trinkt ihr? Warum umgebt ihr euch mit Material nah und fern? Warum arbeitet ihr? Warum habt ihr Kinder?"

So und so fort flogen mir die Fragen zu und sie gaben an ihre Nächstgelegenen die Fragen samt Antworten weiter.

So einfach, rasch und unschuldig konnte Kommunikation funktionieren.

Da gab es kein Taktieren, Verschweigen oder sonstige raffinierte Techniken. Sie waren frei und offen, ohne Arg. Mit jeder Frage oder Feststellung gefielen sie mir besser. Eine Unterscheidung zwischen ihnen selbst, gar eine Hierarchie, konnte ich nicht feststellen. Wie in der großen Kugel vereint, waren sie jede für sich auch eins. Gleichklang!

Ihre Fragen verebbten allmählich, verschmolzen mit dem Auf und Ab der auflaufenden Meereswellen. Sie rollten mit ihnen rauf und runter, wurden auf diese natürliche Weise wieder aufgeladen und zu neuem Leben erweckt, rollten unentwegt den Strand hinauf und hinab schschsch ... schschsch ... und würden dann eines Tages ... schschsch ...

Die Abenddämmerung war über uns hereingebrochen, die Sonne, rotglühend, gerade noch knapp über dem Ozean, zeigte uns an, ein Tag ging zur Neige. Colin und ich sahen uns verwundert an. Oh, wow, was war das gewesen? Ich suchte mit den Augen nach Spuren der Kugeln im Sand und am Wasser. Doch kein einziger Hinweis fand sich. Colins Blick ruhte auf mir wie ein iX mit Fragezeichen. Was hatte er geträumt, was hatte er gesehen? Was war eigentlich Sache gewesen?

Beide waren wir viel zu verwirrt und müde, um einen klaren Gedanken äußern zu können. Stillschweigend kamen wir überein, unser Geheimnis vorerst auf sich beruhen zu lassen, niemandem etwas davon zu erzählen und mit Abstand darüber nachzudenken.

Beim Herkommen vor noch nicht einmal einer Stunde spritzte der Sand nach allen Seiten von unserer ungestümen

Ankunft. Nun, nach unseren vermutlich unterschiedlichen imaginären Erlebnissen, hinterließen Colin und ich tiefe, nachdenkliche Spuren am Strand, die gottlob zielsicher nach Hause führten.

27. Die weiße Wand

Heute war für mich in unserer Post ein Brief der Verwaltungsbehörden Hobart. Hochoffiziell adressiert an Miss Claire Louise Hortense Cochelet.
„Was soll das denn?", fragte ich mich. Riss das Kuvert auf und las erstaunt, dass ich nun, nach zwei Jahren unbeanstandeten Aufenthaltes in den Diensten der Regierung, meine Dauerresidenz beantragen könne. Das hieß für mich, einen Tag dafür freizunehmen und in die Stadt zu fahren. Na ja, vielleicht fiel mir noch etwas Sinnvolles zum Dranhängen ein, damit sich dieser ganze zeitliche und finanzielle Aufwand auch lohnte.
Die Behördenaufforderung gab mir Gelegenheit, mit meinen Verwandten, der Familie meines Onkels Jean Claude in Claremont, einem Vorort Hobarts am Derwent River, Kontakt aufzunehmen. Ich bin ja nun nicht so der Familien- und Verwandtschaftstyp. Nur dann und wann, wenn die Umstände es erfordern, erinnere ich mich an sie und mache Gebrauch von den tradierten Gepflogenheiten meines Geburtslandes Frankreich. Diese Familie kennt meine Einstellung dazu, denn ich hatte damit bisher nie hinter dem Berg gehalten, und sie akzeptieren diese tolerant. Herzlich willkommen bin ich trotzdem, oder vielleicht gerade deswegen. Ein kurzes Telefonat mit Tante Madelaine genügte, um mir ein französisches Abendessen und eine Übernachtung bei ihnen zu sichern. Danach könnte ich am frühen Morgen zurück zur Fähre, mit ihr übersetzen und wieder pünktlich meinen Dienst im Nationalpark antreten.

Das Inselleben erforderte immer wieder ein gehöriges Maß an Vorbereitung und Organisation. Doch dafür hatte man auch eine wohltuende Portion Abgeschiedenheit und Ruhe. Ruhe, um alles entspannt und zugewandt angehen zu lassen.

Am nächsten Morgen machte ich mich auf den ungewohnten Weg. Ich schätzte die Abwechslung. Hinter mir ließ ich bewegte Wochen mit neuen Kollegen, irren Erlebnissen, meinen Kräutergarten einschließlich Goldfund. Es war tatsächlich viel los gewesen in meiner kleinen Welt. Nun richtete sich mein Blick nach vorn. Immer wieder von Neuem erstaunte mich die langgezogene Strecke von der Adventure Station durch den Südteil der Insel, dann über das ‚Neck‘, die Schmalstelle zwischen Süd- und Nordinsel, um dann schließlich nach Roberts Point, dem Fähranleger, zu gelangen. Einmal musste ich abrupt bremsen, um eine Kollision mit einem weißen Wallaby zu vermeiden. Ein ganz normales Vorkommnis für eine Fahrt auf dieser Inselstraße. Wallabies sind eine kleinere Känguruart. Doch weiße sind nur auf Bruny heimisch. Bei dieser Gelegenheit fällt mir ein, dass ich Ihnen mal etwas mehr über diese besonderen Exemplare erzählen sollte. Demnächst, versprochen.

Eigentlich darf ich mich nicht über die Entfernung wundern, denn es sind immerhin an die einhundert Kilometer auf zum größten Teil unasphaltierter Straße. Am Fährterminal hatte ich Glück. An diesem frühen Sommermorgen waren nur ein paar Fahrzeuge unterwegs zum Channel Highway Richtung Norden. Ein strammes Lüftchen wehte mir um die Nase und zeigte mir ein passables Wetter für diesen Tag in der Stadt an. Gut so, denn ich wollte auf jeden Fall meinen städtischen Aufenthalt nach dem offiziellen Teil genießen. Und in mir formte sich auch schon eine Idee, wie.

Auf dem Highway war mir eine deutsche Bäckerei in Erinnerung geblieben. Vor allem deshalb, weil sie wirklich rösche Brezen zustande brachten. Tatsächlich, die Bäckerei gab es immer noch. Sie empfing mich schon von weitem mit einer Duftwolke nach frisch Gebackenem. Herzhaft biss ich in eine frische Butterbrezel, die mir am Tresen kredenzt wurde. Was für eine belebende Erinnerung an frühere Ferientage in Bayern. Eine Tasse Kaffee zur Begleitung ließ meinen Tag richtig gut starten. So gestimmt und gestärkt, traf ich in Hobart ein und suchte nach dem günstigsten Weg und Parkplatz zu den Amtsgebäuden.

Im Dienstzimmer Nr. 210 war ich an der richtigen Stelle und erfuhr, dass die Behörde von mir noch ein aktuelles Foto wollte. Ansonsten wären, zusammen mit meiner Unterschrift, die Unterlagen komplett. Also, noch rasch zum Fotografen. Das nahm zwar eine gute Portion Zeit in Anspruch, doch die Beantragung hatte absoluten Vorrang und mein Hiersein wäre damit hinlänglich gesichert. Denn das war es, was ich wirklich wollte – zumindest für die nächste Zeit.

Darüber waren einige Stunden vergangen, es war bereits Mittag geworden. Mein Magen knurrte gottserbärmlich, ich hatte Durst und das Bedürfnis mich auszuruhen. Für diesen Zustand wusste ich ein ideales Plätzchen an der Franklin Wharf: eine Ruhebank am Segelyachthafen. Zunächst steuerte ich einen Kiosk am Elizabeth-Street-Pier an. Dort kaufte ich mir eine X-Large-Portion meiner Lieblings-French-Fries, dazu einen großen Becher Kaffee. Vollbeladen und gerüstet mit meinen seltenen Köstlichkeiten spazierte ich zu meiner Bank. Sie war frei und ich konnte mich ungehindert ausbreiten. Voller Freude betrachtete ich meine Wundertüte und sog deren herrlichen Ausdünstungen ein. Sie versprachen knusprige, aromatische und einfach umwerfende French Fries mit einem Hauch Salz und Essig. Hmm, einfach super, ganz nach meinem Geschmack. Die vormittägliche Anstrengung und Konzentration blieb mit jedem der fein frittierten Stäbchen weiter auf der Strecke und schließlich war weder das eine noch das andere übriggeblieben. Das war die perfekte Umwandlung. Total gesättigt, zufrieden und entspannt nuckelte ich an meinem Kaffee und genoss den Blick aufs Wasser mit den vorbeigleitenden Booten und auf den Wellen schaukelnden Seevögeln.

Rechts von mir machte mich ein Quietschen auf das Hochgehen der Zugbrücke aufmerksam. Ein Segelschiff mit hohem Mast konnte durch diesen Vorgang aus dem geschützten Hafenbecken aufs Meer hinausfahren. Danach wurde die Brücke wieder auf Straßenniveau abgesenkt. Das gefiel mir; es geschah so selbstverständlich und reibungslos, es gehörte dazu. Egal, wo ich auch hinblickte und hinhörte, bewegte sich etwas langsam oder schnell, laut oder leise, jedoch immer kontrastreich. Ein lebendiges Schaubild zum Aufnehmen, genießen und entspannen. Es machte mich glücklich, hier sein zu können, Teil dieser zauberhaften Szenerie zu sein.

Müde geworden, schloss ich die Augen, öffnete sie jäh wieder, als ich einen völlig ungewohnten, erschreckenden Ton vernahm. Seine Vibrationen spürte ich bis in meine Magengrube. Es war der Laut aus einem mächtigen Rumpf, gleich dem einer apokalyptischen Posaune.

Gleichzeitig schob sich links von mir ein riesiges Ungeheuer an die Macquarie Wharf heran. Ein Schiffsriese, wie ich nie zuvor einen gesehen hatte, und er schien direkt auf mich zuzulaufen. Unwillkürlich duckte ich mich. Turmhoch ragte der Schiffsbug über die Hafensilhouette und darüber kragte die Kommandobrücke zu beiden Seiten bis weit über den Schiffsrumpf hinaus. Haben Sie das Bild eines Hammerhais in Erinnerung? Ganz genau so wirkte das Schiffsgesicht auf mich. Ein Gigant baute sich vor mir und den im Vergleich dazu winzigen Hafengebäuden auf und überragte bei Weitem alles. Es schien, als wolle er die Hafenstadt zermalmen oder sie sich untertan machen. Das bedrohliche Auftauchen, die wahnwitzigen Größenverhältnisse, diese alles überragende weiße Wand, ja unbeflecktes Titanweiß war es, direkt vor mir, das machte mir unglaubliche Angst. Gebannt starrte ich auf diese enorme Ungeheuerlichkeit und konnte mich nicht davon lösen. Es kam, wie ich es schon früher und immer wieder einmal von mir kennengelernt hatte: Mir wurde flau und schwindlig, die Realität bekam einen Riss und eine Vision bemächtigte sich meiner.

Eine lodernde Flamme in einem phosphoreszierenden Rotorange entbarg mir Buchstabe für Buchstabe eines vorgeschriebenen, bislang nicht sichtbaren Satzes auf der Schiffswand, der da lautete: „Verrücker und Bedrücker an der Realitätsritze treiben euch zum Wahnsinn und die Umwelt in den Untergang." Zum Schluss der Satz: „Sie werden eines Tages gerichtet werden."

Sodann flackerte die unheilvolle Botschaft zur Bekräftigung oder Warnung nochmals komplett auf, flammte Aufmerksamkeit heischend grell vor sich hin, um alsdann rückstandslos zu verlöschen.

Möwengeschrei und das Quietschen der Zugbrücke brachten mich wieder in die Realität zurück. „Cerem ... Sil..." Ein Teil des Schiffsnamens in riesigen Lettern war auf schneeweißem Grund zu sehen – sonst nichts. Rein gar nichts. Als hätte es die flammende Schrift an der Schiffswand nie gegeben.

Alle Kraft war aus mir gewichen nach diesem ‚Gesicht'. So blieb ich noch eine Weile sitzen, um wieder vollständig zu mir zu kommen. Meine Gedanken kreisten. Auf den Inhalt der Flammenschrift konnte ich mir keinen Reim machen. Zu rätselhaft war mir ihre Bedeutung. Hatte sie überhaupt eine? Und wenn ja, zu welcher Zeit? Ich hielt es für müßig, mir jetzt den Kopf darüber zu zerbrechen. Die Realität in Form eines riesigen Umweltfrevels, zugelassen und zertifiziert, versperrte mir die Aussicht und den Blick auf einen sich verdüsternden Himmel. Zugleich drängte sich mir ein Zitat aus William Shakespeares ‚Der Sturm' zu diesem Titan der Meere auf: ‚Die Höll' ist leer, und hier sind alle Teufel.' Warum es gerade dieser Satz war? Ich weiß es nicht!

Das Erlebnis hatte mich völlig ausgepowert. Ich blieb auf der Bank sitzen und ließ mich einfach gedanklich treiben. Insgeheim strich ich meine geplanten Vorhaben. So war es gut für mich. Es dauert nicht sehr lange, dann fand ich mich wieder komplett bei mir ein.
Aus dem monströsen Schiffsrumpf strömten Myriaden von erlebnishungrigen Touristen und fielen, einem Heuschreckenschwarm gleich, in der nächsten Umgebung ein. Ein Teil von ihnen wurde in Busse verfrachtet und in Richtung Mount Wellington gekarrt, andere wiederum verließen die Hafenanlagen in Bussen Richtung Derwent Valley.

Was sonst noch alles für die Passagiere angeboten wurde, hatte ich nicht mitbekommen. Doch nach verlässlichen Informationen des Hafenpersonals war klar, dass etwa dreitausend Menschen für ein paar Stunden Hobart erobern wollten. Sie würden damit vielleicht ein paar Dollars, aber umso sicherer ihre unauslöschlichen gewaltigen ökologischen ‚Footprints' hinterlassen.

Es war Kreuzfahrtsaison. In dieser Zeit wechseln sich die Schiffe fast täglich ab, liegen unter vollem Energiebedarf am Dock und blasen ihre erzeugten Schadstoffe wie Abgase, Feinstaub, Ruß, Stickoxide und Schwefeloxide ungehindert in die Luft. Damit gefährden sie nachweislich sich selbst, die Anlieger, unser aller Gesundheit, das Klima sowie die Biodiversität. Dieser straff organisierte Wahnsinn ist noch extrem im Wachstum begriffen und wiederholt sich ständig – weltweit. Längst sind die Grenzen dafür nicht erreicht.

Mich machten diese Fakten, die Hochrechnungen und das Nachdenken darüber völlig kirre. Ich sollte mich besser sinnvoll ablenken. So beschloss ich, mehr oder weniger gleich um die Ecke das Tasmanische Museum zu besuchen. Das ist ein Ort von dem ich weiß, dass er mich zur inneren Ruhe bringen kann.

Nach wirklich nur wenigen Schritten erreichte ich das Museum und betrat ‚meine heiligen Hallen'. Allein schon der charakteristische Geruch beim Betreten des Gebäudes nach Bohnerwachs, altem knarzendem Parkettboden und geblockertem Linoleum, setzte in mir ein gewisses Feeling in Gang. Den Weg zu meinen Lieblingsräumen schlug ich schon automatisch ein und kurz darauf blickte ich in die vertrauten Vitrinen mit den Exponaten und deren

Beschreibungen. Es waren Schriften und Gegenstände der französischen Entdecker von Teilen Tasmaniens, zu ihren Zeiten noch Van-Diemens-Land genannt, die mich brennend interessierten. Die Geschichte erzählte von furchtlosen und gebildeten Männern, durchdrungen vom Geist der Revolution auf dem Weg zu neuen Ufern. Tobias Furneaux, ein Engländer französischer Abstammung, mit der ‚Adventure' machte 1773 den Anfang. Die Bucht, in der er an der Ostküste vor Anker ging, wurde nach seinem Schiff benannt.

Kapitän Antoine Bruni d'Entrecasteaux wies 1792–1794 auf seinem Schiff ‚La Recherche' nach, dass es sich bei diesem vorzüglichen Ankerplatz der Adventure Bay um einen Platz auf einer langgezogene Insel handelte und nicht um die Ostküste Tasmaniens. Der Meereskanal zwischen Tasmanien und der davor liegenden Insel wurde nach ihm, seinem Entdecker, d'Entrecasteaux-Kanal benannt und ebenso die Insel in Bruni Island[5]. Der Botaniker an Bord, Jacques Julien Houtou de Labillardière, wurde durch die Benennung einer Halbinsel, der ‚Labilladière Peninsula' von Bruni Island, gewürdigt und verewigt. Immerhin hatte dieser Naturforscher während dieses Aufenthaltes über viertausend Pflanzen gesammelt, und sie wurden zum großen Teil durch ihn bestimmt.

Gleichzeitig mit dem Schiff ‚La Recherche' stach auch von Brest aus ihr Schwesterschiff, die Fregatte ‚L'Esperance', unter dem Befehl von Jean-Michel Huon de Kermadec auf gleichem Kurs in See. Mit an Bord waren weitere Wissenschaftler. Besonders wegweisend gestaltete sich die Arbeit des Hydrographen Charles Beautemps-Beaupré. Er erstellte bei dieser Expedition exzellente, bis heute gültige Seekarten von weiten Gebieten. Ihm und Labillardière ist es zu verdanken, dass diese Erkundungsfahrten auch zu einem wissenschaftlichen Erfolg führten.

Diese französischen ‚Weltmänner' waren wirklich Entdecker und Wissenschaftler, keine Eroberer, und verhielten sich gegenüber den Einheimischen menschlich und kultiviert. Ihnen gebührt bis zum heutigen Tage große Hochachtung und Respekt vor ihrer zivilisierten Haltung und ihren nach wie vor relevanten Leistungen.

Meine heldenhaften Vorbilder konnten mich immer wieder von Neuem interessieren und anspornen. Sie beflügelten in starkem Maße meine Phantasie und erzeugten kreative Gedanken und Ideen.

28. Der Sturm

Als ich erwachte, blickte ich über mir in meinen Kräuterhimmel, er war immer noch an Ort und Stelle und duftete feinherb verführerisch. Noch mit etwas Sand in den Augen begann ein neuer Tag. Was für ein angenehmes, was für ein sicheres Gefühl, jetzt. Die Arme und Beine von meinem Körper weggestreckt, lag ich in meinem Bett auf dem Rücken. Ganz ruhig ohne den Kopf zu heben, nur die Bilder des Morgenlichts in mich aufnehmend, genoss ich die ersten Minuten des Erwachens. Meine Körperwärme unter dem luftigen Laken und dieses Gefühl des Hineingegossenseins in die Unterlage ließen mich innerlich vor dem Glück des Augenblicks erschauern. Ich hatte Gewicht, spürbar. Jede geringste Bewegung meiner Gliedmaßen ließ mich jene erahnen und mich in ihren Genuss kommen. Ich existierte, spürte, erlebte mich sinnlich. Meine Haut rieb auf rauem Leinen. Wohliges Erschauern durchströmte meinen Leib. Welch ein köstliches, luxuriöses Gefühl. Ich war hier, sicher. Durfte hier sein. Ein wunderbares Erleben.

Kräftige Lichtstrahlen, ungehindert, zwängten sich von Osten her am Rand des Panoramafensters in mein Zimmer, verstärkten dabei zusehends ihren Drang, sich um mich auszuweiten und mich schließlich voll ins Visier zu nehmen. Diese kecke Morgensonne schaffte es tatsächlich, dass ich mir die Bettdecke bis hoch über die Augenbrauen zog, um mich vor ihren frivolen Angriffen zu schützen. Nein, blenden lassen wollte ich mich nicht! Wer weiß, vielleicht war das nur eines der Scheinmanöver, die ich schon öfter erlebt hatte. Zunächst herrliche Wetteraussichten verhießen ein ungestörtes Arbeiten im Freien, um schließlich in wechselnden Regenschauern zu enden. Doch heute schien es ehrlicher Sonnenschein zu sein, der mich letztlich aus meiner Bettstatt trieb.

Diese ruhigen ungestörten Morgen voller Umgebungshingabe waren mir wichtig; sie setzten mich ins richtige Bild und versprachen mir einen gelungenen Start in den Tag.

Die Natur lockte und ich drängte ins Freie. Sonne und ein nordöstlicher Wind. Nordostwind? Darüber hatte ich gelesen. Ich sollte aufpassen. Das könnte anders als geplant ausgehen.

Moreno und Ernest waren nicht greifbar, sie brüteten gemeinsam über vergleichenden Analysen. Das hieß, sie arbeiteten voll konzentriert und wollten durch Banalitäten wie meinen Wunsch nach einem Wetterbericht nicht gestört werden. Claire hatte sich schon sehr früh am Morgen wegen einer Behördenangelegenheit auf den Weg in die Stadt gemacht und wollte erst am nächsten Tag wieder hier sein. So war ich mit meinen Witterungsmutmaßungen auf mich allein gestellt und wollte diesen auch nicht zu viel Raum geben. Ich machte mich auf den Weg.

Raunend nahm mich der Wald in Empfang. Blätterrauschen, ein säuselndes Lüftchen und ein vielstimmiges Vogelkonzert begleiteten mich an diesem Vormittag. Der frisch duftende Lebensraum mitsamt seinen Komplizen Wasser und Luft spielte all seine Trümpfe aus und versuchte, mich zu betören, was ihm stellenweise sehr gut gelang. Ich fühlte mich als Spielball der Natur und ließ mich bereitwillig hin und her werfen. Ping Pong, Tor.

Eine grelle Sonne überbelichtete die Natur und erinnerte mich an einen Ausdruck meiner Großmutter. Zu einem so gearteten Licht sagte sie ‚Wassersonne'. Das bedeutete in ihrer Weltsicht, dass auf diesen Sonnenschein recht bald Regen folgen würde. Durch eine Baumlücke scannte ich suchend den Himmel über mir und ebenso die Weite über dem Südlichen Ozean. Alle Zeichen schienen auf einen normalen Sommertag hinzudeuten. Bis auf die Windrichtung.

Achselzuckend ging ich weiter meiner Arbeit des Suchens, Prüfens und Aufzeichnens nach. Große Überraschungen waren bei dieser Tätigkeit die Ausnahme. Es gab seltene Glückstage, die mir eine besondere Laune der Natur offenbarten. Aber auch viel Unspektakuläres, Alltägliches. So auch heute. Alle Beobachtungen verliefen in erwartbarem Rahmen. Kein Grund zur Verwunderung, eher Routine.

Zunehmend irritierte mich eine Farbveränderung, genau genommen eine Farbtonveränderung der nächsten Umgebung. Diese wirkte im Gegensatz zu vorher, vordergründig klares Licht und Schatten, nun fahl und matt, als hätte jemand die Glanzlichter ausgeschaltet. Ich befand mich in einem dichten Bewuchs. Um Klarheit bemüht, suchte ich nach einer Lichtung. Ich fand sie am Rande eines Felsplateaus.

Grob skizziert, war ich angelangt am Rand der Steilküste, gebildet von einer Unzahl sechseckiger Basaltsäulen, die über zweihundert Meter hoch meist zusammenhängend und übergangslos zum Meer abfielen. Huch, es ging wirklich extrem tief nach unten. Grandios aber das Panorama, das sich mir von hier aus durch die enorme Höhe bot. Das lichte Bleu des Himmels vermischte sich am weit hinten liegenden Horizont mit dem Tiefblau des Südlichen Ozeans zu einer flimmernden Blau-Melange, eingerahmt von den Rändern der grüngrau gesprenkelten Steilküste. Eine atemberaubende Ecke der Insel mit den höchsten Klippen dieser Art vor der Antarktis.

Ein Blick in die andere Richtung hinaus auf die See nach Ost und Nord ließ mich zusammenzucken. Von Nordost, gleichsam der Windrichtung, schob sich eine blauschwarze Wand nach Süden, just zu meinem Standort.

Gebannt starrte ich auf diese bedrohlich wirkende Veränderung, die innerhalb kürzester Zeit stattgefunden hatte. Dort oben mussten irrsinnige Kräfte und Energien herrschen, um einen solch jähen Umschlag zu bewirken. Der Wind aus dieser Richtung frischte merklich auf. Ein Zeichen für mich, den augenblicklichen Rückzug vom Rand der hohen Klippen anzutreten. Ein starker Wind, so wie er sich bereits schon jetzt anfühlte, könnte mich federleicht mit einem Stoß über die Abbruchkante ins Meer wehen.

Ja, zweifellos, ein Gewitter war im Anzug. Die ersten Anzeichen dafür ließen mich kein alltägliches vermuten. Dann, kaum hatte ich mich eilends zurückgezogen und in einer Mulde mit einem kleinen Felsüberhang Schutz gefunden, brach das Unwetter auch schon los und über mich herein. Der einsetzende Starkwind geriet zum Sturm. In seinem Gefolge prasselnder Regen, einem Vorhang gleich. Damit nicht genug: Grelle Blitze durchzuckten das tiefhängende Blauschwarz, unmittelbar gefolgt von heftigen Donnerschlägen. Meine Ohren dröhnten und schmerzten von dieser Heftigkeit. So direkt wie hier hatte ich mich noch nie im Auge eines Gewittersturmes befunden. Als wäre das alles noch nicht genug, hagelte es plötzlich, was das Zeug hielt. Hagelkörner, taubeneigroß, zerfetzten das Blattwerk um mich herum wie Geschosse aus einem Maschinengewehr.

Der Felsüberstand war meine Rettung; doch würde er auch weiterhin ausreichen? Ich presste mich mit dem Rücken gegen die steinerne Wand, so war ich einigermaßen sicher vor den bedrohlich nahen Einschlägen der Eiskugeln. Ständige Blitzzacken mit fast zeitgleichem Donnerkrachern wüteten über mir, und die tosende See unter mir brüllte aufgewühlt, wie schwerverletzt. Ein nicht vorstellbares Inferno umgab mich und beanspruchte all meine Achtung und Aufmerksamkeit.

Zum Glück hatte ich mich nie vor Gewittern gefürchtet. Eine naturwissenschaftliche Prägung verhinderte das. Dafür hatte ich riesigen Respekt vor diesen Naturgewalten. Einiges wusste ich über sie und konnte sie gut einschätzen. Neugierig und interessiert beobachtete ich von meinem geschützten Platz aus das Tosen und Toben. Aus meinem Rucksack hatte ich mir zu Beginn die winddichte Regenjacke übergezogen. Damit blieb ich trocken und gegen die fetzenden Winde gefeit. Lediglich in der Mitte der Mulde bildete sich eine wachsende Pfütze durch den hereinströmenden Regen. Trotzdem blieben mir nasse Füße erspart, da ich immer in festen Wanderschuhen aus dem Haus ging.

Der wütende Sturm ließ Äste von hohen Bäumen abbrechen und am Boden zerkrachen. Die Stämme bogen sich verdächtig stark unter den anrasenden Böen. Wann würde der erste Baum in meinem Blickfeld stürzen? Sekunden später passierte es. Zum Glück nicht in meiner Fallrichtung. Ein scharfer Blitz teilte den Himmel vertikal in zwei Hälften wie gerissenes schwarzes Tonpapier mit brennenden Rändern, ein ohrenbetäubender Donnerknall, schreiendes Holz – ja wirklich, jaulendes Schreien, eine blendende Stichflamme, ein Bersten – der Baumriese war gespalten und kam zu Fall. Einfach abgerissen – tot. Der Blitz hatte sich den höchst aufragenden Baum ausgesucht und war in ihn eingeschlagen. Rauch – oder war es verdampfender Regen? Es quoll in einer dichten Wolke aus dem mächtigen Zackenstumpf, der doch immerhin noch etwa mannshoch war. Ozongeruch breitete sich wellenförmig aus und vermischte sich mit dem stinkenden Qualm.

Dieses alle Sinne extrem beanspruchende Ereignis, das zutiefst Elementare daran, machte mein Herz heftig klopfen und ich bemerkte, dass ich am ganzen Körper zitterte. Die Welt vor mir wankte, schien zu bersten. Dieser Urgewalt konnte ich mich nicht entziehen. Sie rührte an meinem Innersten, der Blitz spaltete eindeutig einen Teil meiner überheblichen Coolness ab und legte die Ängste meines im hintersten Winkel versteckten Urahnen frei.

Der Geruch von Zunder und Verbranntem waberte um diesen gewalttätigen Schauplatz in unmittelbarer Nähe, der Baumstumpf qualmte und die Glut in seinem Kern schwelte offenbar weiter. Die Natur zeigte sich heute von ihrer ganz besonderen Seite. Wie sie es auch immer anstellt, ich finde es faszinierend und spannend.

Allmählich fröstelte es mich. Ein zackiger Blitz quer über das ganze Himmelsgewölbe, darauf ein weit entferntes Donnergrollen – dann schien sich das Unwetter über mir ausgetobt zu haben. Es war vorbei. Stille trat ein. Allein abflauendes Wasserglucksen in Rillen und Furchen lieferte die Musik für ein beruhigendes Auf und Davon.

Eine Weile blieb ich noch an meinem sicheren Platz, um die weitere Entwicklung abzuwarten. Schließlich konnte ich mir Entwarnung geben und meine Deckung verlassen. Oh, wie gut, meine Glieder zu rühren und mich aufrecht zu bewegen. Das Wegducken über längere Zeit ist meine Sache nicht. Ganz klar.

Der gefällte Baumriese hatte eine Schneise der Verwüstung in seine Fallrichtung gerissen und sämtlichen Unterbewuchs zermalmt und begraben. Sein kokelnder Stumpf stellte eine Gefahr dar. Ich würde eine umgehende Meldung an die Zentrale des Südlichen Nationalparks machen müssen.

Durch das Chaos von zerschlissenem Laub und Grün, Kleinholz aus Zweigen und Ästen unterschiedlichen Ausmaßes, hin und wieder auch einem abgerissenen Baum, trat ich meinen glitschigen Rückzug durch den sanft heranziehenden Dunst an. Hurtig springende Wasser flossen bergab. So vehement, wie sie aus schwarzen Wolken geprasselt waren, konnten sie nicht in die trockene Erde eindringen, schwammen darüber hinweg, auf und davon, der See entgegen. Lediglich in Mulden staute sich eine schlammige Masse.

Keinen weiteren gravierenden Blitzeinschlag entdeckte ich auf meinem Heimweg. Vorsichtig, um nicht doch noch auszurutschen, bewegte ich mich in Richtung zu Hause.

Meine Rückkehr zur Station glich einem VIP-Empfang.

„Philo ist wieder da", rief Ernest laut durch den Hausflur in die Küche. Er hatte an der Haustüre nach mir ausgespäht. Moreno und Farmer Jim erwarteten mich sehr erleichtert mit einem stärkenden Drink und einem warmen Süppchen in der Küche. Schien es nur so oder waren sie wirklich wie verrückt vor Angst gewesen? Egal wie – ich war heilfroh, wieder zu Hause zu sein. Das Trio war hingebungsvoll um mich besorgt und verwöhnte mich mindestens eine viertel Stunde lang. Das tat gut, sehr gut sogar. Doch dann war es genug. Ich fühlte mich wieder aufgerichtet und konnte von meinen aufregenden Erlebnissen berichten.

29. Ernests Wunsch

„Moreno? Bist du da? Hörst du mich?"
„Hm, ja, Ernest Truman Stormyweather jun., ich bin hier im Archiv, ich kann dich sehen und auch hören - was gibt's denn?
„Ach, eigentlich nichts Besonderes, Moreno. Gerade denke ich an meinen Geburtstag. Ich frage mich - nein. Ich frage dich - ob, ob ich mir dazu ... ich meine, zu meinem Geburtstag, etwas wünschen darf?"
„Was glaubst du denn? Na klar, Hombre. Jaaahh, natürlich. Ein Geburtstag, dazu noch so ein bedeutender wie dieser, hat das so an sich. Wenn man achtzehn wird und damit volljährig, darf man schon dicke Wünsche äußern. Nur zu, Ernest! Mach mal!"
Ich räusperte mich und setzte mich aufrecht auf meinem Bürostuhl. Meine Stimme sollte klar und fest klingen, denn Wünsche zu äußern war mir fremd.
„Weißt du, Moreno, die Nacht auf dem Leuchtturm, kürzlich da oben, die war sehr besonders, sehr speziell für mich. Es war die reinste Abenteuernacht für mich. Bislang war ich immer schön brav zu Hause in meinem Bett gelegen. Doch diese bunte Dunkelheit wie vor ein paar Tagen - oder ist es schon wieder länger her? Von ihr träume ich immer noch."
„Na prima, das hört sich hervorragend an, macht mich geradezu stolz. Was war es denn, das dich daran so fasziniert hat? Du kannst das doch sicher benennen."
„Ich glaube, es war das völlig Andersartige. So in luftiger Höhe, ohne richtiges Bettzeug, keine ‚Abendtoilette',

das glückliche Gefühl, gestrandet zu sein; den Elementen und mir selbst damit ziemlich nah. Dann dieser unglaubliche Sternenhimmel über uns und der Wind, der durch alle Ritzen zog und alles lose klappern ließ. Das fühlte sich so ursprünglich an. Ja, genau so empfand ich es. – So etwas Einzigartiges würde ich nochmals erleben wollen."

„Tja, Ernest, ein sehr schöner, ein sehr berührender Wunsch. Ich kann dich richtig gut verstehen. Ich bin davon auch immer wieder ganz hin und weg. Dir diesen Geburtstagswunsch zu erfüllen, ist überhaupt kein Hexenwerk und es wird ein wahrhaftes Vergnügen für mich oder für uns alle sein. Wenn ich es mir genau überlege, dann hätte ich da schon eine Idee ..."

„Hallo, Jim, hier Moreno. Ich brauche mal wieder deine Hilfe. Hör zu, Ernest feiert am Sonntag seinen achtzehnten Geburtstag und wünscht sich dazu ein klitzekleines Abenteuer. Meine Idee ist folgende ..."
„Was wir dazu benötigen sind zwei Swags für Samstag, also morgen. Einen für Ernest, den anderen für Philo. Claire und ich haben unsere eigenen. Hast du? Ja, wunderbar und nur für dieses Wochenende. Klasse, das funktioniert mal wieder reibungslos. Bringst du vorbei, toll und vielen Dank. Bitte kein Wort darüber zu Ernest. Ja, ja, ich sag's nur vorsichtshalber. Danke, Jim, und bis morgen."

Gutgelaunt rieb ich mir nach diesem Telefonat die Hände und freute mich auf die weiteren Planungen. Dafür war es notwendig, Claire und Philo miteinzubeziehen. Ich war sicher, das würde den beiden mehr zusagen, als drögen Geburtstagskuchen zu backen.

Zunächst musste ich nach draußen, um den Ladies bei den dringendsten Aufräumungsarbeiten zu helfen. Claire war wieder aus der Stadt zurück und ging Philo im Gelände energisch zur Hand.

Wie die beiden ihre Entscheidungsfreiheit für sich nutzten, das gefiel mir. Ihr Eigenantrieb im Dienst der Sache, gepaart mit einem prüfenden Rundumblick für das Wesentliche, verblüffte mich immer wieder. Niemals war ein Eingreifen meinerseits in ihre Aufgabengebiete oder das, was sie sich zusätzlich angeeignet hatten, notwendig. Es machte wirklich gute Laune, mit diesen großartigen Selbstläuferinnen zusammenzuarbeiten und auch zusammenzuleben. Wahrscheinlich kommt eine solche Fügung äußerst selten zustande. Glück – ein wirklich großes Glück für mich.

30. Vorbereitungen

Nach dem schlimmen Gewitter und dem damit vergesellschafteten Sturm, begannen wir in unserem nächsten Umfeld mit den nötigsten Aufräumarbeiten. Um die Station herum mit dem heideartigen Bewuchs war das nicht ganz so schlimm. Sehr viel stärker hatte es die verschiedenen Waldformen erwischt, die durch üppigen Wuchs und dichte Belaubung ziemlichen Widerstand geboten hatten. Die Verwaltung des Südlichen Nationalparks bot schnellstmögliche Hilfe an. Das war deshalb möglich, da fast ausschließlich der Südteil unserer Insel davon betroffen war. Die Natur hier war in völlige Unordnung geraten.

In dieser heiklen Situation, Claire und ich waren gerade dabei, innerhalb der Grundstücksumzäunung Ordnung zu schaffen, kam Moreno mit seinem Vorschlag für Ernests Geburtstagswunsch auf uns zu.

„Das auch noch", war unsere einhellige Entgegnung. Dabei war uns völlig klar, dass es nur das Gewünschte sein konnte und sollte. Es lag uns für uns selbst, vor allem aber für Ernest, sehr am Herzen.

„Verflixt und zugenäht, zu jedem anderen Zeitpunkt wäre ich freudig darauf geflogen, bloß jetzt, ausgerechnet jetzt …", rief ich Moreno zu. Das passte überhaupt nicht in diese Tage der großen Unordnung. Aber es half kein Zetern und Zagen, der Vorschlag war ‚alternativlos'. Wir waren am Zug und es lag an uns, zu handeln.

Moreno lächelte uns milde an und meinte: „Na, ihr zwei Hübschen, gerade das ist es doch, wonach euch der Sinn steht. Ihr wollt doch für den Jungen das Letzte aus euch herausholen. Und das ist nun wirklich eine ideale Gelegenheit dazu."

Er hatte uns, wie so oft schon, durchschaut. Gequält lächelten wir zurück. Wir waren uns absolut darin einig, dass es tatsächlich so war.

„Also gut, Moreno." Mit diesen Worten wagte sich Claire aus der Defensive. „Wie gehen wir die Aktion gezielt und zeitmäßig an? Hast du feste Vorstellungen, oder sind wir frei im Aushecken?"

„Meine Idee ist gewissermaßen die große Überschrift zu diesem Kapitel. Ihr solltet die Inhalte dazu beisteuern - euer Spezialgebiet. Bei Jim habe ich bereits zwei Swags, einen für dich, Philo, und einen für Ernest, ausgeliehen. Die wird er morgen vorbeibringen. Claire und ich haben unsere eigenen. Alles Weitere ist verhandelbar. Ihr beiden kennt euch am besten aus. Dieses Wo und Wie solltet ihr mit eurem Spezialwissen füllen."

„Das ist ja schon ein konkreter Ansatz. Sehr gut", sagte ich. „Dazu möchte ich noch auf ein paar Wünsche zurückgreifen, die ich vor einiger Zeit für mich selbst formuliert hatte. Mit diesem Vorhaben ist genau der richtige Augenblick gekommen, um sie einzubauen. Zwei Fliegen mit einer Klappe schlagen sozusagen."

„Ach ja, und ich plante vor Kurzem eine kleine Aktion, über die ich noch berichten wollte. Sie fügt sich zufällig in diesen Zusammenhang ein", begeisterte sich Claire.

Moreno hatte uns zum Sprudeln gebracht und darüber freute er sich sichtlich. Er war ein echter Motivationskünstler. An Ort und Stelle überlegten und beratschlagten wir hin und her, wie wir die Aktion gebacken bekämen. Nebenbei stellten wir einen vagen Zeitplan auf. Moreno signalisierte für unser Vorhaben das Wichtigste, nämlich gute Wetteraussichten.

„Geburtstagskuchenbacken entfällt", konstatierte Claire mit einem Grinsen, darüber waren wir überhaupt nicht traurig. Mit unserem ausgeheckten Ergebnis waren wir sehr zufrieden. Das Vorhaben konnte morgen starten.

Morenos vorausgesagtes Wetter hielt Wort und beruhigte uns mit einem samtenen Lüftchen, leicht milchigem Himmel und Wohlfühltemperatur. Regen mit dicken Wolken hätten wir für unsere Aktion überhaupt nicht gebrauchen können, alles andere war akzeptabel.

Wie vereinbart, lieferte Jim am Morgen zwei Swags nebst einigen bestellten Lebensmitteln. Gut gelaunt wie eigentlich immer, wuchtete er die beiden Schlafrollen in Claires Landcruiser und meinte augenzwinkernd zu Claire und mir: „Dann will ich mal hoffen, dass ihr keine ungebetenen Gäste bekommt."

Verstört blickte ich erst zu ihm und dann zu Claire. „Was meint er damit?"

„Ey, Jim, du mit deinen irritierenden Späßen", flirrte sie in seine Richtung, und mir zugewandt meinte sie: „Darüber brauchst du dir wirklich keine Gedanken zu machen, er will uns nur necken. Das uralte Spiel: Männlein gegen Weiblein."

So ganz war für mich die Sache zwar nicht abgetan, doch zunächst verhielt ich mich zurückhaltend und beschloss, Claire deswegen nochmals anzusprechen.

„Damit ich es nicht vergesse", sagte Jim, „Ella will für morgen Nachmittag zur Party eine ‚Pavlova' zaubern und mitbringen. Robyn will sich an einem Zitronenkuchen versuchen und diesen beisteuern. Was meint ihr, ist das okay?"

„Na und ob! Will sich Ella das wirklich antun?" fragte Claire erstaunt. „Eine ‚Pavlova' ist ja ganz schön aufwendig und schwierig, wenn man sie nicht gerade aus der Packung macht."

„Claire, du kennst doch Ella, wenn sie sich etwas in den Kopf gesetzt hat, dann zieht sie es durch, ohne Wenn und Aber. Und – eine Päckchentorte kommt bei ihr natürlich niemals ins Haus, das verbietet sie sich, du weißt schon – Künstlerstolz und so."

Claire und ich sahen uns an und sagten ganz gerührt: „Oh, Jim, eine echte ‚Pavlova' wäre wirklich wunderbar."

Wie jeden Tag gingen wir anschließend unserer jeweiligen Arbeit nach. Am Nachmittag gegen vier Uhr wollten wir uns wieder an der Station treffen, um gemeinsam mit Moreno und Ernest zu unserem Abenteuer aufzubrechen.

Wachsen und Werden

Ich war schon aufgeregt vor lauter Erwartung. Es war Samstagnachmittag und Moreno riet mir, mich ganz locker in Joggingklamotten, am besten mit Hoody, zu kleiden, in Slipper, so in der Art von Segelschuhen, zu schlüpfen und mir eine Wasserflasche zu schnappen. Falls ich Hunger für ein paar Stunden nicht aushalten könne, solle ich mir vorsichtshalber zwei Bananen einstecken. Außerdem drückte er mir eine Taschenlampe mit vorgespannter roter Folie in die Hände. So ausstaffiert, saß ich erst einmal da und wartete auf Claire und Philo. Beide hörte ich aus der offenstehenden Badezimmertür lebhaft erzählen, dazwischen kichern, um dann in einem Flüstern beinahe zu verstummen. Das wirkte auf mich anregend und nett, richtig familiär. Als hätte ich plötzlich zwei ältere Schwestern, die ich in Wirklichkeit nie gehabt und auch nie vermisst hatte. Doch in diesem Moment fand ich es beruhigend und schön, sie zu hören. Es gab mir so ein Gefühl von – na ja – Geborgenheit.

Meine weiteren Gedanken stimmten mich ein bisschen traurig, denn ich hatte, wie so oft, ein Bild von Yoko vor Augen. Automatisch strich ich dann über was auch immer, um mich abzulenken. Das verhalf mir zu einem Gedankenwechsel.

Lange würde ich nicht mehr hier sein können. Mein Praktikum neigte sich dem Ende zu. Meine Tage waren gezählt. Am liebsten wäre ich noch länger hier geblieben, doch das war leider nicht möglich. Schulische Vorgaben verhinderten es und meine Eltern würden einer Verlängerung sowieso niemals zustimmen.

Die Zeit hier in der Station hatte mich bestimmt in jeder Hinsicht stark beeinflusst, vielleicht sogar verändert. Ich war noch deutlich sichtbar gewachsen. Philo hatte ich bereits an Körperlänge überholt und die etwas größere Claire könnte ich bei Morenos guter Verpflegung auch noch schaffen. Meine Haare waren in dieser kurzen Zeit lang und länger gewachsen, was mir auch an mir gefiel. Weniger angenehm fand ich einige Barstoppeln, die sich urplötzlich eingefunden hatten und mit Morenos Hilfe durch einen eigens für mich bestellten Rasierer entfernt wurden. Doch diese Prozedur nun alle paar Tage, vielleicht zukünftig öfter – völlig uncool dieser Gedanke. Diese natürlichen Entwicklungen waren nicht aufzuhalten, mit ihnen musste ich fertig werden.

Meine Innenschau hielt mich nicht mehr auf meinem Sitz. Ziellos wanderte ich durch die Räume, sah durch die großen Fenster auf die vertraute Umgebung, sog diesen

Anblick in mich auf und hatte fast schon das Gefühl von Abschiednehmen. Nein, soweit war es zum Glück noch nicht, doch der Augenblick rückte unaufhaltsam näher.

In unserem Arbeitszimmer strich ich über die Arbeitsgeräte, nahm die Anordnung der Einrichtung zum ersten Mal ganz bewusst wahr und prägte mir den Raum in seiner Ganzheit ein. An ihn würde ich mich zukünftig gerne zurückerinnern. Vor allem lernte ich hier, mit Herz und Verstand bei der Sache zu sein. Ich befand mich auf festem, sicheren Grund.

Eine Reihe von unbegrenzten Möglichkeiten kam mir in den Sinn, während ich am Panoramafenster mit dem Blick zur Klippe stand. Darauf reckte sich der Leuchtturm als Orientierungspunkt und wie ein Fingerzeig in die Höhe. Und dahinter, das wusste ich, wogte nur noch der endlose Ozean. Eine schier überwältigende Szenerie, die in mir ein starkes Empfinden von ausufernder Freiheit aufkommen ließ.

„Halt!", schalt ich mich, es ist genug.

Zur Ablenkung dachte ich an ein Schulthema vor nicht allzu langer Zeit. Es ging dabei um den Freiheitsbegriff von europäischen Emigranten auf dem Seeweg nach Amerika zu Beginn des letzten Jahrhunderts. Zumeist waren diese Menschen aus hoffnungslosen Zuständen ausgebrochen und traten ihren Weg ins Ungewisse über den Atlantik an. Bereits bei nahender Ankunft in der neuen Welt sahen die Ankömmlinge an Bord von Weitem das Symbol für ungeahnte Größe und Kultur: die Freiheitsstatue. Sie hieß die Immigranten im ‚Land der unbegrenzten Möglichkeiten' willkommen.

Für mich stand der Leuchtturm hoch oben auf der Klippe als meine persönliche Freiheitsstatue. Solider gebaut und ehrlicher in seiner Funktion als eine künstlerische Statue mit reinem Symbolcharakter. Der hohe Weiße hatte mir die Freiheit nicht versprochen, er hatte sie mich spüren lassen.

Eine Woche nur noch bis zur Abreise. Dieser Gedanke nistete sich bei mir ein und ließ mich nicht mehr los. So, wie ich meine Eltern kannte, wollten sie mich bestimmt abholen, zumindest mein Vater. Ihn, den Herrn Professor, drängte bestimmt danach, sich ein Bild von meinem Aufenthaltsort zu machen. Mit Mutter war es wegen ihrer Lichtallergie sehr schwierig.

Na, ich würde sehen, wie es kommen wollte. Vermutlich ab dem 26. Januar, dem Australia Day, der fiel in diesem Jahr auf einen Mittwoch, könnte ich mit einem Überraschungsbesuch rechnen.

„Ernest, wo bist du denn?" rief Claire durch die Station.

„Wir können los, mach dich bitte fertig!"

Und Morenos Bariton dröhnte fröhlich: „Los, Hombre, schwing die Hufe!"

Das ließ ich mir nicht zweimal sagen und galoppierte ins Freie.

31. Auf Safari

Frohgestimmt saßen wir zu viert in Claires Landcruiser und ließen uns von ihr chauffieren. Die Hauptwege durch den Busch waren bereits von der Räumtruppe des Parks gesäubert und wieder fahrbereit gemacht worden. So kamen wir bei Schritttempo ungehindert und zügig voran. Kein Tourist war zu sehen, denn wir bewegten uns abseits der markierten Wanderrouten. So konnten wir sicher sein, den Wald in diesem Teil für unsere spezielle Tour alleine zu haben.

Nach einer Weile meldete sich Ernest zu Wort: „Jetzt könnt ihr es doch mal rauslassen, was wir eigentlich vorhaben. Ich werd' allmählich schon ganz kribbelig."

„Immer ruhig Blut", brummte Moreno, „du wirst es brauchen."

„Was soll das denn heißen?", entgegnete Ernest.

„Na ja, die Tiere, die wir beobachten wollen, kommen nicht auf Knopfdruck - und eine Nacht im Freien kann sehr lang sein."

„Nein, wirklich, wir bleiben hier im Busch über Nacht?", rief Ernest aus. „Und wir werden Tiere beobachten können?"

„Das hast du dir doch gewünscht, wenn ich mich richtig erinnere. Du wolltest doch noch einmal eine abenteuerliche Nacht auf der Insel erleben. Ja - und das soll sie heute werden."

„Ihr bleibt aber schon da, bei mir, meine ich? Ihr lasst mich nicht alleine?"

„Iwo, cool down", meldete ich mich und drehte mich um zu ihm auf dem Rücksitz, „du Dummerchen, wir lassen dich doch nicht im Regen stehen."

„Regnen soll es auch noch? Was denn noch alles?"

Es schien mit einem Mal zu viel für Ernest zu sein. Selbst das ‚Dummerchen', normalerweise würde er mit einem Aufheulen kontern, entglitt ihm dadurch. Die Aufregung machte ihn ganz konfus.

Da drehte sich Claire kurz um und sagte zu den hinteren Plätzen gewandt: „Wir sind gerade in der Nähe des Farnpools, ich mache hier einen Stop. Vielleicht haben wir Glück und sehen Platon. Kommt, wir wollen es auf jeden Fall versuchen."

Damit bekam sie Ernest wieder ins Lot und uns in die Gänge.

Flugs stiegen wir leise, ganz leise aus und pirschten uns durch den Hohlweg an den dunklen Gewässerrand. Hier war es durch den dichten Farnbaumbewuchs im Lichtschatten des Talgrundes bereits am Nachmittag ziemlich dämmrig. Das erhöhte unsere Chancen, das Schnabeltier um diese relativ frühe Stunde zu sichten. Es brauchte einige Zeit, bis sich unsere Augen an die Lichtverhältnisse und an die spiegelnde Wasseroberfläche gewöhnt hatten. Doch dann, so ganz allmählich, erkannte ich Konturen unter Wasser. Nichts bewegte sich, außer einem feinen Kräuseln des Spiegels, bedingt durch einen geringen Zu- und Abfluss des Pools. Zu beiden Seiten stieg das von Riesenfarnen bewachsene Bachbett steil an und schirmte diesen verwunschenen Ort vor unerwünschten Einflüssen ab. Ein kathedralenartiges Gefühl stellte sich dadurch bei mir ein, zumal uns Claire vorher instruiert hatte, nicht zu sprechen. Unterbrochen wurde die heilige Stille lediglich durch ein leises Glucksen des Bachlaufs.

So standen wir da wie die Ölgötzen und warteten. Unsere Geduld zahlte sich alsbald aus. Am hinteren Ende zwischen quellglatt geschliffenen Steinen schlängelte sich wendig im Fortbewegungsmuster einer Echse ein dunkelbraunes Pelztier zum Wasser, seinem eigentlichen Element, glitt lautlos hinein und war nur noch nach Futter suchend unter der leicht bewegten Oberfläche zu sehen. Das musste er sein, Platon, der Herr dieses herrlichen Reviers.

Moreno und Ernest hatten ihn bei uns in der Station nur noch kurz als Patient erlebt, denn Claire legte damals Wert darauf, ihn so früh wie möglich in sein angestammtes Habitat zu entlassen. Umso aufregender war es nun für die beiden, ihn hier bei seinem uneingeschränkten Heimspiel zu beobachten. Er bewegte sich so sicher und gewandt, als sei er nie verletzt gewesen. Geschickt steuerte er mit seinem paddelartigen Schwanz durch das mit runden Steinen gespickte Gewässer. Ein prachtvoller Anblick und zugleich rührend, konnten wir es uns doch hoch anrechnen, ihn hier bei guter Gesundheit zu erleben. Unser Liebling, er war uns richtig ans Herz gewachsen.

Claire gab uns nach einer Weile das Zeichen für den Rückzug und wir folgten ihr schweigend im Gänsemarsch. Nach dem sanften Zudrücken der Autotüren fragte Ernest: „Lebt er dort alleine, oder hat er Familie?"

Wir sahen uns gegenseitig fragend an, schließlich antwortete Claire: „Diese Tiere sind Einzelgänger. Nur während der Paarungszeit sind sie kurze Zeit zusammen, dann trennen sie sich wieder. Das Weibchen legt nach zwei Wochen zwei bis drei hautschalige Eier in einer Bruthöhle am hintersten Ende ihrer unterirdischen Wohngänge ab. Wiederum nach zwei Wochen schlüpfen die winzigen Kleinen und werden von Muttermilch ernährt – und das fünf Monate lang. Danach können sie feste Nahrung zu sich nehmen. Ich weiß, das ist sehr ungewöhnlich und hört sich ziemlich kompliziert an, hat sich jedoch so gut bewährt, dass der Platypus bis heute nicht stark in seinem Bestand gefährdet ist. Aber er steht natürlich unter strengem Schutz."

So dozierte Claire vor sich hin. Ich konnte ihr ansehen, dass sie mit Leib und Seele bei der Sache, ihrer Sache, war. Bestimmt fiel es ihr nicht leicht, an dieser Stelle innezuhalten. Denn wie ich sie kannte, hätte sie uns stante pede eine komplette Vorlesung darüber halten können.

„Ich glaube, wir müssen weiter", mahnte Moreno von der Rückbank. „Wir sollten uns noch bei ausreichender Helligkeit an unserem auserkorenen Platz einfinden."

Neben ihm, dem großen wie massigen Maori, wirkte Ernest bei den beengten Platzverhältnissen im Fond des Wagens wie ein Kind, das mit großen Augen hinter dicken Brillengläsern staunend in die Welt blickt. Das Bild brannte sich bei mir mit einem imaginären ‚klick' in die Netzhaut ein.

Claire steuerte zielsicher neben dem Buschweg einen freien Platz an und hielt dort.

„Ab sofort so wenig wie möglich verbal kommunizieren, mit anderen Worten: Klappe halten! Wenn es gar nicht anders geht, dann bitte leise flüstern."

Demonstrativ nahm sie ihre Wasserflasche, zwei Bananen und ihre Taschenlampe mit rotem Vorspann. „Noch Fragen?"

Wir schüttelten die Köpfe und verließen vorsichtig das Fahrzeug. Von der Ladefläche verteilte Moreno die Swags, schloss sachte die Tür und nickte Ernest aufmunternd zu.

Claire führte uns und nach wenigen Schritten deutete sie uns an, dass wir angekommen waren.

Die Lichtung war groß, ich schätzte etwa Fußballfeldgröße. Genau hier hatte ich die würfelige Wombatlosung entdeckt. Die abwechslungsreiche Fläche bildete ein Mosaik von eher niederem Buschwerk und grasigen Inseln. Lockerer Baumbewuchs flankierte die Ränder, wobei zwei große Eukalypten dominierten. Rechterhand von uns ein prächtiger Blue Gum, hoch gewachsen mit seiner charakteristisch lichten Belaubung. Er sorgte, die Sonne stand hinter ihm, für lebhafte Licht- und Schattenspiele auf der Freifläche.

Genau ihm gegenüber, auf der linken Seite von uns aus, stand am Spielfeldrand, ihm an Größe in nichts nachstehend, das verkohlte Gerippe der gleichen oder ähnlichen Art. Freud und Leid, Leben und Tod, standen sich so im Abstand von nahezu neunzig Metern vis à vis. Weder Strauch noch Busch stellte sich ihnen in den Weg. Eine bewuchsfreie Gerade – trennte? oder verband? – die beiden. Etwas mehr an Metern als ein klassischer Duellierabstand mit Pistolen. Seltsam, wie kam ich auf diese abwegige Idee? Was war an diesem Ort geschehen? Insgeheim beschloss ich, nach dieser Nacht meiner Frage nachzugehen.

Moreno und Claire machten sich daran, die Swags, unser jeweiliges Nachtlager, auszurollen und gestikulierend deren Gebrauch zu erklären. Nicht jedoch, ohne vorher die Liegefläche und ihre nähere Umgebung genau zu untersuchen. Spielerisch ließ Claire ihre linken Fingerspitzen über ihren rechten Handrücken krabbeln. Aha, Ameisen oder ähnliches Getier sollten von vornherein ausgeschlossen werden.

Ganz schön praktisch, so eine Schlafrolle. Sie bestand aus einer wetterfesten, geräumigen Außenhaut, wie man sich dichtgewebtes, undurchdringliches Segeltuch vorstellt. Der Kopfteil, als keilförmiges Kissen, aufblasbar. Im Inneren, zugänglich durch einen robusten Rundumreißverschluss, war eine Isomatte eingebettet und darauf der eigentliche Schlafsack, in den man bekleidet hineinschlüpfte. Auch die Schuhe sollten in den Swag kommen, um unliebsame Überraschungen auszuschließen.

Moreno schützte uns von der linken Seite, Ernest und ich bildeten den Mittelteil und Claire rundete die rechte Seite ab. Einen komfortablen Logenplatz hatten wir da.

Und Ernest? Er schien souverän bei der Sache zu sein. Die ursprüngliche Aufregung war seiner Abenteuerlust gewichen. Und neben Moreno fühlte er sich absolut sicher.

Unser Timing war ideal. Schien vorher noch die Sonne, nahm nun schon ihr Licht merklich ab, es begann allmählich zu dämmern.

Noch war es die Zeit der Swift Parrots, ein grün-rot-blau gefärbter Papagei, der im Familienverbund durch die Sommermonate hindurch in den Blue Gums lebt und sich von deren Blüten ernährt. Der einladend hohe Baum zur Rechten bot ihnen reichlich Futter und Unterschlupf in Form von Nisthöhlen. Neugierig besah ich mir das rege Treiben dieser geselligen Vögel, mit ihrem Schwatzen während des Essens, zum Teil schrilles Krächzen bei Unstimmigkeiten und sich gegenseitigem Jagen. Eine ziemlich unterhaltsame Truppe belebte den mächtigen Baumkönig.

Vor uns tat sich noch nichts. Die Schatten wurden lang und länger; das Palaver der Papageien nahm damit ab, bis es schließlich verstummte. Würzige Duftwolken von den Eukalypten hüllten uns ein und undefinierbare Geräusche verschiedenster Art ließen mich in Habachtstellung verharren. Meinen Nachbarn ging es wohl ebenso. Es war noch nicht ganz dunkel, das Restlicht des Tages umrahmte die Büsche mit schwarzen Konturen. Wir sahen uns gegenseitig an und signalisierten durch Kopfnicken, dass für uns alles in Ordnung war.

Ich hatte mir den Kopfkeil hart aufgeblasen. Dadurch war er widerständig und hoch genug, dass ich mich bequem anlehnen konnte. Flach liegend wäre ich wahrscheinlich im Nullkommanichts eingeschlafen. So entging mir auch nicht ein Schnabeligel, der in etwa fünf Metern Entfernung raschelnd vorbeispazierte und emsig nach Futter suchte. Wir interessierten ihn nicht, seine ganze Aufmerksamkeit galt Insekten wie Ameisen, Termiten oder auch Regenwürmern, die er mit seinem Kurzschnabel durch Elektrosensoren aufspürte, sie mit seiner achtzehn Zentimeter langen Zunge einfing und sie sich einverleibte.

Dass wir in seinem Revier logierten, fand ich sehr beruhigend, damit würden wahrscheinlich keine ungebetenen Gäste in meinem Schlafsack auftauchen. Das war es wohl, was Jim mit seiner Bemerkung gegenüber Claire und mir angedeutet haben wollte. Oder gab es da noch mehr?

Es war gerade noch so viel Licht, dass ich alles noch ohne Taschenlampe sehen konnte. Ich fand es toll, spannend und urgemütlich. Und dann, dann der Auftritt meines auserkorenen Stars: ein Nacktnasenwombat. Schnüffelnd wälzte er sich durch ein niedriges Gebüsch vor uns, um zu den saftigen Grasbüscheln zu gelangen. Vor Freude hätte ich aufjuchzen können. So ein knuffiges Kerlchen, wobei ich ruhig von einem Kerl sprechen könnte; denn Wombats, auch Beutelbär oder Plumpbeutler genannt, können immerhin eine ansehnliche Körperlänge von bis zu einmeterzwanzig erreichen, wobei sie durch ihre kurzen Beine optisch eher kleiner wirken.

Völlig hingerissen beobachtete ich, wie er unserem Lager immer näher kam und keine Scheu zeigte. Man sagt, dass sie einen starken Willen haben und alles niederwälzen, was ihre Bewegungsrichtung stört. Gespannt wartete ich darauf, was nun kommen würde. Würde er uns plattmachen? Offenbar war dieses wuschelige Exemplar mit den runden Öhrchen nicht dazu in der Stimmung. Als reinem Pflanzenfresser genügte es ihm, unbeirrt an Gräsern, Kräutern und krautigen Pflanzen zu naschen.

Unsere Regungslosigkeit und Ruhe belohnte er mit einer ausgiebigen Performance direkt vor unseren Swags. War er genauso neugierig auf uns wie wir auf ihn?

Einen Wombat zu beobachten, ist das Eine. Ihn zu fangen, etwas völlig anderes – das überlegte ich in dieser Situation. Wie hatte es Jack McKenzie, unser Gefängnisausbrecher, nur angestellt, einen Beutelbär zu fangen und mit einem Schweizer Taschenmesser zu töten?

Jack McKenzie hatte bestimmt mit größter Raffinesse und jagdlich äußerst geschickt vorgehen müssen. Denn der Plumpbeutler ist in seinem Verhalten alles andere als plump, das hatte Claire mir vorher erklärt. Er ist im Gegenteil extrem wendig und verdammt schnell; das würde man ihm gar nicht zutrauen, wenn man ihn so sieht. Zudem bewegt er sich ausschließlich in der Nähe seines weitverzweigten Höhlensystems. Und schwups, kann er schon darin verschwunden sein. Keine Chance mehr, ihn zu erwischen.

Mittlerweile war es dunkel geworden und unser moppeliges Model, auf dem Laufsteg in dichten Pelz gehüllt, trollte sich wieder in die Büsche. Total beseelt davon, dass mein sehnlichster Wunsch in Erfüllung gegangen war, ließ ich mich niedersinken, legte noch meine Bananen, um sie vor dem Zerdrücktwerden zu bewahren, vorsichtshalber auf die Außenhaut, zog mir die Kapuze des Hoody über und hing meinen erlebten Träumen nach. Dabei fielen mir die Augen zu und ich schlief ein.

Geweckt wurde ich, ich wusste nicht mehr, wodurch. Vom Schrei der Eule, den sie wiederholte? Das konnte es nicht gewesen sein. Es war irgendetwas anderes. Doch ich konnte nichts ausmachen. Beeindruckend intensiv leuchtete der südliche Sternenhimmel über uns und präsentierte sich in seiner ganzen Pracht, einschließlich der Milchstraße. Unglaublich, diese Luftreinheit, die diese grandiose Sicht erlaubte.

Da, wieder der Ruf der Eule. Mein Blick wanderte vom Himmel abwärts auf das Stückchen Erde vor mir. Es war dunkel, doch die sternenklare Nacht ließ die Umrisse von Büschen und Bäumen als Schemen erkennen. Je länger ich in die Nacht schaute, desto mehr konnte ich sehen und benennen. Da entdeckte ich die Ruferin in der Nacht: Sie saß auf dem horizontalen Hauptast des Skelettbaumes, vor dem hellen Licht des Mondes. Es wirkte, als sei sie eine schwarze Umrissschablone auf der Mondscheibe. Ein Bild wie aus meinem alten Märchenbuch. Es war einfach zauberhaft.

Was würde noch kommen?

Plötzlich eine schleichende, lautlose Bewegung am Fußende von Ernests Swag. Was war das? Ich verhielt mich ganz ruhig und versuchte, nicht allzu auffällig zu blinzeln. Das war gut so, denn geschickt glitt ein Possum - oder war es ein Fuchskusu? - auf die Schlafrolle und erbeutete eine von Ernests Bananen. Dieser bemerkte von der frechen Aktion nicht das Mindeste und schlief selig weiter. Ich hatte Mühe, nicht laut aufzulachen, und freute mich diebisch über das Geschick und die Zielsicherheit dieses Tieres. Nur hatte es sichtlich Mühe, sich mit dem sperrigen Gegenstand auf und davon zu machen. Normalerweise umklammern diese Tiere Essbares mit ihren ‚Fingern'. Doch damit wäre kein Fortkommen möglich gewesen. Kurzerhand biss es, eine Maulsperre riskierend, in das krumme Ding und machte sich davon. Es entschwand meinen Blicken und dabei gewahrte ich die Leerstelle auf meinem eigenen Schlafsack. Auch eine meiner Bananen war weg. Ich wusste nun, dass sie sich nicht in Luft aufgelöst hatte. Für dieses nette Erlebnis würde ich gerne hungrig bleiben.

So lag ich, nach dieser flapsigen Einlage des ansonsten sehr heimlichen Beuteltieres mit dem buschigen Schwanz und den großen Rundaugen, wach. Versonnen blickte ich auf die Landschaft vor mir. In meinem Swag war es warm und angenehm, dieses Vor-mich-Hindösen genoss ich sehr.

Die Konturen der Bäume wechselten von diffus zu scharf gezeichnet, was in meiner Wahrnehmung wie eine Bewegung wirkte. So konnte ich nicht mit Sicherheit sagen: Bewegte sich das Baumgerippe oder nicht? Mehr Frage als Schlussfolgerung. Genauso die kleinen Büsche. Krochen sie näher an uns heran, oder standen sie still wie Säulenheilige? Es klingt verrückt, doch der Eindruck, mich in einer sich bewegenden Landschaft zu befinden, hielt mich wach und aufmerksam. Tanzte da nicht lautlos im Hintergrund eine Gruppe von durchsichtigen Gestalten? Streunte um sie herum mordlustig der Tasmanische Tiger mit seinem Gefolge kleiner Beutelteufel? Waren sie es, die schließlich durch die kahle Gerade jagten und deren Gebell ich vernommen hatte?

Angeregt und glücklich, das waren meine letzten Gedanken zu meiner Befindlichkeit, dann schlief ich wieder ein.

Kein Schrei der Eule, sondern ein leises Wispern von Ernest und Moreno weckten mich im frühen Morgengrauen. Der Grund waren die nun komplett verschwundenen Bananen. Ich grinste nur zu den beiden rüber und tippte mir dabei an die Stirn, um zu signalisieren, dass ich das Verschwinden unseres Proviants erklären könne.

Des Highlights dieses Morgens wurde ich erst gewahr, als ich in die Runde blickte. Um unseren Lagerplatz, halbkreisförmig versammelt, hockten in geringem Abstand zu uns vermutlich alle Wallabies dieser Gegend und betrachteten uns neugierig. Ebenso blickten wir zurück. Das störte keinen, weder sie noch uns. Und so fochten wir in der Morgendämmerung mit ihnen unsere Blickduelle aus. Niemand wurde geschädigt, alle gewannen. Vielleicht auch am meisten die kleinen ‚Joeys‘, die unternehmungslustig ihre Köpfe mit den großen Knopfaugen aus den Beuteln der Mütter streckten, um ja nichts zu verpassen. Hinterließen wir auch einen guten Eindruck bei ihnen? Möglicherweise waren wir für den Nachwuchs die ersten menschlichen Wesen, mit denen sie Bekanntschaft machten. Wir versuchten, uns vorbildlich zu verhalten, sahen stumm der Versammlung zu und freuten uns, als die Tiere friedlich zu grasen begannen. So, als ob sie wie sonst alleine wären, um zu frühstücken.

Ach, war das schön, einfach paradiesisch. So entspannt streckte ich meine Glieder nach allen Richtungen, fühlte die Wärme und schlief prompt nochmals ein.

Helligkeit und leises Lachen lockten mich aus meiner Schlafdeckung. Die Versammlung der Tiere war aufgehoben und unsere Freiluft-WG erlebte ein ohrenbetäubendes Vogelkonzert. Alles, was Stimme hatte, versuchte lautstark mitzuhalten.

So auch wir. Mit einem erkennbar gesummten „Happy Birthday" für das Geburtstagskind waren wir mit von der Partie. Ernest lugte glücklich und zufrieden aus seiner Schlafrolle. Diese Nacht war tatsächlich das Geburtstagsgeschenk geworden, das er sich von uns gewünscht hatte. Ein Abenteuer. Wir hatten voll ins Schwarze getroffen.

Apropos ins Schwarze getroffen: Leise fragte ich Claire, ob sie etwas über das verkohlte Baumgerippe wisse. Sie überlegte eine Weile und sagte dann: „Das ist eine schlimme und längere Geschichte. Die Ereignisse drumherum begaben sich lange vor meiner Zeit auf der Insel. Ich versuche das, was ich darüber gehört habe, verkürzt wiederzugeben."

Moreno und Ernest setzten sich mit zu mir auf meinen Swag, um Claires Erzählung genau hören zu können.

„Wie ihr ja schon wisst, wurde die Urbevölkerung von den weißen Eroberern gnadenlos gejagt, sodass nur noch wenige von ihnen übrig blieben. Diese Wenigen wurden in regelrechten Treibjagden, den sogenannten Black Lines, eingefangen und anschließend auf die nördlich von Tasmanien gelegene Insel, Flinders Island, deportiert. Dort fristeten sie ein klägliches Dasein bei Hunger, Kälte und Krankheiten. Diese Insel liegt in der Bass Strait und ist den ständigen Westwinden schutzlos ausgeliefert, sodass sie als Aufenthaltsort für Menschen völlig ungeeignet ist. Es dauerte nicht lange, bis die letzten ihrer Art ausgestorben waren. Die Weißen hatten wieder einmal ganze Arbeit geleistet."

„Eine dieser schrecklichen Treibjagden fand der Sage nach genau in diesem Gebiet hier statt. An der Stelle des Skelettbaumes stand einst ein mächtiger Baumriese. Er galt als Orientierungspunkt für die Menschenjäger. Das Areal davor diente als Sammelstelle für die eingefangenen Ureinwohner. Von hier aus wurden sie in Ketten gelegt, zur Adventure Bay getrieben, auf ein Schiff verladen und zu Flinders Island deportiert."

„Ihr könnt euch vorstellen, dass diese Maßnahmen nicht ohne schreckliche Gewaltanwendungen vonstattengingen. Dieser Ort galt seither als Stätte des Grauens und der menschlichen Verfehlungen. Während eines heftigen Gewitters nach diesen furchtbaren Ereignissen schlug ein Blitz in diesen alles dominierenden Baum ein und setzte ihn in Brand. Übrig blieb ein verkohltes Gerippe. Dieser Blitzschlag wurde von der hiesigen Bevölkerung als ein strafender Fingerzeig Gottes gesehen.

Mit den Jahren wurde das Mahnmal zusehends morsch und zerfiel schließlich. Nicht jedoch die Erinnerung der Menschen an diese Vorfälle. Um ihr Gedenken daran wachzuhalten, pflanzten sie stellvertretend für den Verstorbenen einen jungen Baum. Mit den Jahren wuchs auch dieser zu stattlicher Höhe heran.

Bis zu dem Tag, als Aktivisten auf den Plan traten. Ihre Idee war es, dem lebenden Mahnmal eine tiefe, sichtbare Bedeutung durch einen künstlerischen Touch zu verpassen. Deshalb steckten sie den gesunden Baum in Brand, opferten ihn für ihre Zwecke. Mit dieser Performance schufen sie ein verkohltes Gerippe als Symbol für die damalige Ausrottung. Gleichzeitig schlugen sie in das niedere Gebüsch eine schnurgerade Schneise zu einem gegenüberliegenden stolzen Baumriesen. Dieser symbolisierte für sie

die Welt der prosperierenden ‚Weißen'. Dem Bekunden der Aktivisten nach stellte die gerodete Freifläche zwischen den Bäumen die Verbindungslinie zwischen ‚Schwarzen und Weißen' dar. Eine für sie zeitgemäße Art, Geschichte zu denken, sichtbar gemacht in einer Kunstinstallation.
Dieser Verharmlosung und Glättung der damaligen Geschehnisse konnte die ansässige Bevölkerung nicht zustimmen. Ein Aufschrei ging durch die spärlichen Ansiedlungen. Wurde durch diese Event heischende Aktion doch eine historisch bedeutsame Gedenkstätte entweiht und geradezu lächerlich gemacht. Aber ein Aufschrei von Brunys Einwohnern ist, gemäß der Anzahl ihrer Stimmen, sehr leise und dieser verhallte ungehört in den Weiten der Wälder Tasmaniens."
„Aha, deshalb mein Gedanke an einen Duellplatz", sagte ich mehr zu mir als zu den anderen. Irgendwie hatte sich diese Idee sofort nach der ersten Sichtung des Geländes bei mir eingenistet. Und, er kam nicht von ungefähr, wie wir nun wissen.
„Oh ja", klinkte Claire sich ein, „dieser Begriff trifft es wirklich ganz genau. Immer war es damals ein sich ständiges Beharken und Bekriegen. Alle Mittel waren dazu recht, alle Schandtaten von den ‚Weißen' an den ‚Schwarzen' blieben straffrei. Ja, es wurde sogar dazu aufgerufen. Der ‚Weiße', nach damaliger Ansicht, war immer im Recht und damit im Vorteil."
„Oh je, ich kann es nicht mehr hören! Eure Unterhaltung artet völlig aus", sagte Moreno, der sich bis dahin zurückgehalten hatte. „Diese politischen Statements stören ganz empfindlich das wunderbare Naturschauspiel vor unseren Augen. Genießen wir doch den Augenblick. Besser kommt es nicht mehr."

Solchermaßen zurechtgewiesen, ließen wir einsichtig von diesem unglückseligen Thema ab und taten es Moreno und Ernest gleich. Beide saßen sie wie die Yogis auf ihren Swags und inhalierten geradezu ihre so empfundene mystische Atmosphäre.

Das hatte nach meinem Dafürhalten durchaus etwas für sich.

32. Abdrift

Mystisch wirkte die Atmosphäre der Lichtung auch auf mich, dahingehend, dass ich mit einem Mal das Bedürfnis verspürte, allein zu sein. Den anderen gegenüber schützte ich meine phänologischen Aufzeichnungen vor und bat sie, meinen Swag mitzunehmen. Ich würde nach getaner Arbeit zu Fuß zur Station zurückkehren. Meine Checklisten und einen Bleistift hatte ich sowieso immer bei mir, das sollte für heute genügen. Das Wetter hatte gehalten und vorsichtig pirschend schlug ich mich in die Büsche. Beim Blick zurück sah ich die drei meditierend im Lotussitz in Richtung Osten, der Sonne, zugewandt.

Diese Nacht mit dem Ohr auf den Tiefen der Erde wirkte intensiv in mir nach. Sie hatte mein Fühlen und Denken einmal wieder auf meine Pflanzenbestimmung gelenkt, hatte sie von ganz unten, von den Wurzeln aus, wieder nach oben umgeschichtet. Das Unterste zuoberst gekehrt. Und da lag sie nun, wie ein aufgeschlagenes Buch, um mich daran zu erinnern, eine Aufforderung an mich, zu rekapitulieren.

So etwas nennt man auch schlechtes Gewissen oder Mahnung. Du solltest konsequenter handeln! Nicht einfach den Dingen ihren Lauf lassen. Mit der Wahl deiner Mittel hast du die Möglichkeit, die Richtung zu bestimmen. Und deine Mittel kennst du mittlerweile sehr genau. Selbst in deiner neuen, sehr fremden Umgebung und Natur am anderen Ende der Welt. Als wunderbares Beispiel steht dafür Claires Kräutergarten. Ein winziger Hort mit starkem Symbolcharakter. Du hast ihn geplant, geholfen, ihn anzulegen. ‚Goldrichtig' war zudem dein intuitiver Tipp gewesen, einen passenden Standort für den Blaubeerstrauch zu finden. Deine weiblichen Altvorderen wären sicherlich sehr stolz auf dich.

Deine Liebe gilt den Pflanzen, insbesondere den Kräutern. Ihre Wirkungen sind es, die dich faszinieren. Sogar so sehr, dass du dich ihretwegen in echte Gefahr gebracht hattest. Erinnerst du dich? Oder hast du Jakob schon aus deinen Gedanken verbannt? Auch wenn diese Geschichte ein Tiefschlag für dich war, so gilt sie doch als ein leuchtendes Beispiel zur Wahrung der weiblichen Familientradition im Sinne des Kräuternutzens.

Du spielst bei der Rekapitulierung deiner angeblichen Bestimmung so einfach mit? Stellst die traditionelle Forderung der Familie nicht infrage? Überleg doch, was deine verehrte Kräuternonnen-Urururtante für ihr Kloster war. Sie war kein freies Individuum, sie war anonymer Teil der Gemeinschaft, das Aushängeschild des Klosterkräutermarktes. Das war für sie die einzige Möglichkeit, im krassen Gegensatz zu ihrer Klosteridentität menschlich individuell und hervorragend zu sein: Kloster W. – ihr Name ging im Klosternamen unter. Sagt das nicht alles? Ist das nicht der Gipfel der Unsichtbarmachung?

Nun holst du aber zum Rundumschlag aus. Sie hat durch ihre Neigung und beharrliche Verfolgung ihrer Ziele darin ihr Lebensglück im Kloster gefunden. Zur damaligen Zeit war das schon ein besonderes Privileg.

Kräuter werden ihre immense Bedeutung niemals verlieren. Sie waren und werden immer Teil des menschlichen Gefolges sein. Es braucht Menschen wie dich, die sich ihrer Bestimmung, ihrem Schicksal, stellen. Tu, was dir angemessen scheint, was authentisch für dich ist. Das wirst du sein, und nur das.

Dein derzeitiges Leben auf der Insel findest du nur deswegen beruhigend, bestimmungsgemäß und schön, weil du vorher Schwierigkeiten hattest. Schwierigkeiten, mit deinem Lebenspartner zurechtzukommen. Du hattest Angst vor deinem Leben, hattest Angst, es nicht mehr meistern zu können. Trotzdem reistest du, trotzig und mutig zugleich, durch einen scheinbar leeren Kontinent. Er wirkte nur deshalb leer, weil du nichts mehr an dich heranlassen wolltest. Gesehen hattest du alles.

Erst deine kurze Begegnung im Dezember vor zwei Jahren auf dieser Reise, damals schon mit dem Aufzeichnungen machenden Moreno und seinem Angebot, dich auf den Leuchtturm zu lassen, hatten dich wieder zaghaft dem Leben mit anderen Menschen zuwenden lassen. Der damals zwanghafte Gedanke ‚hinauf‘, du musst hinauf zum Leuchtfeuer, das war Antrieb und Orientierungspunkt für dich, deine Hoffnung auf Erleuchtung. Schließlich die Sicht von oben ins Unendliche, sie war für dein inhaltsloses Leben die Wendung der Dinge.

Du gabst dir die Antwort, nach der du so lange suchtest und du selbst sprachst sie aus: Du in deinem Leben, ohne Ansprache, Rücksprache, Teilhabe. Diese große Lücke.

Dein neues Wissen: ‚Er‘ oder ein anderer, irgendwann.

Die Kräuter können dich nur zum Teil wirklich erfüllen. Sie allein sind nicht dein Leben. Da bleibt noch genügend Raum und Zuwendung für einen adäquaten Partner.

Du bist schließlich Frau – nicht Nonne.

33. Vorbilder

„Hi Philo, schön, dass du wieder bei uns bist. Hast du dein Pensum für heute geschafft? Gab es irgendwelche Auffälligkeiten?"

Mit diesen Worten empfing mich Moreno vor der Station und erzählte mir seinen, Claires und Ernests Abgang von der Lichtung, die sie makellos aufgeräumt zurückgelassen hatten. Die natürliche Ordnung war wieder hergestellt. Fast entschuldigend fügte er noch hinzu: „Hätte ich nicht solch einen Bärenhunger gehabt, wäre ich gerne noch geblieben. Die Stimmung war einfach zu schön und einmalig. Claire und Ernest bedauerten das Ende des Abenteuers ebenfalls, doch auch sie trieb der Hunger zurück und sie träumten von einem üppigen Sonntagsfrühstück. Und, wie steht's da mit dir?", fragte mich Moreno.

„Mir geht es genau wie euch, kommt und lasst uns alles vorbereiten."

Nun, so sehr an die Natur gewöhnt, wollten wir zum Frühstück auch gar nicht in der Küche sitzen. Stattdessen deckten wir im Freien unterm Banksiabaum auf. Das Wetter spielte zum Glück mit und unser Kookaburra leistete uns schnarrend Gesellschaft. Hungrig wie die Wölfe verputzten wir jeder eine Riesenportion Rührei mit Schinken, wilder Rauke und Butterbrot.

„Oh Mann, schmeckt das super", sagte Ernest und nahm sich eine zweite Portion. Ließ sich auch nochmals Kaffee nachschenken und genoss sichtlich die ihm geltenden Aufmerksamkeiten anlässlich seines Geburtstages. Grinsend schaute er uns an und sagte einfach nur: „Hammer!"

Das klang wie ein Paukenschlag. Ernest hatte zu seiner Sprache gefunden.

Wir sahen uns an, glaubten es kaum. Doch wir hatten richtig gehört. Die elterliche Sprecherziehung hatte Risse bekommen und fing an zu bröckeln.

Mit prall gefüllten Bäuchen und zufrieden zurückgelehnt, blickten wir in den sich stetig verändernden Himmel und ließen die Zeit großzügig verstreichen. Wir hatten keine Eile. Vom Duft unserer leergefegten Teller angelockt umkreisten ein paar Fliegen, zum Teil richtige Brummer, das Frühstücksgeschirr. Das war lästig, uns aber egal, denn wir wurden nicht zu ihrem Zielobjekt.

Erst am Nachmittag sollte die Geburtstagsparty zusammen mit Jims Familie steigen. Wir hatten also noch genügend Zeit für unsere Vorbereitungen.

Diese Zeitspanne auskostend, hingen wir unseren Erinnerungen nach, griffen gegenseitig geäußerte Gedankenfetzen auf und ließen den Herrgott einen guten Mann sein. In wohl jedem von uns wirkte der gemeinschaftliche Ausflug mit den fundamentalen Erlebnissen auf individuelle Weise nach. Ich spürte, dass trotz aller scheinbaren Entspanntheit es hinter jeder Stirn heftig arbeitete.

Moreno war es schließlich, der sich ausgiebig rekelte und eine gesammelte Erzählhaltung annahm.

„Die vergangene Nacht war seit Langem einmal wieder die Nacht aller Nächte für mich. Warum?, werdet ihr fragen." Er räusperte sich und fuhr fort: „Sie rührte automatisch an den Erinnerungen an meinen achtzehnten Geburtstag. Damals lebte ich noch in Neuseeland bei meiner Adoptivfamilie. Sie waren mir sehr zugetan, wir mochten uns und ich wurde sorgfältig auf das Leben vorbereitet. Zu diesem besagten Festtag beschenkte mich der Vater neben anderem mit einer Biographie von Alexander von Humboldt. Eine schön gestaltete Ausgabe mit vielen Abbildungen und drei Bändseln in verschiedenen Farben. Beeindruckend war es für mich, diesen Band in Händen zu halten. Vater verehrte Humboldt als Universalgelehrten seiner Zeit auf dem Feld der Naturwissenschaften und wollte mir sein Wissen über ihn weitergeben. Und ich, begeisterungsfähig wie ich war, biss an."

„Eine Zeitlang war das Buch mein ständiger Begleiter. Es konnte mich aufmuntern, motivierte mich, gute Leistungen zu erbringen, bestätigte mir meinen Ausbildungswunsch, mich dem Klimawandel zu widmen und forschender Geophysiker zu werden. Alexander von Humboldt hatte sich mit meiner Zustimmung bei mir eingenistet und war zu meinem Vorbild geworden. Dazu taugte er vor allem auch deshalb ausgezeichnet, weil er jemand gewesen war, der frei und unabhängig forschte, keinen fremden Interessen unterlag und alles selbst finanzierte. Besonders imponierte mir damals sein aufgeklärtes Weltbild, das ihn unter anderem gegen den Sklavenhandel und Kolonialherrschaften eintreten ließ. Für ihn waren die Menschen alle gleich und frei. Besonders wichtig war ihm eine Demokratisierung der Bildung. Deshalb verfasste er seine öffentlichen Vorlesungen in einer klaren und verständlichen Sprache, damit sie jeder, der zuhörte, verstehen konnte. Das war nicht selbstverständlich."

„Uff, das ist ja schon eine ganze Menge. Kannst du etwas genauer beschreiben, wie und was er erforscht hat? Ich weiß zu wenig über ihn", fragte Ernest.

„Na klar. Stellt euch vor, bereits um das Jahr 1800, also vor über zweihundert Jahren, sah er auf seiner Expedition nach Südamerika, welche Auswirkungen die Abholzung von Wäldern und die Anlage von Monokulturen auf die Umwelt hatten. Er erkannte, dass alles mit allem zusammenhing und nichts folgenlos blieb. Er war es, der damals schon von Umweltzerstörung mit entsprechenden negativen Auswirkungen für kommende Generationen sprach. Und er war auch derjenige, der akribisch darüber Feldforschung betrieb und seine Ergebnisse publizierte. So galt er als Begründer der modernen wissenschaftlichen Entdeckungsreisen und wurde mit seinen Methoden Vorbild für Charles Darwin. In weit verzweigte Forschungsgebiete reichten seine Erkenntnisse und er analysierte ihre Zusammenhänge. Ja, er sah die Vernetzungen auf vielen Gebieten. Das war für mich eine seiner herausragendsten Leistungen - einfach dieser übergeordnete Blick fürs Ganze. Das entspricht auch völlig meiner Denkweise."

Doch Ernest wollte noch mehr darüber wissen und hakte bei Moreno nach: „Das klingt ja schon nach einem Supermann seiner Zeit. Was war denn so anders, so besonders an ihm?"

„Ja, ja, natürlich. Dein Begriff, obwohl es eine Bezeichnung der Moderne ist, trifft es ziemlich genau. Er war, und das imponierte mir außerordentlich, nicht nur Forschungsreisender, sondern gleichzeitig ein Abenteurer. Nichts war ihm zu viel. Neugierig wie er war, probierte er alles an sich aus, machte sich selbst zum Studienobjekt. Dafür scheute er keinerlei Beeinträchtigungen oder Strapazen. Nur ein bekanntes Beispiel von vielen: Zusammen mit seinem Botaniker Bonpland und einem weiteren Mitarbeiter bestieg er im Zuge seiner Forschungen zur Pflanzengeographie ohne jede alpine Ausrüstung den erloschenen Vulkan Chimborazo fast bis zum Gipfel. Lediglich eine unüberwindbare Felsspalte hinderte sie am Gipfelsturm.

Sie gelangten immerhin auf eine Höhe von etwa sechstausend Meter. Nebenbei zeichnete er noch die aufgetretenen Symptome der Höhenkrankheit bei sich und den beiden anderen auf. Es gab somit nichts, was ihm im großen Zusammenhang entging und was er nicht akribisch festhielt, selbst unter schwierigsten Bedingungen."

„Mit dieser Bergbesteigung hielten die drei, ohne es beabsichtigt zu haben, über dreißig Jahre einen Höhenweltrekord für Alpinisten. Sein Stolz über diese einmalige Leistung hielt lebenslang an, denn im Alter, er wurde ja immerhin knapp neunzig Jahre, unterschrieb er immer mal wieder Briefe an Freunde und Bekannte mit dem Zusatz: ‚Der Alte vom Berge'[6]."

„Cool! Jetzt, Moreno, nach deinem Loblied auf ihn, verstehe ich dich sehr gut. Du bist ja quasi in seine wissenschaftlichen Fußstapfen getreten und kannst seine Leistungen am besten nachvollziehen. - Vielleicht wäre es nicht verkehrt, mich auch mit dem Alten vom Berge zu beschäftigen."

„Nur zu, lieber Ernest! Prima Idee. Mich hat er insgesamt mächtig beeindruckt. Er war wirklich der Anstupser für meinen wissenschaftlichen Weg."

Die zwei strahlten sich an. Ich vermutete deswegen, weil sie wieder einen gemeinsamen Nenner gefunden hatten.

Der Alte vom Berge?, überlegte ich stirnrunzelnd. Da war doch was. Das schürfte an einer Erinnerung.

„Aha, jetzt hab' ich's!", rief ich aus. „Ich habe vor etlichen Jahren ein Buch, einen deutschen Märchenroman, gelesen. Da kam ‚der Alte vom Wandernden Berge'[7] vor, der hatte allerdings mit Humboldt nichts zu tun - oder doch? - Aber erzählt weiter."

„Ach was, Ernest", pöbelte Claire augenzwinkernd von der Seite, „lass dich nicht von Moreno zu weltentlegenen Abenteuern verführen, unsere hiesige Welt ist viel appetitanregender für deine Neigungen, weniger gefährlich und im Süden Tasmaniens immer noch sehr ursprünglich und spannend."

Ratlos schaute Ernest in unsere Runde und konnte sich nicht entscheiden, wessen Haltung er sich anschließen sollte. Mit einem lockenden Lächeln bot ich ihm eine Andockmöglichkeit und schlug eine naheliegende Variante vor: „Orientiere dich an Morenos Arbeit, er ist doch im nachfolgenden oder erweiterten Sinne ein Schüler Humboldts, und nicht zu übersehen, ist er einer der angesehensten Nachwuchsforscher auf seinem Gebiet. Er kann dir, in greifbarer Nähe und zu jeder Gelegenheit, sehr viel vermitteln. Nicht zu verachten ist sein fein gesponnenes Netzwerk in der Tradition seines Vorbildes. Außerdem sieh dir an, was Claire und ich machen und interviewe zusätzlich Ivy. Du hast in deinem Heimatland sämtliche Möglichkeiten – nutze sie! Weggehen kannst du immer noch, sollte dir der Stoff ausgehen."

Ernests Züge entspannten sich. Neugierig betrachtete er Claire und mich.

„Sagt mal, Claire und Philo, habt ihr eigentlich ein bestimmtes Vorbild?"

Claire überlegte eine Weile und sagte dann etwas zögerlich: „Ich bin da nicht so beständig, bin eher sprunghaft. Mal interessiert mich dieses, dann wieder jenes. Deshalb wechseln meine Vorbilder von Zeit zu Zeit. Ich glaube, das ist reine Typsache."

„Oh ja, dieses Zügellose kenne ich von mir auch", sagte ich. „Meine Sammlung von Idolen ist Legende. Doch ein

Vorbild ragt unter allen deutlich und stetig hervor: Es ist meine Ururur-Großtante aus dem Kloster W. im rheinischen Hinterland. Sie legte einen Kräutergarten in ihrem Kloster an und machte mit diesem vielfältigen Hort die Einrichtung bis weit über alle Grenzen bekannt. An sie denke ich oft, gerade auch heute Morgen kam sie mir wieder in den Sinn. Sie ist so etwas wie ein innerer Orientierungsstern für mich."

„Da fällt mir ein, dass ich meine französische Vorfahrin, ihr wisst schon, diejenige, die in meinem Medaillon abgebildet ist, vergessen habe zu erwähnen", sagte Claire, anscheinend etwas über ihr Versäumnis verstimmt, und ergänzte mit den Worten: „Sie gehört selbstverständlich zu meinem Stammpersonal an Vorbildern. Wie gedankenlos von mir, sie vorher nicht erwähnt zu haben."

„Stimmt! Sie verdient es nicht, untergebuttert zu werden. Ich erinnere mich gut an deine interessante Familiengeschichte. Sehr eindrücklich kam sie rüber", sagte Moreno und nickte beifällig.

Ernest hatte aufmerksam zugehört, doch seine Reaktionen wurden langsamer und die schweren Augenlider zeigten an, dass das sich seit gestern Zugetragene ein bisschen viel für ihn gewesen war. Sein Kopf neigte sich leicht zur Seite und bald darauf war ein säuselndes Schnurpseln zu vernehmen.

Zwei Stunden würden ihm bleiben, um zu ruhen, zu träumen und sich zu erholen. Wer weiß, welche Geburtstagsüberraschungen ihn dann noch erwarten würden.

34. Das Fest

„Hey, was ist los? Warum habt ihr mich nicht geweckt? Ich verschlafe fast meinen Geburtstag. Das wollt ihr doch nicht, oder?"

Mit harschen Worten erwachte ich unter dem schützenden Dach des blühenden Banksiabaumes aus meinen wirren Träumen. Verdutzt darüber, dass niemand protestierte, schaute ich mit halboffenen Augen um mich – ich allein auf weiter Flur. Nur der Kookaburro sah fragend zu mir herunter.

„Verdammt, die machen ihr Ding ohne mich. Moreeenoooo – wo bist du?"

Nichts rührte sich, also rappelte ich mich auf und wankte schlaftrunken zur Haustür. Diese wurde urplötzlich vor meiner Nase weit aufgerissen, ein Blitzlicht erfasste mich und ein vielstimmiger Chor stimmte zum ‚Happy Birthday' an. Noch völlig bedröppelt, unfähig angemessen darauf zu reagieren, stand ich da und glotzte wohl so blöd, wie nur ein frisch gebackener Achtzehnjähriger bei einer Überraschung dreinschauen kann. Die machen mich fertig, dachte ich und wurde währenddessen von Händen und drückenden Armen fürsorglich eingefangen und hineingeleitet.

In der Wohnküche – sah ich da richtig? – erwartete mich auf dem Stehtisch eine riesige ‚Pavlova' geschmückt mit brennenden Wunderkerzen.

„Wow, cool, ich meine, hot, ist die für mich?", rief ich entgeistert in die Runde.

„Na, für wen denn sonst?"

Ella und Jim traten auf mich zu und beglückwünschten mich, desgleichen Robyn, Colin und Darcy. Meine Knie zitterten, doch schon war Moreno zur Stelle, fing mich auf und küsste mich auf meinen gedachten Scheitel; seine Art, mich unter Erwachsenen willkommen zu heißen. Claire und Philo gemeinsam ‚verhafteten' mich lachend in ihrem Schwitzkasten, das heißt, sie umzingelten mich stürmisch und wünschten mir viele Verrücktheiten. Gefolgt von - und das war eine echte Überraschung - Ivy.

„Ivy, du da!" Er hatte die Umstände eines Besuches bei uns ignoriert und war eigens wegen mir gekommen.

„Wow, megamäßig ..." Das alles war fast zu viel auf einmal.

Zum Glück bat Moreno in diesem Moment zu Tisch und die Gesellschaft ließ nicht lange bitten. Da saß ich nun zwischen den angeregt plaudernden Gästen, überrascht und glücklich. Wusste erst nicht, mich stilgerecht zu benehmen, denn eine solche Geburtstagparty meinetwegen hatte es bisher noch nicht gegeben. Zu Hause war das völlig anders verlaufen. Ob es eine bedeutende Anzahl von Jahren zu feiern gab oder nicht, Mutter, Vater und ich - das war es.

Kaffee, ein Schluck Sparkling Wine und eine riesengroße Portion ‚Pavlova' brachten mich in Stimmung und ins Lot. Das war das beste Tortenstück, das ich je in meinem Leben gegessen hatte; luftigleicht, zugleich cremig, crunchy außenherum und so saftig süßsauer mit den Passionsfrüchten. Hmmh, ein wahrer Traum. Die ‚Pavlova' war mir aus meiner Heimat sehr vertraut, denn dort wurde sie anlässlich eines Tourneebesuches zu Ehren dieser berühmten Tänzerin erfunden und kreiert. Ich wusste also, worüber ich urteilte. Ella, die Tortenzauberin, war für mich in diesem Augenblick die Traumfrau schlechthin. Leider konnte ich es ihr nicht sagen, mir fehlten einfach die passenden Worte dafür.

Die Baisertorte war noch nicht das Ende der Überraschungen. Den zweiten Platz hinter Ella belegte Robyn mit ihrem Zitronenkuchen. Der sah so flach und bescheiden aus wie das ‚Atherton Tableland', entpuppte sich aber geschmacklich als fluffige Zitrusgranate. Große Klasse. Traf mich volle Breitseite.

„Hab' noch nie so einen guten Zitronenkuchen gegessen", sagte ich zu Robyn. Das meinte ich aufrichtig. Und sie antwortete mit einem rot anlaufenden Gesicht.

Es ging noch weiter, unsere Nachbarn waren unschlagbar. Colin, man glaubt es kaum, hatte mir selbstgemachte Schokotrüffel mitgebracht. Alle Achtung, großer Respekt.

„Ey, Colin, das hätte ich dir gar nicht zugetraut, dich so ins Zeug für mich zu legen, megacool sage ich nur."

Als Antwort grinste er übers ganze Gesicht und gönnte sich darauf einen weiteren Schluck des süffigen Perlweins.

Ich freute mich riesig über sein selbstgemachtes Geschenk und ließ die Konfektschale, nachdem ich mir einen der Trüffel genommen hatte, reihum gehen. Alle griffen neugierig zu. Die letzte Kugel blieb für den Chocolatier selbst übrig. Zunächst zaghaft, fast zaudernd, bediente er sich und warf sie schließlich mit einem Happs ein.

Lob und Dank für die Liebesmühe prasselten auf die Konditoren nieder, Moreno ließ sie hochleben, wir applaudierten ihnen und sie freuten sich sichtlich darüber. Insbesondere Colin. Er hörte gar nicht mehr auf zu lachen, schlug sich auf die Schenkel und bog sich nach allen Richtungen. Irritiert schauten alle auf ihn und konnten sich keinen Reim auf sein überschäumendes Verhalten machen. Auch ich zunächst nicht.

Erst als er anfing uns zu ‚zoomen', kapierte ich, was mit ihm los war: „Ich zoome euch alle weit weg. So klein wie Ameisen kann ich euch machen und ihr piepst dann nur noch schwarz wie die Nacht. Wenn ich will, zoome ich euch wieder grizzlymäßig grün und gruftig glibberig." Wiederum schüttelte er sich vor Lachen.

Mir kam ein schrecklicher Verdacht. Hilfesuchend wandte ich mich an Moreno und flüsterte in sein Ohr. Geduldig hörte er mir zu, nickte und gab Jim ein Zeichen, mit zur Kaffeemaschine zu kommen. Ella folgte ihnen mit sorgenvoller Miene. Dort sah ich die drei tuschelnd die Köpfe zusammenstecken. Das Elternpaar nickte zu Morenos Worten und schien beruhigt. Das laute Geräusch des Kaffeebereiters ließ kein Wort zu unserem Tisch durchdringen. Gespannt warteten wir darauf, was nun geschehen würde, derweil Colin weiter vor sich hinpalaverte, dabei lachte, aber zunehmend leiser wurde. Die Tischgesellschaft dachte bestimmt, dass er vom Sparkling Wine zu viel erwischt hatte. Kurz darauf hörten wir von ihm nur noch ein Grummeln und Säuseln. Er war eingeschlafen.

Moreno und Jim hoben das Trüffelwrack von seinem Sitz und betteten es auf die Couch, wo Colin nahtlos weiterschlief. Vorsichtshalber prüfte Moreno seinen Puls, schüttelte den Kopf – nein, nichts Auffälliges, offenbar alles in Ordnung. Dann schlug er eine wärmende Decke um ihn und kam wieder zu uns an den Tisch.

„Alles okay, kein Grund zur Sorge, er braucht nur etwas Schlaf."

Erleichtert atmeten wir auf.

Große Sorgen hatte ich mir eh nicht gemacht. Schließlich hatte ich bereits Erfahrung mit seinem Grünzeugs aus Verena Beach. Damit hatte er bestimmt das Konfekt geimpft.

Warum nur, fragte ich mich, zeigten wir anderen keine auffälligen Erscheinungen? Es ließ nur den Schluss zu, dass der letzte Schokotrüffel, ein besonders präparierter, nämlich meiner gewesen sein sollte. Ein ganz spezielles Geschenk für mich. Als Hauptperson der Feier hatte ich mich selbstverständlich berechtigt gefühlt, als Erster meinen Trüffel zu angeln. Das hatte Colin nicht bedacht. Bescheiden, wie bisher, sollte ich in seiner Vorstellung als Letzter zugreifen. Doch ab heute war ich ein Selbstbewussterer geworden.

Leider dumm gelaufen - für Colin. Wer andern eine Grube gräbt ...

35. Tatorte

Meine Hände rochen nach Kernseife. Gierig griffen sie tief in das Fleisch vor mir. Ich wühlte in Erinnerungen. Tatort: Küche.

„Sag' mal, Philo, warum und woher hast du dieses Geschick? Mir bleibt ja schier die Spucke weg, wenn ich dich so geübt mit den scharfen Messern hantieren sehe." Moreno pausierte am Küchentisch, beobachtete meine zerwirkenden Handgriffe und fragte mich das mit Blicken der Verwunderung.

„Ach, Moreno, ganz einfach: Ich hab's oft genug und gern getan. Was glaubst du, weshalb ich meinen Messerkoffer im Gepäck hatte?"

„Na ja, gewundert hab' ich mich schon ein wenig. Bei Köchen ist es ja Usus, mit eigenen Messern zu reisen, so schienen deine Utensilien nicht ganz ungewöhnlich für mich. Ich würde es ebenso machen."

„Wenn ich etwas hasse, wirklich hasse, lieber Moreno, dann sind es stumpfe Messer. Ein wahrer Albtraum. Zugleich eine Beleidigung für den handwerklich ambitionierten Koch, so sehe ich das."

„Das kenne ich, du bist deinem unzureichenden Werkzeug regelrecht ausgeliefert, säbelst herum und fühlst dich ausgebremst, wirst degradiert zum Stümper."

„Endlich versteht mich jemand. Dazu musste ich bis ans Ende der Welt reisen. Im Umgang mit Handwerkszeug lässt sich heute zum Glück alles zum Besten regeln, vorausgesetzt, es ist ein Anliegen für dich. Beim Umgang mit Menschen haben wir es mit ganz anderen Unzulänglichkeiten zu tun. Die lassen sich nicht eben ‚mal schleifen'. Da kann man nur auf etwas selbstbezogene Einsichten hoffen – na ja, meistens vergebens. Ist nicht mehr in, zu verhätschelt, die Jungen."

„Oh, ho ho, Philo, du gehst wirklich aufs Ganze, holst zu einem Rundumschlag auf das erbarmungswürdige Küchenpersonal aus. Ich muss dich etwas einbremsen, denn den zweiten Teil meiner anfänglichen Frage hast du gar nicht beantwortet. Er ist entweder unter den Tisch gefallen oder …?"

„Ach ja, war da noch was?"

„Philo, das ‚Woher' ist dir entgangen. Woher hast du diese Fertigkeit des Zerwirkens gelernt?" Moreno ließ nicht locker, sah mich mit hochgezogener Augenbraue an.

„Wie soll ich deine Frage verstehen?" Mit gerunzelter Stirn und dem Messer in der Hand blickte ich zu ihm. Er würde nicht nachgeben. Zunächst hatte ich gedacht, ich könnte ihn auf ein Nebengleis locken und ihn von weiteren Fragen abhalten. Doch Pustekuchen. So leicht kam ich nicht aus. Und, was sprach dagegen, dass ich mich offenbarte? Insgeheim sagte ich mir, du kannst ihm ruhig alles erzählen, er wird dich verstehen.

„Ach ja, Moreno, das war also keine rhetorische Frage von dir?" Schon wieder eine meiner Finten. „Na ja, was soll's! Du hast mich heute auf dem richtigen Fuß erwischt. Es ist eine längere Geschichte. Sieh dich vor, es braucht etwas Zeit dafür. Willst du sie wirklich hören?"

Erwartungsvoll sah er mich an, als lohne sich jede Zeit der Welt dafür.

„Mit Hühnern fing es an. Beide Großmütter hielten Hühner. Neben den Eiern in der Pfanne fiel hie und da ein

Suppenhuhn in den Topf. Und, wann immer es möglich gewesen war, sah ich als Kind dem Akt des Einfangens, Kopfabhackens, Rupfens und Ausnehmens zu. Das erlebte ich als Besonderheit, es war nicht alltäglich. Ein mir unbekannter Zeitplan steuerte diesen, sich stets wiederholenden Vorgang. Deshalb freute es mich, wenn es wieder soweit war und Oma mit dem Hackbeil in der Hand den Hackklotz vor dem Schuppen ansteuerte. Für mich war das nicht nur ein aufregender Erlebnisschmaus. Nein, denn hinterher gab es auch noch etwas Köstliches aus dem großen Suppentopf zu fischen.

Der gesamte Hühnerhof geriet in helle Aufregung und in eine laute Gackerei. Großmutter packte das ausgewählte Huhn, hielt es fest an den Beinen, kopfunter, und legte den Vogel kopfmittig auf den Hackklotz. Ein Hieb mit dem Beil trennte Hühnerkopf und Leib. Ein wildes Zucken und Flügelschlagen als Finale – das war es. Eine Weile ließ sie das Blut aus dem an Beinen aufgehängten Huhn auslaufen, danach klemmte sie es sich sitzend zwischen die Beine und rupfte die Federn.

Auf dem Küchentisch, eine alte Zeitung untergelegt, schnitt sie den Hühnerkörper unterhalb des Brustbeins bis zur Kloake auf und entnahm daraus die Innereien. So lernte ich die Anatomie des Huhns, respektive der Henne, kennen. Sehr viel später erinnerte ich mich daran, als ich mir vorstellen sollte, wie weibliche Eierstöcke aussähen. Immerhin hatte ich ein passendes Bild im Hinterkopf – Eierstock auf Zeitungspapier, Tatort Küchentisch.

Dem Töten hatte ich bislang nur zugesehen, meine Spezialität war die Arbeit danach. Das lernte ich von der Pike auf und es blieb eine Weile so.

Eines Tages, so Mitte Zwanzig, stellte ich mir die unausweichliche Frage, was wäre, wenn ich mein Fleisch nicht beim Metzger kaufen könnte? Würde ich dann noch Fleisch essen? Oder wäre ich imstande, es mir zu erjagen? Das Bild als Gestrandete auf einer einsamen Insel schwebte mir dabei vor Augen. Von Anfang an bis heute war und bin ich tierliebend. Jegliche Kreatur ist für mich gleichwertig. Die Frage schien mir, obwohl sie jeglicher Realität für meine Situation entbehrte, existenziell. Sie zwang mich geradezu, die Probe aufs Exempel zu machen. Meine Haltung zu diesem Konflikt blieb konsequent und so meldete ich mich zur Absolvierung eines Jagdkurses mit abschließendem Jagdschein an.

Tage- und nächtelang lernte und büffelte ich die geforderte Literatur, fand alles Themenbezogene hinreichend interessant, um mich weiterhin zu motivieren. Lernte, aus Büchsen, Pistolen, Revolvern und Flinten zu schießen, fand es aufregend und treffend. Kurz, ich konnte nach bestandener Prüfung auf den Wald und seine Bewohner losgelassen werden. Gelernt hatte ich, das Wild anzusprechen, das heißt, es sicher zu identifizieren, sowie die Überlegung: darf ich? kann ich? macht es Sinn?

Ab hier keimte der Zweifel in mir auf, will ich das noch? Oder war diese Überlegung nur eine Ausflucht?

Nun setzte ich alles auf eine Karte und schaltete eine Anzeige in einer renommierten Fachzeitschrift folgenden Inhalts: „Jungjägerin aus dem Raum X sucht Jagdgelegenheit."

Wie aus der Pistole geschossen kamen die Offerten. Von meinen Jagdschulkollegen hatte ich die Information, dass eine passende Jagdgelegenheit einem Sechser im Lotto gleiche. Und nun diese Flut von Angeboten. Was sollte ich davon halten? Wie sollte ich damit umgehen?

Die besonders verlockenden Angebote setzte ich mit einem Weh und Ach schachmatt und konzentrierte mich nur noch auf das scheinbar Tragfähige und Naheliegende. Es blieben zwei Möglichkeiten. Die Favorisierte ließ ich fallen, nach genauerer Prüfung als zu heikel befunden. Die andere passte perfekt - zu mir und zur Familie. Nach Beschnupperung und einem Einhundertmeter-Probeschuss mit der Büchse auf eine kleine Ringscheibe, postiert auf freiem Feld - ich traf mittenmang, stehend angestrichen am Stock - wurde ich per Handschlag und daraufhin mit amtlichem Begehungsschein in die Bauersfamilie und deren Eigenjagd aufgenommen.

Aufregende Zeiten schlossen sich nun an. Vollbewaffnet bis an die Zähne verbrachte ich Tage und Nächte, sommers wie winters, im Wald auf dem Hochsitz. Meine Begeisterung fürs Beobachten war groß. Fuchs- und Dachsbauten waren meine Lieblingsobjekte. Jungtiere, possierlich und lebhaft, balgten sich vor den Röhren ihrer Baue, übten bereits im Kindesalter spielerisch ihr Angriffs- und Fluchtverhalten. Dabei zuzusehen, war mir die reinste Freude.

Alle Jungen abschießen! So lautete der Auftrag des Jagdherrn. Raubwild muss kurz gehalten werden.

„Au weia", das war hart, das war die Realität. Das konnte ich nicht. Ich versagte. So begannen meine Schwierigkeiten.

Nächste Aufgabe. Ein junger Bock musste, der Bestandsquoten wegen, geschossen werden. Das bedeutete eine echte Prüfung, es war soweit. Es ging nun um mein selbstgefasstes Ziel: Töten, um zu überleben.

Abendelang saß ich am Rande einer Lichtung auf dem Hochsitz, wartete und beobachtete mit der geladenen Büchse im Anschlag das überaus anmutige Tier. Naschend hie und da, ganz nach Rehwildart. Auf dem Hochsitz konnte es mich nicht wittern, ich saß über dem Wind. Mehrmals hatte ich Gelegenheit zu einem gut platzierten Schuss, doch ich drückte nicht ab, sondern drückte mich davor.

Mein Jagdherr hatte die Faxen allmählich dicke. Kurz entschlossen enterte er am nächsten Abend mit mir zusammen auf den Hochsitz. Er saß neben mir, es war eng. Der junge Bock tauchte in Schussnähe vor uns auf. Die Waffe war geladen und entsichert, nun stach ich ein. Jedoch, ich konnte den Finger nicht krumm machen.

„Lass fahr'n!", brummte mein Jagdherr mit einem Rempler gegen meine Rippen. Das war der endgültige Auftrag. Ich drückte ab.

Mit einem riesigen Satz schoss das getroffene Tier nach oben und weit nach vorn, brach zusammen und lag unsichtbar im hohen Gras der Wiese. Es rührte sich nichts mehr im Wiesenfleck und nach etwa zehn Minuten, der üblichen Wartezeit, gab ich das Zeichen zum abentern.

Da stand ich nun und blickte herab auf meine Tat, auf ein Lebewesen mit gebrochenem Blick. Ein junges, gesundes Tier musste durch meine Fragestellung und eine amtliche Quote sein Leben verlieren. Was hatte ich da angerichtet? Was war ich nur für eine üble Kreatur?

Pflichtschuldigst nahm ich den Rucksack ab, zog mein Jagdmesser aus der Scheide und wollte mich daran machen, den Bock aufzubrechen. Doch mein Jagdherr gemahnte mich, dem erlegten Tier waidmännisch die letzte Ehre zu erweisen. Innerlich rumorte in mir heftigster Widerstand, doch eine generationenübergreifende Übereinkunft ließ mich das Ritual tun, was ich nicht von mir erwartet hätte: Ich steckte dem Stück Wild einen Bruch, das ist ein Tannenzweig des nächsten Baumes, in den Äser und wartete auf die Absolution meines Jagdherrn. ‚Der letzte Bissen' wird diese Handlung genannt. Für mich nichts als eine Verhöhnung des durch meine Hand erlegten Opfers.

Mit einem Kopfnicken gewährte mein Jagdherr mir die Absolution und ich machte mich daran, das zu tun, was ich wirklich gut konnte und wollte, ich brach den Rehbock auf und waidete ihn fachmännisch aus. Tatort: Waldwiese.

Nach diesem ‚Pflichtbock' erlegte ich mit der Flinte meinen ‚Pflichthasen', ein prächtiges Tier. Diesmal war ich allein und gestattete mir Tränen der Reue hinterher. Tatort: Jungholz.

Das war der Abschluss meiner Tötungserlebnisse mittels Jagdwaffe. Es war genug. Immerhin war mir klar geworden, dass ich es im Notfall tatsächlich könnte. Meine Hoffnung war und ist, dass der Ernstfall des Tötenmüssens niemals eintritt.

Der verständige Jagdherr meinte zur Beendigung unsere Vertrages: „Schade, hätt'st no a guade Jagerin sein konnt'."

Es blieb ruhig in der Küche. Ich setzte die letzten Schnitte und das Wallaby, war damit pfannenfertig.

„Oioioi, was für eine Geschichte. Ist doch hoffentlich kein Jägerlatein, Philo?"

„Habe ich nun deine Frage zur Genüge beantwortet, Moreno? Das Ergebnis vor mir auf der Arbeitsfläche sollte dich überzeugen. Auch wenn dieses Tier Jim unglücklicherweise unter die Räder gekommen ist, als guter Braten taugt es dennoch. Was ist übrigens aus dem ‚Joey', dem Kleinen im Beutel, geworden, weißt du das?"

„Er hat nichts abbekommen, er war sicher verwahrt. Claire hat ihn zur INALA-Aufzuchtstation gebracht. Die haben genügend Erfahrung mit Beutelbabies, der wird schon werden."

„Apropos Claire, wo ist sie eigentlich? Sollte sie nicht schon wieder zurück sein?"

„Ach, das vergaß ich ganz, dir zu sagen, sie wird erst spät mit Ernest zurückkehren. Die beiden wollten zum ‚Neck', um die Zwergpinguine nach ihrer Rückkehr aus dem Meer zu beobachten. Ernest war ganz wild darauf, diese kleinste Pinguinart der Welt live zu erleben."

„Gut zu wissen, lieber Moreno, das passt in mein Programm. Ich mache mich nun ans Kochen. Wie wär's mit Kängurupfeffer?"

Pinguinparade

„Super, Claire, dass wir zwei diesen Ausflug unternehmen. Bei uns in Westaustralien gibt es keine Pinguine und ich wollte schon immer welche sehen. Noch dazu diese, weil sie so klein sind", sagte Ernest.

„Na ja, Ernest, vierzig Zentimeter Höhe ist ja wirklich winzig und du wirst sehen, wie putzig sie wirken, wenn sie wie eine Karawane kleiner Männchen mit rudernden Stummelflügeln aus dem Meer watscheln. Das ist ein Anblick, den man nie vergisst. Ich freue mich wirklich, dass wir diese Tour heute zusammen unternehmen, ein kleines Highlight, würde ich sagen."

Es war noch hell, die Dämmerung deutete sich erst an. An Alonnah, der kleinen Ansiedlung im Osten, waren wir schon vorbei, in Kürze würden wir das ‚Neck' und unseren Parkplatz am Fuße der hohen Düne ansteuern. Frühestens beim letzten Tageslicht würden sich die Pinguine sehen lassen. Wir hatten Zeit.

Ernest war, ebenso wie ich, nicht nur wärmend, sondern auch rücksichtsvoll dunkel gekleidet. An unserer Anwesenheit sollten sich die fleißigen Vögel in ihrem Brutgeschäft nicht stören. Behände erklommen wir die Holztreppe zum Kamm der hohen Düne.

„Siehst du die Bruthöhlen im Sand links und rechts der Stufen?", fragte ich.

„Oh ja, tatsächlich, jetzt sehe ich sie. Die kann ja keiner zählen. Total gut getarnt. Und in jeder versteckt sich ein Küken?"

„In fast jeder. Meistens sind es zwei Küken. Noch warten sie zu Hause auf die Eltern, doch schon in wenigen Tagen verlassen sie mit ihnen vor Tagesanbruch den Bau, um ins Wasser zu gehen und selbst Nahrung zu finden. Dann kehren sie nur noch in ihre Wohnungen zurück, um sich auszuruhen. Am Geruch können sie sie sicher erkennen."

„Warum kommen sie eigentlich nur nachts an Land?"

„Nicht mehr lange, dann siehst du, wie unbeholfen diese Tiere sich an Land bewegen. Damit sind sie eine leichte und sehr begehrte Beute für Raubmöwen und Keilschwanzadler. Bei Dunkelheit sind sie sicher und können gefahrlos ihren beschwerlichen Weg auf die Düne antreten. Von oben sieht man sie bei Nacht gar nicht. Ihr blaugraues Federkleid an Kopf und Rücken schützt sie perfekt. Übrigens ist es gut, dass du jetzt deine Fragen jetzt stellst. Nachher, wenn sie kommen, dürfen wir keinen Laut mehr von uns geben, uns nicht bewegen, einfach Baum oder Strauch spielen."

„Wie können wir sie dann sehen, wenn sie so gut an die Dunkelheit angepasst sind?"

„Ruhig Blut, Ernest, du wirst sie schon erkennen", sagte ich und erklärte weiter: „Pinguine sind Tiere des Meeres.

Blitzschnell und wendig bewegen sie sich in ihrem Element und entkommen so ihren Fressfeinden Hai, Seebär und Seelöwe. Hauptsächlich ernähren sie sich von Fischen wie Heringen, Tintenfischen und kleinen Krebsen. Für die Aufzucht der Jungen bewahren sie einen Teil der Fische, die sie tagsüber erbeuten, tief im Schlund auf und füttern sie mit dem hochgewürgten Nahrungsbrei."

Ernest schluckte automatisch angewidert.

Es war bereits sehr dämmrig, fast dunkel, die ersten Sterne blinkten und der Mond warf eine silbrige Spur aufs Wasser. Der Wind frischte nochmals auf, die Wellen rollten rauschend auf den schmalen Sandstrand und da, da konnten wir, wie aus dem Schaum geboren, die Vorhut der Kolonne an ihren weißen Bäuchen erkennen.

Wie von selbst kam mir bei diesem Anblick der Teil eines Bibelzitates in den Sinn: „... ihr, die ihr mühselig und beladen seid ..." In genau dieser Haltung marschierten die Tierchen stoisch durch die Flut an Land, tapsten unbeholfen und unbeirrt im Mondlicht ihren viele Male begangenen Pfad aufwärts. Eine lebende Maschinerie, die ein in ihr angelegtes Programm abspulte. Mit viel Mühe bahnten sie sich ihren Weg, auf kurzen Beinchen aufrecht gehend, durch die niedrig bewachsene Sandbarriere.

Nun waren sie auch zu hören. Mit quakenden Rufen kündigten sie dem hungrigen Nachwuchs ihre Ankunft an und mit einem anschwellenden Geschrei aus tausend geöffneten Schnäbeln stürmten die Küken aus den Höhlen. Zielsicher fanden die Eltern ihre Jungen, erkannten sie an ihren Rufen, würgten ihre Kostbarkeit hoch und spuckten sie in die aufgerissenen Schnäbel der Kleinen. Immer und immer wieder, der Hunger schien unstillbar. Was für ein Getöse, was für ein Umtrieb und was für ein Geruch. Wir waren Statisten. Die Pinguine wuselten um uns herum, nahmen uns in ihrem Rausch gar nicht wahr und frönten ihrer Fress- und Fütterungsorgie. Und immer noch zog eine Karawane aus der Tiefe in die Höhe, breitete sich oben aus und nährte das Getümmel.

Ernest und ich sahen uns grinsend, doch hilflos an. Wie lange würden wir noch hier wie die Ölgötzen stehen müssen? Es blieb uns nichts anderes übrig, als abzuwarten, bis sich die Familien in ihre Höhlen verzogen hätten, zumindest diejenigen in unserer unmittelbaren Nachbarschaft zur Treppe. Irgendwann war mit einem Mal der Spuk vorbei und wir konnten aufatmend unser Denkmalspodest verlassen.

Die See rauschte, der Wind strich stetig über uns hinweg und im silbernen Licht des Mondes stiegen auch wir wie berauscht die Holzstufen hinab, nahmen zitternd vor Kälte im Auto Platz und freuten uns auf ein heimeliges Zuhause, vielleicht sogar auf eine warme Mahlzeit.

„Philo und Moreno, wir kommen! Haltet die Küche warm!"

36. Lagerfeuerfeeling

„Brrr, war das frisch!" Kräftig massierte sich Claire über Kreuz die Oberarme, während sie in die Küche stürmte.

Auf dem Fuß folgte ihr Ernest und rief begeistert: „Wir haben sie gesehen, viele waren es, direkt um uns herum. Sie hatten keine Angst, denn wir verhielten uns völlig ruhig und konnten genau beobachten, wie ihnen die Küken aus den Höhlen entgegeneilten, um den Eltern ihr Futter abzubetteln. So etwas habe ich noch nie erlebt, einmalig. Eine Pinguinparade, nur für uns!" Überschwänglich ließ er sich auf einen Küchenstuhl am Esstisch plumpsen.

Claire setzte Teewasser auf, nahm eine Ingwerhand aus der Fruchtschale, brach zwei daumengroße Stücke davon ab und schälte sie behutsam mit der umgedrehten Löffelkante. Dann schnitt sie die Teile entgegen der Faser in dünne Scheiben und gab sie in eine Glaskanne. Inzwischen kochte das Wasser und mit einem Schwall übergoss sie den zerteilten Ingwer damit. Im Handumdrehen färbte der Sud sich fahlgolden im Licht der Küchenlampe und feinherb duftend verbreitete sich das Aroma des Aufgusses in der Küche, vermischte sich mit den Dünsten des Bratens aus dem Backofen und ließ Appetit aufkommen. Seine wärmende Schärfe würde man erst auf der Zunge und dann die Kehle hinab fühlen.

„Genau diese heimelige Küchenatmosphäre hatte ich mir beim Zurückfahren erhofft" sagte Claire zu mir. „Philo? - Kannst du Gedanken lesen?"

„Ich kann mir zumindest vorstellen, wie es bei Nacht zwischen den Meeren auf der hohen Düne weht. Allein bei dem Gedanken daran schüttelt es mich. Wie war denn übrigens die Rückfahrt bei Dunkelheit, war viel los?"

„Immerhin sind uns auf diesen fünfzig Kilometern zwei Autos begegnet. Aus dem dunklen Dickicht des Waldes glühten uns die weit geöffneten Augen von unheimlichen Chimären entgegen. Die gesamte nachtaktive Fauna der Insel schien auf den Beinen gewesen zu sein. Ich musste höllisch aufpassen und oft ausweichen. Mehrere Possums und Wallabies machten die Straße zu ihrem Laufsteg. Sogar ein Quoll, dunkelbraun mit auffällig weißen Punkten, auch als Tüpfelbeutelmarder bekannt, kreuzte unseren Weg. Eine illustre Gesellschaft zu vorgerückter Stunde war da mit uns unterwegs."

„Habt ihr auch ein Albino Wallaby zu sehen bekommen?", fragte ich.

„Leider nein, das wäre auch ein sehr großes Glück gewesen, denn sie leben hauptsächlich in der Gegend um Grassy Point", antwortete Claire. „Allerdings wäre das eine ziemlich geisterhafte Erscheinung gewesen. Was meinst du, Ernest?"

„Gibt es sie denn wirklich? Rein weiß?"

„Ja, ja, es ist eine seit Jahren bestehende und wachsende Population in ausschließlich dieser Gegend. Waschechte Albinos, eine absolute Rarität und seltene Laune der Natur. Weltweit einzigartig."

„Der Ingwertee ist fertig", trällerte Claire nach dieser Erklärung und schenkte Ernest und sich selbst ein Glas davon ein. „Der wird uns einheizen", freute sie sich und schlürfte vorsichtig ein wenig davon. „Noch zu heiß."

„Philo, was hast du denn Feines in der Bratröhre? Das duftet ja himmlisch", wollte sie wissen.

„Überraschung, Überraschung", sagte ich nur. „In Kürze werden wir essen, Claire und Ernest, ihr könnt schon mal den Tisch decken und Moreno rufen. Er brütet über seinen Aufzeichnungen im Arbeitszimmer."

Aus dem Backofen zog ich die Grillpfanne mit den fleischigen Teilen des Kängurus hervor, umflort von herzhaften Röstaromen. Wahrlich präsentable Bratenstücke. Diese hatte ich vor dem Einschub auf beiden Seiten scharf angebraten, anschließend auf den Rost in der Pfanne gelegt und danach etwa vierzig Minuten bei mäßiger Hitze gegart. Ziel: 57° Kerntemperatur. So sollten die Teile zart und saftig auf den Teller kommen. Und tatsächlich, nach dem Anschnitt zeigte sich appetitlich rosa gebratenes Fleisch. Die separat zubereitete Soße mit Tasmanischen Pfefferkörnern, Anismyrte und Wattleseeds reicherte ich mit dem ausgetretenen Bratensaft an und montierte ein Stück eiskalte Butter. So würden wir eine elegante Konsistenz auf dem Teller haben.

„Es ist angerichtet, wir können essen." Mit diesen Worten wollte ich zu Tisch bitten, doch dieser Satz war überflüssig. Eilfertig wurde mir die Servierplatte samt Sauciere abgenommen und zu den Schüsseln mit Ofenkartoffeln und Selleriepüree auf dem gedeckten Tisch gesellt.

„Das sieht ja aus wie aus dem Spezialitätenkochbuch", freute sich Moreno und klatschte in die Hände. „Einfach wunderbar."

Ungeduldige Augenpaare richteten sich auf mich, während ich mir ein Glas Rotwein einschenkte. Moreno sah mich bittend an, auch er verschmähte den Ingwertee und zog eine trockene Cuvée von Cabernet und Shiraz vor.

Dann ließen wir es uns schmecken. Es blieb mucksmäuschenstill, nur das Klappern der Bestecke auf dem Porzellan war zu hören. Meine Lieblingsmusik.

„Was brutzelst du denn da noch im Backofen?" wollte Moreno wissen. „Das duftet ja zum Steinerweichen."

„Ooch, das dauert. Es ist für die nächsten Tage gedacht. Ein Ragout aus dem Känguruschwanz, geschmort mit Zwiebeln, Knoblauch und geschälten Auberginen in kleinen Würfeln, aufgegossen mit unserem kräftigen Rotwein."

„Iiii, Känguruschwanz! Muss ich den essen?" So Ernests fragender Protest.

„Dann essen wir ihn ohne dich", lachte Moreno laut auf. „Da bleibt uns mehr davon, wunderbar. Du bekommst dann deine dazugehörige Nudelportion ohne, trocken."

Verunsichert blickte Ernest uns der Reihe nach an. „Wie muss ich mir dieses Teil denn vorstellen?"

„Ganz einfach so", sagte Moreno. „Du weißt, wie lang und kräftig so ein Schwanz ist - ein Riesending. Wir hacken ihn in gerechte vier Teile ..."

„Nein, ich werde keinen Känguruschwanz abnagen", protestierte Mister Stormyweather jun. lautstark. Erst als wir prustend loslachten, merkte er, dass etwas nicht stimmen konnte.

„Da hast du dir einen schönen Bären aufbinden lassen", lachte Claire. „Philo ist diejenige, die das Fleisch in mühevoller Kleinarbeit von den Knochenstücken zupft, zurechtschneidet und der Soße hinzufügt, somit ein Ragout bereitet. Du kennst doch bestimmt ein Ochsenschwanzragout, oder? So etwa stelle dir das Gericht vor. Bevorzugt wird es mit feinen Bandnudeln gegessen."

Mit hochrotem Kopf saß Ernest am Tisch, schien erleichtert, wusste aber nicht, wie er sich verhalten sollte.

Veräppelt wurde er mit Sicherheit zu Hause nie. Und in der Schule? An seiner Hilflosigkeit erkannte man, dass er geschwisterlos aufgewachsen war, somit seine Sinne für Witz und Ironie wenig geschärft waren. In solchen Situationen fand er sich schlecht zurecht. Erst recht ohne Kaninchen.

„Also, wie steht's mit Kängururagout? Morgen?", bohrte Moreno nach.

Ernest nickte. Zwar nicht begeistert, aber immerhin.

37. Ernest in Nöten

„Ey Hombre, was ist los? Welche Laus ist dir über die Leber gelaufen? Spuck's aus!"

„Ach Moreno, es ist aus. Meine Zeit mit dir und hier ist um."

„Was redest du da, Ernest Truman Stormyweather jun.? Wir haben doch noch so viel Zeit bis zum Wochenende."

„Eben nicht. Meine Eltern kommen morgen, morgen schon zum Australia Day. Fast muss ich heulen, wenn ich nur daran denke."

„Herrje, das ist ja ein Ding. Ziemlich kurzfristig, diese Nachricht. Da bleibt uns tatsächlich nicht mehr viel Zeit. Weißt du, was sie geplant haben, wie sie sich das hier vorstellen?"

„Sie haben Jims Ferienhaus gemietet, von Mittwoch bis Samstag. Was sie unternehmen wollen, ist mir schleierhaft, denn mit Mutters Lichtallergie wird es schwierig sein. Vater hat so seine eigenen Vorstellungen, die er jedoch nicht mitteilt. Dementsprechend überraschend werden die nächsten Tage verlaufen. Nur eines ist sicher, am Samstag endet mein Vertrag mit der Forschungsgesellschaft und damit mit dir. Huhuhu, dieser blöde Knödel im Hals, ich darf gar nicht weiter darüber nachdenken."

„Komm, Ernest Truman Stormyweather jun., mach dich nicht verrückt. Lass uns die Aufzeichnungen der Messinstrumente auf dem Leuchtturm kontrollieren und sehen, ob oben alles in Ordnung ist. Das bringt uns auf andere Gedanken und gewährt uns und insbesondere dir, eine unglaubliche Weitsicht. Mal schauen, was er und die Atmosphäre uns mitteilen können."

„Neulich, Moreno, bevor wir auf Safari gingen, habe ich mir den Leuchtturm vom Arbeitszimmer aus genau angesehen. Wie eine Festung kam er mir hoch oben auf der Klippe vor. Und gleichzeitig wie ein luftiges Versprechen von Freiheit und Abenteuer. Ich empfand ihn als Fingerzeig, als meine persönliche Freiheitsstatue. Wenn wir beide, so wie wir jetzt, auf ihn zusteuern, kommt er mir noch größer, massiver und mächtiger vor – ein standfester Komplize."

„Was kannst du dir noch Besseres wünschen als das, Ernest? Da kann nicht mehr viel schiefgehen. Komm, wir wummern hoch, lassen uns vom uralten Sound der schwingenden Eisengusstreppe emportragen."

„Oh, was für eine rockige Stimmung hier oben. Als hätten wolkene Papierfetzen den Himmel für sich entdeckt. Und, sieh' mal, Moreno, rechts von der Fenstermitte ist die Scheibe eines Felds zu Bruch gegangen."

„Unverhofft kommt oft. Leider. Wird wohl eine verrückte Raubmöwe gewesen sein. Das gibt Arbeit für Jim. Zum Glück ist seine Werkstatt bestens ausgestattet und er ein begnadeter Handwerker."

„Du meinst, Jim kann auch diese Glasscheibe ersetzen?"

„Na klar kann er das. Hier draußen lässt man nicht wegen einer Kleinigkeit einen Handwerker kommen, da ist Selbsthilfe gefragt. Wenn du willst, kannst du ihm dabei zur Hand gehen. Er wird es dir bestimmt gerne zeigen."

„Meinst du, Moreno, mit meinen zwei linken Daumen wird das gehen? Ich würde schon gerne mithelfen, oder zumindest zusehen wollen."

„Wir werden ihn fragen. Wer weiß, vielleicht stellst du dich gar nicht so unbeholfen an? So, und nun sehen wir oben auf der Reling nach dem Rechten."

„Scheint alles in Ordnung zu sein, oder fällt dir etwas auf, Ernest?"

„Mir fällt nur auf, dass ich bisher nicht so bewusst rundherum geschaut habe. Liegt wohl an dem nahenden Abschied, dass ich jetzt aufmerksamer bin. Sieh' mal, Moreno, über der Bucht, Richtung Cloudy Bay, fährt ein Boot in unsere Richtung. Wer oder was könnte das sein?"

„Bestimmt ist es Bob Rennicott mit einer Handvoll Touristen an Bord. Er hat seine feste Sightseeingtour hierher, direkt von den ‚Friars' kommend. Du siehst mich so fragend an – die ‚Friars' sind eine Gruppe größerer und kleinerer Felsrücken, die aus der See vor Tasman Head herausragen. Das Besondere an ihnen sind neben nistenden Seevögeln ausgedehnte Seehundkolonien. Umgeben von dichten Kelpwäldern im fischreichen Wasser, finden sie auf diesen Inselchen ideale Ruhe- und Schutzbedingungen. Eine noch völlig intakte Umwelt, trotz Touristenattraktion vom Boot aus."

„Moreno, ich glaube immer fester an meine Wiederkehr an diesen Ort. Es gibt noch so viel zu tun und zu entdecken. Was meinst du, darf ich dich zukünftig besuchen?"

„Natürlich, Hombre, wenn du willst. Das lässt sich einrichten. Eine Fachsimpelei unter Freunden ist doch jederzeit erfüllend und nützlich. Deshalb, ja, komm mich besuchen, wenn du willst."

„Wenn ich ganz weit in die Runde schaue, Moreno, sehe ich nur Wasser, Himmel oder im blauen Dunst liegende

Küsten und Berge. Ansonsten Leere, nichts als unendliche Leere über den Horizont hinaus."

„Wunderbar viel Raum, um ihn zu füllen, Ernest. Mit deinen Ideen, Gedanken, Träumen, Gefühlen … Du wirst ihr Wispern zu dir vernehmen, wenn die Zeit dazu ist. Zunächst zart, dann in einem Crescendo deutlicher und fordernder werdend. Deshalb hellwach bleiben und aufmerksam in alle Richtungen lauschen. Was dir bestimmt ist, wird dich finden."

38. Prinz Moreno

Was für ein Traum. Unwillkürlich schüttelte ich mich, um mich meines Hier- und Wachseins zu versichern. Ja, es stimmte. Ich, Philo, war hier, das Ummichherum drängte mit Windhauch und Geräuschen in mein Bewusstsein. Unter einer Wolldecke gegen den aufgekommenen Wind, fand ich mich geschützt auf der Gartenliege, die wir hie und da für eine Ruhepause nutzten.

Ich war eingeschlafen und hatte lebhaft geträumt. Von meinem Platz aus konnte ich, aufgerichtet in Sitzposition, nach rechts hinten oben den Leuchtturm auf der Klippe ausmachen. Er stand also unverändert an Ort und Stelle. Er war ein prägender Teil meines Traumes gewesen. Nun entdeckte ich Moreno und Ernest oben auf der Plattform, das war die Wirklichkeit.

Noch völlig gefangengenommen von meinen Traumbildern sank ich auf mein kleines Kopfkissen zurück und schloss die Augen. Ganz deutlich war da wieder der Turm, unser Leuchtturm, zu sehen, an dessen Westseite ein bis zum Boden reichender rothaariger Zopf im zausenden Wind hin und her schwang. Den dazugehörigen Haarboden konnte ich am obersten Sprossenfenster mehr ahnen als wahrnehmen. Zweifellos war es Rapunzel, sonst kannte ich keinen Turm mit Zopf. In dem Moment, als ich hinsah, wurde das schier endlos lang geflochtene Haar wieder hochgezogen. Eine sehnsüchtig schmelzende Melodie begleitete diesen Vorgang. Sie kündete von Hoffnung und Erwartungen der jungen Maid.

Ich drang weiter in meine Traumerinnerung vor und entdeckte tatsächlich einen leuchtend grünen Fleck im nahen Umkreis des hohen Gebäudes – das legendäre Rapunzelbeet.

Als hätte ich damit einen Startknopf gedrückt, lief ein innerer Film in mir ab, der mir die verloren geglaubten Bilder lieferte: In der Ferne des Meeresstrandes tauchte ein riesiger Schimmel mit Reiter wie ‚schaumgeboren' aus den Fluten auf. Neugierig folgte ich ihnen mit meinen Blicken und war bass erstaunt, in dem höfisch gekleideten Reiter Moreno zu erkennen. Prächtig sah er aus mit seinem royalblauen Wams und seinen purpurroten Strumpfhosen. Statt seines einfachen Haarbandes trug er nun einen Goldreif, der sein halblanges Haar aus dem Gesicht hielt. Deutlich traten so seine markanten Züge hervor und sein Antlitz leuchtete bronzen in der Sonne. Eine wahrhaft königliche Erscheinung. Nur der silberne würfelförmige Rucksack auf seinem Rücken wollte nicht so recht dazu passen.

Mit donnernden Hufen sprengte das märchenhafte Paar zum Fuße des Turms. Der Schimmel machte den Versuch wiehernd aufzusteigen, doch der wackere Reitersmann wusste ihn geschickt zu parieren. Ergriffen lauschte er im Sattel sitzend einigen Takten des lockenden Gesangs von oben, dann rief er mit samtener Stimme den altbekannten Satz: „Rapunzel, Rapunzel, lass' mir dein Haar herunter!"

Kaum waren seine Worte verklungen, sauste, schwer im Fall, der rothaarige Zopf nach unten und oben aus dem Sprossenfenster lächelte das Gesicht von – von Claire!?

Der Edelmann dankte dem Fräulein im Turmfenster mit einer höfischen Geste des ausholenden Armschwungs und angedeuteter Verbeugung. Sie antwortete ihm freundlich mit einer huldvollen Neigung des Hauptes. Ihr breites Lächeln erstarb jäh, als der Reiter sich abwandte und das weiße Ross zum leuchtend grünen Beet, quasi dem Juwel der Umgebung, traben ließ. Dort angekommen, sprang er galant aus dem Sattel, nahm den silbernen Rucksack ab, pflückte geschwind, als sei die böse Zauberin hinter ihm her, alle Rapunzeln vom Beet, stopfte sie in den Würfel, schwang ihn wieder auf seinen Rücken, saß mir nichts, dir nichts im Sattel und trabte vergnügt und siegreich von dannen.

Der verschmähte Zopf samt seiner Verheißungen pendelte lasch am Leuchtturm wie ein nutzlos gewordenes Lot im Wind. Es war das letzte meiner Traumbilder. Mehr Märchen war ihnen nicht mehr zu entlocken.

Allein die Botschaft des Traumes war für mich stimmig. Moreno, dem Feinschmecker, gelüstete es einfach nach Rapunzeln, da konnte Claire, alias Rapunzel, mit ihren Reizen locken, so viel sie wollte. Die Prioritäten waren gesetzt.

Und ich, in welche Richtung tendierte ich? Zunächst großes Fragezeichen. Dann, situativ gestimmt, sagte ich zu mir: „Rapunzeln! - Einfacher und unkomplizierter."

Das Knirschen von Reifen auf dem Kies vor dem Haus zeigte mir Claires Rückkehr an. Was sie wohl zu meinem Traum sagen würde?

Claire schüttelte sich geradezu vor Lachen. Prustend sagte sie: „Zum Glück hat er sich für die Rapunzeln entschieden. Stell dir nur vor, ein Dreizentnertyp wie Moreno würde an meinen Haaren hochklettern wollen ..."

Dann wieder ernst, fragte sie mich: „Was sind denn eigentlich Rapunzeln?"

„Landläufig meint man damit im deutschen Raum Feldsalat, auch Ackersalat, im Alemannischen ‚Nüssli' genannt.

Zur Zeit, als das Märchen von den Gebrüdern Grimm vor etwa zweihundert Jahren auf Deutsch formuliert wurde, meinte man mit Rapunzel die Teufelskralle, ein wohlschmeckendes Wildkraut aus der Familie der Glockenblumen, das zur damaligen Zeit sehr beliebt und begehrt war."

39. Kopfstand

‚Professor Dr. Dr. hc Ernest Truman Stormyweather sen. kreist, die Hände hinter seinem Rücken gefaltet, durch sein weitläufiges Arbeitszimmer in Fremantle – seine typische Denkerhaltung, vorwärtsgerichtet, Selbstgespräche führend. Seit er sich erinnern kann, verhält er sich auf diese Weise, wenn ihn eine Idee oder ein Einfall, bewegt. Und immer fand sich ein Weg zur Lösung, ob direkt oder gewunden, unabhängig von Zeit und Raum. Sei es nun im beruflichen wie auch privatem Sinne. Wobei Berufliches, seine Forschungsarbeiten der Klimatologie an der Universität von Perth, zur Gänze seine Gedankenwelt belegen.
Bleibt seine innere Balance gewahrt, setzt er Maßstäbe in seinen akademischen Bereichen. Er gilt als ein pedantisch Lehrender bei seinen Studenten, wird als Bewahrer geschätzt von den Fellows an der Uni als auch von seinen Kollegen in den Forschungsgesellschaften.
Seine Frau, Mary Ann, Mutter von Ernest Truman Stormyweather jun., erlebt ihn als stets zugeneigten Lebenspartner.'

Nach einigen energischen Korrekturen von meiner Hand hatte mich mit diesen Worten ein bekannter Journalist in einem Einleitungstext zu meiner Buchvorstellung kurz skizziert. Lächelnd, doch gleichzeitig etwas erbost, blickte ich auf diese Zeilen, die sich noch auf meinem Schreibtisch unter ‚Wiedervorlage' befanden. Dazu sollte ich unbedingt einen gepfefferten Kommentar abgeben, fehlte darin so einiges, was ich in Stichpunkten als aussagekräftig angegeben hatte. All das Weggelassene hätte ein feiner ziseliertes Bild von mir als Wissenschaftler gezeichnet. Hätte eher mit dem trefflich gelungenen Autorenfoto des Klappentextes übereingestimmt. „Hach, diese Journaille!"

Doch, wie so manches, musste auch dieser Vorgang erst einmal warten. Einerseits fordere ich von mir stete Pflichterfüllung und selbstverständliche Präsenz ein, andererseits gab es dieses Mal ausnahmsweise Wichtigeres zu erledigen. Ich betone das Wort ‚ausnahmsweise'.

Seit dem gestrigen Tag hatte ich mich von meinen Pflichten an der Universität von Perth für ein paar Tage beurlauben lassen, um meinen ‚verlorenen Sohn' heimzuholen. Sein Vertrag mit der Forschungsgesellschaft als Praktikant würde am kommenden Wochenende auslaufen.

Zwei Möglichkeiten der Heimreise hatten sich angeboten: Entweder er würde die Rückreise alleine antreten, wie auch schon die Anreise, oder aber wir, Mary Ann und ich, würden ihn zusammen abholen. Wobei mir Zweiteres deshalb besser gefiel, weil ich dadurch würde Einblick nehmen können in die Arbeit von Mister Moreno Ebon-Takarangi. Ein Exote seiner Disziplin – immerhin anerkannt. Ich würde mir selbst ein Bild von ihm und seiner Forschung machen müssen, um die vermittelten Grundlagen des Faches an meinen Sohn beurteilen zu können.

Selbstverständlich kein Fall von Misstrauen, aber – ‚Vertrauen ist gut, Kontrolle ist besser', ein bewährter Standardsatz, den mir schon mein Vater, Sir Harold Ingram Stormyweather jun., auch er ein bedeutender Klimatologe seiner Zeit, eingeschärft hatte. Würde ich nicht nach seinen ehernen Vorgaben handeln, sähe ich meine innere Balance gefährdet. Unsere Familie war schon seit jeher geübt darin, exakt zu erkennen, woher und wohin der Wind weht.

Von Perth nach Hobart, etwas weniger als zweitausend Meilen in knapp vier Stunden. Klingt beides wenig. Jedoch – es liegen Welten dazwischen.

Ich, ich meine wir, waren noch nie da, hatten es zu keiner Zeit je in Erwägung gezogen. Zu abseits, zu wenig verlockend für meine oder unsere Bildungsaktivitäten. Vor allem zu viel Wind mit stets sich verändernden Wetterkapriolen. Das mag für einen Meteorologen vor Ort ganz interessant sein, doch für mich als Forscher und Lehrender an der Universität reicht ein trockener Platz im Institut hinter meinem Schreibtisch völlig aus. Frontarbeit war mir immer schon ein Gräuel.

Was war doch gleich der Ausgangspunkt meiner Überlegungen?

Ach ja, mein Sohn, Ernest Truman Stormyweather jun., beendet sein Praktikum auf der Meteorologischen Forschungsstation South Bruny in Tasmanien. Von da werden wir ihn abholen, sozusagen den Kopfstand wagen.

Mary Ann bestand eigensinnigerweise darauf, ein paar Tage gemeinsam an diesem Ort zu verbringen. Wie sie sagte, „um uns ein genaueres Bild von Ernests dortiger Lebenswelt zu machen, um ihn besser verstehen zu können, sollte zukünftig die Sprache darauf kommen."

Was sie nicht alles auf sich nimmt, opfert sich einmal wieder auf für ihr Kind. Mit meinem Seufzen beklagte ich die Last ihrer Lichtallergie, die sie tagsüber ins Haus zwingt und kaum gesellschaftliche Aktivitäten zulässt. Was allerdings für Ernest und mich keinen Verzicht bedeutet. Habe ich doch sämtliche Möglichkeiten, an akademischen Veranstaltungen teilzunehmen.

Na ja, so werden wir es nun machen. Auch wenn zwischenzeitlich so manches unerledigt bleiben muss. Immerhin besteht zusätzlich die Chance, dass die Depression meiner Frau durch den Ortswechsel gelindert wird.

Urlaub, wegfahren oder gar fliegen, kam seit Mary Anns Krankheitsbeginn vor einem Jahrzehnt in unserer Gedankenwelt nicht mehr vor. Unser behagliches, wenn auch abgeschirmtes Zuhause, bot uns ein sicheres Refugium. Mit dieser Reise werden wir uns auf Neuland begeben.

Das Abenteuer kann beginnen.

40. Reisende

Nach dem heutigen Rückzug aus meiner mir liebgewordenen Natur mit der obligatorischen Kontrolle der Zeigerpflanzen saß ich zur Vervollständigung der Aufzeichnungen am Tisch unterm Banksiabaum vor dem Haus. Hin und wieder war es nötig, die phänologischen Checklisten durch zusätzliche Kommentare abzurunden. Die Natur lässt sich nicht so einfach abhaken, sie ziert sich zuweilen und liebt vermehrte Zuwendung. Nur so kann man ihr gänzlich habhaft werden. Dieses Spielchen um Geben und Nehmen machte mir die Arbeit mit den Pflanzen besonders reizvoll. Sie waren wie Persönlichkeiten mit eigenem Charakter, speziellen Fähigkeiten und besonderen Ansprüchen. Ein wesentlicher Grund auch dafür, dass ich mich für sie interessierte und versuchte, ihr Wesen zu ergründen. Bei meiner täglichen Rückkehr aus dem Busch hatte ich das Gefühl, von einer Party in unterhaltsamer Gesellschaft zurückzukommen.

Da saß ich also nun und überprüfte in Gedanken nochmals mein Tagespensum. Es war in Ordnung, ich konnte loslassen.

Heute, am 26. Januar, ein Mittwoch, war Australia Day. Für alle Australier der Anlass, bei sommerlichem Wetter Feste mit Freunden im Freien, am Strand und auf dem Wasser zu feiern. Bei uns, in der Adventure Station, war es auffallend ruhig. Ein Tag wie alle anderen? Nein, durchaus nicht. Es gab schlicht und einfach nichts für uns zu feiern. Ernests Praktikum würde am Sonntag beendet sein und damit der liebgewonnene Junge uns verlassen. Weder für ihn noch für Moreno, Claire und mich ein Grund zu feiern. An Ernests Abwesenheit würden wir uns erst einmal gewöhnen müssen. Seit wir uns dessen bewusst geworden waren, war es still geworden.

Heute, im Laufe des Nachmittags oder Abends, würden Ernests Eltern auftauchen, um uns einen Kurzbesuch abzustatten. Quartier bis zum Wochenende hatten sie in Jims Ferienhaus gebucht. Mehr darüber wusste Moreno auch nicht zu berichten. Also ‚abwarten und Tee trinken' ...?

Nein, lieber nicht. Schlechte Erinnerungen meinerseits klebten förmlich an diesem Sprichwort. Sie erinnern sich? Jakobsbier? Gescheiterter Versuch?

Wie eine Klette haftete seitdem das persönliche Versagen in pflanzlichen Angelegenheiten an mir. Die dunklen Seiten meiner Lieblinge waren es, die mich schon immer fasziniert hatten und selten losließen. Nur umgekehrt - sie konnten oder wollten nicht mit mir, ließen mich abblitzen - provozierten mein Scheitern. Es lief bisher nicht rund mit ihnen und meiner Passion für sie. Ein schwieriges Verhältnis. Wie sollte ich damit nur zukünftig klarkommen? Wie könnte ich meinen Ahnfrauen und vor allem mir selbst gerecht werden?

Eine Staubwolke kündete die vermutliche Ankunft der Eltern an. Ein Landcruiser mit abgedunkelten Scheiben näherte sich der Station. Das mussten sie sein. Vorerst verzichtete ich darauf, ‚Alarm zu schlagen'.

„Komme es, wie es wolle", sagte ich zu mir.

Aktuell stellte ich bei mir nur ein minderes Interesse an der Person des Vaters, Ernest Truman Stormyweather sen., fest. Zu bewahrend und verknöchert empfand ich ihn aus den wenigen Andeutungen seines Sohnes. Vielmehr regte sich mein Interesse an der kurzen Schilderung über die Mutter. Sie wollte unbedingt mit ihrem Mann hierher reisen. Allein die Stichworte ihrer Auffälligkeiten wie Lichtallergie, Depression, Schwäche, Zurückgezogenheit und Arztverweigerung elektrisierten mich. Einerseits in etwa stimmig, andererseits ungewöhnlich. Irgendetwas passte ganz und gar nicht in dieses Bild, ließ mich innerlich über eine Art Gordischen Knoten stolpern. Ihn zu lösen reizte mich, der Widerspruch musste aufgeklärt werden. Detektivische Neugier packte mich.

Frauen auf Reisen. Für mich schon immer ein spannendes Thema, seit ich bewusst miterlebt hatte, wie sie sich kurzentschlossen auf den, oftmals mühseligen, Weg machten. Waren sie nun Abenteuerinnen, Ausreißerinnen, Karrieristinnen oder einfach Glücksritterinnen. Im Verbund mit ihren Vorhaben hatten sie einen triftigen Grund, die eingetretenen Pfade für das Neue, Erweiternde zu verlassen. Selbstverständlich, selbstbewusst - nicht mutig, wie uns immer wieder suggeriert wird - machten sie sich auf den Weg, wurden fündig oder auch nicht, erlebten ihren Entschluss in den meisten Fällen als Annäherung oder gar Erfüllung ihrer Sehnsüchte. Ja, es war immer schwierig gewesen, ist es auch heute noch, trotz aller Fortschritte.

Auf festen Sohlen, leichten Schrittes und in alle Quadratzentimeter die Haut bedeckender Baumwollbekleidung kam die Beifahrerin, breitrandig behütet, vermummt mit Mundschutz und großer Sonnenbrille auf mich zu. Eine zierliche, ungewöhnliche Erscheinung, die inmitten aller Natur Glacéhandschuhe trug. Sie rührte in meiner Erinnerung an Audrey Hepburn mit der riesengroßen Sonnenbrille. In der Szene vor mir könnte man vermuten, eine Filmprinzessin besuche eine Quarantänestation für hoch ansteckende Krankheiten.

Eingedenk meiner Kenntnisse der Schwere ihrer Erkrankung schob ich meine lästerlichen Gedanken über die Maskerade zur Seite, erhob mich flugs, wies auf die Haustüre, eilte dorthin und öffnete. Sie folgte mir rasch. Eine Reisende mit besonderen Anforderungen besuchte uns und wir hatten beschlossen, uns dieser Aufgabe zu stellen.

Der Chauffeur des Wagens, nun seiner Aufgabe entledigt, trat, neugierig um sich blickend, durch die Eingangstüre zur Wohnküche. Im Inneren war es dämmrig, alle Jalousien, soweit vorhanden, waren heruntergelassen. Ernest hatte darauf geachtet, die Station muttergerecht zu dimmen. Das war ihm gut gelungen.

Voller Wiedersehensfreude umarmten und drückten sich Mutter und Sohn, beinahe wortlos. Der Vater gab sich deutlich distanzierter. In ‚körperlichen wie emotionalen Angelegenheiten', so würde er es ausgedrückt haben. Er umging die familiäre Szene, indem er scheinbares Interesse für die technische Ausstattung der Küche zeigte. Dabei öffnete er kurioserweise die Backofentür, erschrak, als das Innere hell aufleuchtete, und schloss sie hastig wieder. Alle Blicke waren durch seine wunderliche Aktion auf ihn gerichtet.

Selbstbewusst räuspernd straffte er sich und sagte, zu seinem Sohn gewandt: „Ernest, ich wünsche, dass du mich nach draußen begleitest. Ich brauche etwas Bewegung, meine Gedanken müssen frei fließen können." In unsere Richtung: „Nicht lange, Sie können sich zwischenzeitlich bekanntmachen."

Mary Ann Stormyweathers vermummte Gestalt hob sich kaum vom Hintergrund der abgedimmten Wohnküche ab.

Zart, doch gefestigt wirkte ihre Stimme, als wir uns vorstellten.

„Es freut uns sehr, dass wir Sie, liebe Frau Stormyweather, hier begrüßen können. Einen wirklich famosen Jungen haben Sie – in jeder Hinsicht. Wir sind untröstlich, dass er uns jetzt wieder verlassen wird." So sprach Moreno und entschuldigte sich, dass er nochmals ins Arbeitszimmer müsse. „Philo und Claire werden Ihnen derweil Gesellschaft leisten. Bis später."

„Sie sind also ‚wie zwei ältere Schwestern'. Mit diesen Worten hat Ernest Sie mir beschrieben. Das war für mich die umfassendste seiner Aussagen. Ab da wusste ich ihn in besten Händen." Mary Ann Stormyweather lehnte sich zurück, ihre zunächst spürbare Anspannung schien nachzulassen.

Mir wurde warm, ich glaube, ich lief rot an. Und Claire? Im Dämmerlicht konnte ich es nicht richtig ausmachen.

„Ernest beschrieb Sie beide außerdem als zupackend und selbständig. Vor allem Ihr Einfallsreichtum in kritischen Situationen hat ihm mächtig imponiert. Sie wissen sich offenbar sehr gut zu helfen und zu wehren. Dafür beneide ich Sie fast ein bisschen."

Claire hielt es nicht mehr auf ihrem Sessel, sie stand auf und bot uns etwas zu trinken an. Ernests Mutter bat um ein Glas Wasser, ich lehnte ab. Dann hörten wir Stimmen im Windfang. Vater und Sohn waren anscheinend zurück.

„Claire und ich werden uns Moreno anschließen, wir haben noch einiges abzuarbeiten. Ernest wird Ihr Gastgeber sein. Das macht er inzwischen übrigens sehr gut, Sie werden sehen. Bis dann."

„Philo, kommst du?", fragte Claire. Wir wandten uns zum Arbeitszimmer und hörten noch, wie Ernest mit seinem Vater die Wohnküche betrat.

Das war Ernests Feld. Er wollte sich als erwachsen gewordener Gastgeber seinen Eltern präsentieren – so waren wir es auf sein Begehren hin mit ihm durchgegangen und hatten die Möglichkeiten szenisch durchdacht. Ernest hatte sich wirklich gut dabei gemacht und fing an, sich auf diesem Parkett wohl zu fühlen.

Moreno, Claire und ich hielten uns derweil im Hintergrund. Zuversichtlich wollten wir den Jungen glänzen lassen.

41. Überraschung

Bei der heutigen Witterung und aufgrund des Sonnenstandes sollte das große Arbeitszimmer eigentlich in Korallenrosa getaucht sein. Mit Rücksicht auf Mary Ann Stormyweather verzichteten wir jedoch auf pastelliges Feeling, ließen die Jalousien herabgelassen und unterhielten uns in der heimeligen Atmosphäre der Schreibtischlampen. Denn es konnte ja sein, dass sie Ernests Arbeitsplatz sehen wollte. Hierher hatten wir, Moreno, Claire und ich, uns zurückgezogen, entspannt zurückgelehnt in den Bürostühlen, die Füße auf den Schreibtisch gelegt, und überließen der Familie Stormyweather den Wohnbereich.

Heute am Australia Day gab es keinen Grund, über unsere täglichen Verpflichtungen hinaus mehr zu leisten. Freizeit war angesagt. Im Moment bestand sie darin, unseren freiwilligen Rückzug ins Arbeitszimmer sinnvoll auszufüllen. Ein Bücherstapel auf jedem der Schreibtische zeugte von unserer gemeinsamen Leidenschaft - lesen. Sah man sich die Buchtitel genauer an, kristallisierte sich ein Bild des jeweiligen Lesers heraus und verriet seine Neigungen. Offensichtlich waren wir hemmungslose Vielleser, gemessen an dem, wie hoch der jeweilige persönliche Bücherstapel ausfiel.

„Meiner ist am höchsten!", tönte Moreno, belustigt über sich selbst.

„Viel kann jeder, meiner ist am erlesensten." Das behauptete Claire von ihrer Auswahl.

„Und meiner ist am geheimnisvollsten", flüsterte ich. Das reichte aus, um von den beiden gehört zu werden.

„Sag', Philo, was liest du Geheimnisvolles? Und gibt es überhaupt noch Geheimnisse in einer Welt des Internets?"

Herausfordernd sahen mich Claire und Moreno an.

„Aber ja doch, jede Menge, wie Muschelschalen am Strand. Eine Portion Neugier und die richtig gestellten Fragen, dann präsentieren sie sich wie von selbst – das aber wisst ihr doch längst alles."

Wo sollte ich beginnen? War ich wirklich eine ‚Eingeweihte'? Das glaubte ich nicht. Stattdessen versuchte ich, meine Sicht des Vorgehens zu erläutern.

„Der Schlüssel zu Geheimnissen führt für mich über die Kommunikation. Mit Internet oder ohne, in der langen Zeit davor. Sprechen und hören, schreiben und lesen oder, allgemeiner gesagt, senden und empfangen bilden die Basis. Ob bildlich, mündlich oder was auch immer – egal. Das Gedruckte, die Botschaft, bleibt in der Welt und ist verfügbar. Auf sie kann zu jeder beliebigen Zeit zugegriffen werden. Archive und Bibliotheken als Horte von Wissen und der Freiheit des Wortes bedienen die Interessierten und klären durch ihre gesammelten Werke auf. Sie sind es, die mir ihre Geheimnisse verraten. Nicht immer ganz einfach und sofort, doch es funktioniert."

„Du willst also noch das kleinste ‚Würzelchen' wissen", meinte Claire.

„Im Prinzip genau wie du", entgegnete ich. „Ich erinnere mich sehr gut an deine Erzählung über die Herkunft deines Familienmedaillons und an die damit zusammenhängenden Recherchen zum Thema des Buches Kohelet. Damit hast du ebenfalls Geheimnisse aufgedeckt und altes Wissen angezapft. Ich denke, da liegen wir auf einer Linie."

„So gesehen hast du recht", sagte Claire mit gerunzelter Stirn und wandte sich an Moreno. „Gibt es denn bei dir private Lektüre, außerhalb deiner Forschungen?"

Moreno lächelte schelmisch, rekelte sich wohlig auf seinem Bürostuhl und sagte: „Neben meinen Forschungsarbeiten brauche ich keine großartigen Geheimnisse mehr zu lüften. Da bevorzuge ich leichte Kost. Mir genügt Heiteres und Entspannendes. Das lenkt mich wunderbar von meiner Denkarbeit ab. Und, wenn mir das nicht genug erscheint oder nicht meinen Nerv trifft, dann schreibe ich eben selbst. So kann ich mich nach Herzenslust austoben."

Claire und ich waren baff. Erstaunt sahen wir uns, dann Moreno an.

„Wirklich? Du schreibst? Davon hattest du noch nie erzählt", wunderte sich Claire.

„Das war bisher mein kleines Geheimnis. Genauer gesagt, eines meiner Geheimnisse. Es passt an dieser Stelle zu unseren Offenbarungen, deshalb nehme ich mir die Freiheit. Ansonsten halte ich es wie Philos Blümchen, ich öffne mich gerne nach und nach, im richtigen Augenblick. Lesen und schreiben sind für mich untrennbar miteinander verbunden. Und, schreibe ich, kann ich mich selbst lesen. Ist das nicht phantastisch? Nun, da ihr es wisst, kann ich Kostproben servieren."

Mit diesen Worten nahm er einen Packen Zeitungen und Zeitschriften von seinem Schreibtisch. „Hier zum Beispiel eine Wochenendausgabe des ‚Mercury' oder der ‚Sunday Tasmanian', da ein Monatsheft von ‚Newsweek' und so weiter. In diesen Zeitungen und Heften werden hin und wieder feuilletonistische Beiträge von mir veröffentlicht."

Erstaunt und wortlos griffen wir zu. Titelzeilen wie ‚Mount Wellington zur kulinarischen Erbauung' und ‚Hobarts geheime Genuss Gesellschaft' lagen obenauf – fast wie die Spitze eines Eisbergs. Darunter lugte eine Biographie des Sommers, betitelt mit ‚Schön, dass es mich gibt! Gestatten – Sommer', hervor. Damit überraschte uns Moreno über alle Maßen.

Und doch wieder nicht. Vor meinen Augen sah ich ihn in der Erinnerung vor Presseleuten medienwirksam berichten, erinnerte mich, wie er nach der Festsetzung von Jack McKenzie die Pressekonferenz im Fernsehen moderierte und wie ein Puppenspieler die Fäden zog. In diesen Momenten hatte ich ihn als den geborenen Medienmenschen erlebt. Dass er dazu noch schrieb, das passte gut zu ihm.

Ein Tausendsassa. Ganz und gar hinreißend fand ich ihn in diesem Augenblick.

Völlig vertieft in unsere Leseplänkeleien wurden wir von einem Knall und Erzittern des Hauses aufgeschreckt. Offenbar war eine Tür heftig ins Schloss gefallen. Als wollten wir uns vor einem Angriff wappnen, sprangen wir auf, Moreno eilte zum Fenster und spähte, die Lamellen der geschlossenen Jalousien auseinanderdrückend, ins Freie.

„Mister Stormyweather tigert, die Hände tief in seinen Hosentaschen vergraben, vor dem Haus auf und ab", berichtete er. „Sieht nicht gut aus!"

„Sonst noch jemand zu sehen?", fragte Claire mit leiser Stimme.

In dem Moment klopfte es zaghaft an unsere Tür und nach Morenos „ja bitte" steckte Ernest den Kopf durch die Öffnung und fragte: „Darf ich reinkommen?"

„Na klar, rein mit dir", brummte Moreno.

Durch die noch geöffnete Tür hörten wir ein Schluchzen. Betroffen sahen wir uns und Ernest an. Er erwiderte unsere Blicke mit einem verzweifelten Kopfschütteln. Seine kraftlose Haltung zeugte von Hilflosigkeit. Vorsichtig schloss er die Tür hinter sich. Wir waren mit ihm allein. Noch immer stand er mit dem Rücken zur Tür in geraumem Abstand zu uns und flüsterte kaum hörbar: „Kaum weg von zu Hause und alles stürzt ein."

Seine Augen hinter den dicken Brillengläsern füllten sich mit Tränen und er suchte Halt am nächsten Schreibtisch. Doch schon war Moreno zur Stelle und legte den Arm um die bebenden Schultern des Jungen. Noch zögerte Ernest, sich ihm anzuvertrauen, seinem Schmerz freien Lauf zu lassen und einfach loszuheulen. Seine Zerrissenheit äußerte sich in unsicheren Bewegungen. Doch dann tat er, wie er es von Anbeginn an mit Moreno gehalten hatte. Er klammerte sich hilfesuchend an ihn.

Mich schmerzte es, dies zu sehen. Claire sicher ebenso, denn sie schickte mir einen konsternierten Blick zu, der wohl besagte: „Uuuhh, da liegt etwas ganz im Argen und ich kann damit nicht umgehen."

Mir ging es genauso, doch die Vorstellung von einer verzweifelten Frau in unserer Küche rührte an meinem Innersten und ich spürte die Verpflichtung, mich zu kümmern. So trat ich kurzentschlossen aus dem Rückzugsraum in die Wohnküche ein.

Einem Häufchen Elend gleich saß Mary Ann Stormyweather auf der Couch in der Wohnküche und blickte mir mit tränennassen Augen entgegen. Immer noch bebte ihr zarter Körper unter den Attacken ihrer Schluchzer. Vorsichtig, um ja kein weiteres Porzellan zu zerschlagen, ließ ich mich neben ihr nieder, nahm vorsichtig ihre naheliegende Hand in die meine und drückte sie beruhigend. Eine Trösterin war ich bisher nie gewesen, versuchte jedoch das Unmögliche. Zumindest war mit dieser Geste eine oberflächliche Verbindung entstanden. Mein Vorhaben schien zu glücken, ihre Eruptionen wurden weniger und sie beruhigte sich allmählich. So saßen wir eine Weile zusammen im Dämmerlicht – stumm vor uns hinblickend.

„Ich bin einem Irrtum unterlegen. Dem Irrtum zu glauben, dass sich meine Unpässlichkeit nur auf unser Zuhause erstrecken würde. Ich verstieg mich gar zu der Überzeugung, in der neuen Umgebung immun zu sein für die Anreize meiner Lichtallergie. Ein Ausflug mit Ernest in dieser wunderbaren Umgebung, gar noch den Leuchtturm zu erklimmen, hätte das höchste der Gefühle für mich bedeutet. Aus seinen Berichten von der Adventure Station las ich deutlich den wohltuenden Einfluss auf ihn. Doch bereits bei der Landung in Hobart verspürte ich das Aufflammen meiner Körperreaktionen. Mein Mann hatte alles so perfekt wie immer durchorganisiert und ich – ich machte wieder einen Strich durch seine hundertprozentige Planung. Ich bin nicht berechenbar, auf mich ist kein Verlass. Ich kann es ihm auch nicht verdenken, dass er darüber wütend wird und mich schilt. Ich sollte einfach ein besseres Gespür dafür entwickeln, was in meinem Zustand wirklich machbar ist und was nicht. Zu viel habe ich mir zugemutet, mich verhoben und sehe mir beim Scheitern an meinem Leben zu." So sprach Mary Ann Stormyweather über sich und in den abgedimmten Raum hinein.

Ihre Worte flossen, verteilten sich in der Weite der Wohnküche, prallten an den Wänden ab und einige kehrten als Pfeilspitzen zu mir zurück. Oh ja, das Scheitern. Mary Ann Stormyweather hatte handfeste Gründe, sich über sich selbst zu beklagen. Ihre extreme Lebenssituation glich einer täglichen Gratwanderung mit Auswirkungen auf ihren Alltag und auch den ihrer Familie. Wohingegen meine gelegentliche Suada zum Thema Scheitern lächerlich, geradezu ein Klacks war.

„Genug mit meinem Selbstmitleid! Mein Mann verlangt von mir eine straffere Haltung und ich muss ihm recht geben. Doch ab und zu weichen mich meine Depressionen zu sehr auf. Manchmal wünschte ich mir, es gäbe einen Zaubertrank, der alles ungeschehen macht."

„Ihn gibt es leider nicht, doch man kann sich Schritt für Schritt der Problematik annähern. Aus dem Reich der Pflanzen stehen etliche dafür zur Verfügung."

„Mein Sohn berichtete mir bereits nebenbei von ihrer Pflanzenleidenschaft, deshalb weiß ich davon. Mehr aber auch nicht. Verstehen, im Sinne von Wissen, kann ich in diesem Zusammenhang wenig."

„Welche Pflanzen sagen Ihnen etwas, sind Sie mit einigen vertraut? Gibt es bestimmte Vorlieben?" Das fragte ich, um sie von ihrem Kummer abzulenken.

„Biologie lag mir noch nie besonders und weniger noch die Botanik. Das einzige, was mich mit Pflanzen oder Kräutern verbindet, ist gesundes Essen, ein schöner Blumenstrauß und ein paar Zubereitungen aus der Naturheilkunde. Wie zum Beispiel das Johanniskraut, das mir bei meinen Depressionen außerordentlich hilfreich ist."

Allein dieses Wort. Innerlich stellten sich mir die Haare auf. Lichtallergie – Depressionen – Johanniskraut. Diese

Trinität klang so unglaublich, dass ich nochmals nachhakte. Verwirrt bestätigte sie mir das Gesagte. Das war zu viel. Ich konnte es kaum glauben. Das hieße ja, den Teufel mit dem Belzebub auszutreiben.

In welch heikle Situation war ich da hineingeraten. Es war notwendig, mehr darüber zu erfahren. Mit Samthandschuhe würde ich mich vorantasten müssen.

„Ach ja, Johanniskraut, und in welcher Dosierung?" Das versuchte ich, so belanglos wie möglich, zu erfragen.

„Na ja, der Naturheilkundler, den ich online kontaktiert hatte, empfahl mir bei der Intensität meiner Schwermütigkeit selbstverständlich die höchst dosierten Extrakte. Und er lag goldrichtig mit dieser Empfehlung. Die Symptome der Niedergeschlagenheit besserten sich daraufhin deutlich. Damit komme ich seit geraumer Zeit ganz gut zurecht."

„Der behandelnde Arzt, was meinte er dazu?"

„Ich weigere mich seit Langem, mich von Ärzten behandeln zu lassen. Zu schlechte Erfahrungen in der Vergangenheit halten mich davon ab."

Ich fühlte mich wie vor den Kopf geschlagen. Nicht in ärztlicher Behandlung. Unkontrollierte Einnahme einer stark wirksamen Substanz mit den entsprechenden Neben- und Wechselwirkungen. Dazu noch der irrationale Glaube an das Tun eines mangelhaft ausgebildeten Naturheilkundlers per Onlinesprechstunde, der eine Besserung der Depressionen erreicht hatte. Depressionen, die höchstwahrscheinlich erst in Begleitung der Lichtallergie aufgetreten waren. Einer Lichtallergie, die allein durch die Einnahme des Johanniskrautextraktes so extrem aufflammen konnte. Denn diese Pflanzenextrakte in höherer Dosierung zählen zu den am stärksten photosensibilisierenden, das bedeutet, in Verbindung mit UV-Licht treten starke Symptome einer

Lichtdermatose in Form von Hautausschlägen und Augenentzündungen auf.

Dieser Hammer traf mich völlig unvorbereitet. Denn Mary Ann Stormyweathers Gesundheitsprobleme könnten, so viel war mir innerhalb der letzten Minuten klar geworden, binnen Kurzem zu einem großen Teil gelöst werden. Vorausgesetzt, sie spielte mit. Ich musste versuchen, sie in mein Rettungsboot zu holen. Allein oder mit einer hilfreichen Mannschaft. Noch war diese Tür nicht ins Schloss gefallen.

42. Das Tier in mir

Das soeben Besprochene wühlte sich dämonartig durch meine Eingeweide. Das war mir nicht mehr geheuer – es war mir, unumwunden gesagt, ungeheuer. So dermaßen stark, dass es das wilde Tier in mir freiließ. Mein geheimnisvolles Mischwesen, das Unding in meinem Innersten, das gift- und gallespeiend von seinen Ketten und pflanzlichen Umschlingungen befreit sein wollte. Es war existent, bar aller Maskeraden. Der beherrschende Teil, der Vordere, schwarz wie das lichtlos Böse, der hintere Part hellbraun, gleich einem zutraulichen Hündchen. So zweigeteilt in sich gefangen, wütete die dunkle Bestie in mir. Meine Experimentierlust, welche moralische Einwände bis dato ausblendete, genauer gesagt, die Anwendung gefährlicher Pflanzen am lebenden Objekt, wurde blockiert durch das zutrauliche Hündchen in der hinteren Körperhälfte der Chimäre.

Dieses zweigeteilte Ungeheuer musste ich zur Gänze loswerden. Ohne es wäre ich frei in meinem Tun, könnte mich in jedwede Richtung entfalten und müsste nicht mehr zurückblicken. Nur wie?

Der Augenblick schenkte mir eine Chance. Wie sollte ich vorgehen? Es war nicht einfach, es glich vielmehr einer Gratwanderung. Was hatte ich mir vorgenommen? Mich mit Samthandschuhen voranzutasten. Ja, genau so. Und allein Ernest konnte mir dabei behilflich sein. Nur er war es, der eine vertraute Atmosphäre herstellen konnte. Und nur ich war es, die rationale Argumente beisteuern konnte. Zusammen wären wir – unschlagbar?

Mary Ann Stormyweather signalisierte ich eine kurze Unterbrechung des Gesprächs.

Im Arbeitszimmer bat ich Ernest, mittlerweile wieder etwas im Gleichgewicht, zu mir und erklärte in wenigen Worten die Situation. Er begriff sofort und darauf vertrauend, dass ich meine nötige Pflanzenkompetenz in die Waagschale werfen würde, kehrten wir zu seiner Mutter in der Wohnküche zurück.

Zwischenzeitlich hatte ich mir meine Vorgehensweise zurechtgelegt. Mit viel Glück könnten wir es schaffen.

„Ernest, sei doch bitte so lieb und bereite uns einen Caffè. Ich hätte Lust auf einen Caffè Corretto. Wie steht's mit dir und Ihnen, Frau Stormyweather?"

„Für mich bitte keinen Alkohol. Ich vertrage ihn nicht", sagte Frau Stormyweather bestimmt.

„Ach ja, natürlich, Entschuldigung", antwortete ich. „Wie gedankenlos von mir. Ja, das Johanniskraut - Wechselwirkung mit Alkohol."

Ernest hantierte, nach anfänglicher Unsicherheit wegen der ungewöhnlichen Situation, geschickt mit Morenos semiprofessioneller Espressomaschine und wurde dabei immer sicherer, fast wie ein italienischer Barista in seinen Anfängen. An dieser Maschine hatte er seine Freude und diese kam in dem Moment ganz klar zum Ausdruck. Seine Mutter sah ihm bei seinen gekonnten Handgriffen erstaunt zu.

„So kenne ich dich gar nicht, Ernest. Zu Hause hast du das nie gemacht."

„Hätte ich schon, sehr gerne sogar. Doch da durfte ich nicht. Das war ausschließlich Vaters Domäne, du erinnerst dich?"

Noch leicht zittrig vor Aufregung servierte Ernest die Getränke und konnte es sich nicht verkneifen, seinen Caffè mit einem zaghaften Schuss Amaretto zu verfeinern; gewissermaßen als Indiz seines Zugewinns an kultureller Kennerschaft. Seine Mutter registrierte das sehr genau mit anerkennender Miene und meinte dazu: „Hut ab, du hast dich in den Wochen deines Praktikums sehr gemausert, hast deutlich an Kontur gewonnen. Ich bin wirklich stolz auf dich."

„Na ja, geht schon so", antwortete Ernest und strich sich dabei die langgewachsenen Haare hinter die Ohren. „Alle hier haben voneinander gelernt, von Anbeginn an. Sogar Yoko."

„Wie, höre ich richtig? Yoko, dein Kaninchen? Wo ist es überhaupt?"

„Sie ist nicht mehr hier. Ja, so ist es!" Das brach fast trotzig aus Ernest heraus. „Als sie spürte, dass ich sie nicht mehr brauchte, ließ sie sich wohl bereitwillig entführen, sie war einfach nicht mehr da - verschwunden. Keine Anzeichen von Gewalt oder so, nur weg, wie in Luft aufgelöst. Bis zum heutigen Tag. Dabei hatten Moreno und ich ihr noch ein wunderbares Freigehege zum Herumspringen gebaut."

„Ach, Ernest, das tut mir aber sehr leid für dich. Es war doch so etwas wie eine Leuchtboje in stürmischer See für dich, nicht wahr?"

„Nun ja, stimmt schon. Sie begleitet mich noch immer in Gedanken, leitet meine Überlegungen in beruhigende Richtungen. Kurz, es fühlt sich an, als würde sie mir einen Weg weisen." Während dieser Erklärung war seine Stimme brüchig geworden, fing sich jedoch wieder, als er sagte: „Zum Glück für dich ist sie weg, war sie doch so etwas wie ein Allergiestimulans, das deine Schübe auslösen oder verschlimmern konnte."

Bestürzt über diese offenen Worte sah seine Mutter ihn schweigend an. Ältere Konflikte brachen sich hier vor meinen Augen Bahn.

„Ja, das Verschwinden Yokos war ein seltsames Ereignis, es hat uns alle hier sehr berührt", wagte ich mich vor. „Ernest jedoch nahm es sehr gefasst und ließ sich dadurch wenig einschüchtern. Er hat das sehr gut hingekriegt. Ein herber Verlust, der ihn auf sich selbst zurückwarf. Ein tapferes Stehaufmännchen ist ihr Sohn, liebe Frau Stormyweather. Das will ich damit sagen."

Furchtbares Gefasel. In meinen Ohren klang ich wie eine meiner Altvorderen, wusste mir aber nicht anders zu helfen. Der Caffè Corretto war's wohl. Er brachte auch mich in Fahrt.

„Da ist noch etwas was ich Ihnen unbedingt sagen muss, meine Pflanzenkenntnis zwingt mich dazu. Es ist in Bezug auf ihre Lichtallergie. Zu Ihrem Besten wäre es, alles, was mit Johanniskraut zu tun hat, abzusetzen. Und zwar sofort."

Stirnrunzelnd und fragend sah sie mich an. „Es hilft mir doch bei meinen Gemütsschwankungen. Warum absetzen?"

„Das Johanniskraut fördert Ihre Lichtallergie und lässt die Symptome für eine Photodermatose entstehen. Jene bedrücken sie schwer – eine Depression entsteht. Ein ewiger Kreislauf, den es gilt sofort zu unterbrechen. Denken Sie bitte darüber nach. Ihnen und Ihrer Familie zuliebe."

Verwirrt, fast aufgebracht, sah sie mich an und sagte: „Wo bin ich da nur hingeraten?"

Wie sollte das weitergehen? Meine Mission war von Anbeginn an heikel gewesen. Mehr konnte ich kaum leisten. Ich hatte versucht, mein Bestes zu geben. Sie kannte nun die Fakten und musste für sich entscheiden.

43. Emanzipation

Ich wollte diesen Ortswechsel für ein paar Tage – unbedingt. Es ist geschafft, wir sind hier. Nur anders als erhofft. Erhofft hatte ich mir, in das derzeitige Leben Ernests einzutauchen. Ihn in dieser anders gearteten Umgebung beobachten und erleben zu können. Die Wirklichkeit ist eine andere als die gedachte. Ein Abstand ist eingetreten. Mit einem Mal fühle ich, dass mein Sohn mir entgleitet, sich abnabelt. Damit habe ich, ehrlich gesagt, noch nicht gerechnet. Doch in den kurzen Momenten unseres Hierseins erlebe ich ihn völlig anders als noch zu Hause. Irgendwie ist er in den wenigen Wochen, getrennt von uns, erwachsen geworden. An bestimmten Punkten kann ich es nicht festmachen. Es ist ein gänzlich verändertes Gesamtbild. Das Kind, unser Kind, macht sich mit fliegenden Fahnen und langen Haaren auf und davon.

So sinniere ich vor mich hin und werde dabei traurig.

Ach ja, es wäre Zeit, meine Kapseln einzunehmen und mit einem guten Schluck Johanniskrauttee hinunterzuspülen.

Was soll ich von Philos drastischer Empfehlung halten? Sie ist ja schon sehr direkt, eigentlich fast anmaßend in ihrer Beurteilung. Steht ihr das überhaupt zu? Und Ernests Rolle? Immerhin verhilft er ihr zu einem vorlauten Wort. Inwieweit kann er überhaupt ihre Kenntnisse und Kompetenzen beurteilen?

Seine Entwicklung, die ich so nebenbei beobachten kann, gefällt mir sehr. Vor allem deshalb, weil ich damit nicht gerechnet habe. Entwickelt werden sollten seine schulischen und zukünftigen Studienziele. Von einer Glanzleistung als ‚Barista' war nie die Rede. Wobei – das muss ich nun wirklich gestehen – mir gerade das besonders gefällt. Als Mutter bin ich davon regelrecht gerührt. Wenn ich von meiner Rührung darüber rede, bleibt es nicht aus, dass ich auch von meinem Ärger über seinen Vater spreche. Nämlich dem Ärger darüber, alles selbst in die Hand zu nehmen, Ernest und mir nichts zuzutrauen. Mit anderen Worten: uns von ihm und seinen Handlungen abhängig zu machen. Sobald ich darüber nachdenke, kommt die Rage in mir hoch mit Worten, die ich niemandem zumuten möchte. Deshalb kann ich nur zu mir selbst offen sprechen, mich in mein Innerstes zurückziehen und meinen ärgerlichen Gedanken freien Lauf lassen. Sie verstehen das?

Was lässt du dir nicht alles gefallen? Du nimmst dir deine Allergie mit allem Drum und Dran, kannst dich damit aus guten Gründen von deinen Verantwortungen trennen und sie deinem Mann übergeben. Ihm, der sich geradezu darum reißt. Erhöhst ihn damit zu deinem Superperfektionisten. Du bleibst außen vor, ein bequemer Zustand. Ein Prinz, der seine Prinzessin auf der Erbse hofiert. Märchenhaft.

Andere Zeiten sind hier angebrochen. Du erlebst nicht nur deinen Missmut über deine Situation an dir. Nein, du erkennst ebenso am Verhalten der jungen Frauen, Philo und Claire, deren Vorteile und Unabhängigkeit. Selbstbewusst stehen sie mitten im Leben, machen, was sie wollen und für richtig halten, kämpfen gegen das, was ihnen nicht passt. Gegen sie kommst du nicht mehr an. Du fühlst dich in dieser Gesellschaft wie eine abgelegte Matrone aus anderer Zeit. Zwar geachtet, aber als weltfremd betrachtet.

Noch mehr Ärger und auch Wut kriechen in mir hoch. Worüber eigentlich? In diesem Moment kann ich nur eines klar ausmachen: Männer! Zum einen meinen Ehemann, zum anderen den seichten Online-Gesundheitsberater. Beide halten mich, jeder auf seine Weise, unter Verschluss. Verstärken meine Unselbständigkeit.

Bei alledem hatte ich meinen Sohn mitsamt seinen Bedürfnissen aus den Augen verloren. Hatte ihn seinem Vater überantwortet. Das war ein Fehler, den ich erkenne.

Das Heft hatte ich mir aus der Hand nehmen lassen. Mit mir selbst hätte ich energischer umgehen sollen. So wäre mir die Kontrolle nach und nach nicht entglitten.

Und nun, ziehst du aus dieser Erkenntnis Konsequenzen? Das fragte ich mich ernsthaft. Es schien die Zeit zur Umkehr gekommen. Gleichzeitig glomm auch etwas Hoffnung in mir auf für eine Besserung meines Gesamtzustandes. Womöglich hatte Philo recht und wusste genau, was zu tun war. Etwas weniger Lichtallergie wäre schon wie ein neues Leben.

„Mary Ann, du musst Philos Vorschlag annehmen. Ab sofort keine Johanniskrautpräparate mehr! Ein Versuch ist es wert."

Das sagte ich mir laut vor, im festen Glauben an ein Gelingen.

44. Augen zu und durch

Eine stabile Wetterlage lud zu Streifzügen um die Adventure Station ein. Ich zeigte dem Gast, Ernest Truman Stormyweather sen., mit der Unterstützung von Ernest Truman Stormyweather jun., meine Forschungseinrichtungen und von mir ermittelte Ergebnisse anhand von Beispielen. Meine Erfolge konnten sich wirklich sehen lassen. Das machte mich stolz und meinen Klimatologenkollegen etwas einsilbig. Hatte ich doch durch meine Ausstattung den Vorteil, ungehindert für mich forschen und veröffentlichen zu können. Wissenschaftlicher Luxus, sozusagen.

Highlight war der Besuch des Leuchtturmes mitsamt seinen technischen Geheimnissen.

„Ernest, sei so nett und übernimm du die Führung, ich möchte mich einmal wie dein Gast fühlen."

Etwas überrascht eignete er sich anstandslos diese Rolle an, als hätte er nie etwas anderes getan. Gut machte der Junge das. Mir wurde es ganz warm ums Herz. Ernest würde eines Tages ein bedeutender Wissenschaftler werden. Dessen war ich mir nun ganz sicher.

Fakt war: Sein Vater, zunächst noch unwirsch und verärgert durch den Zwist mit seiner Frau, taute allmählich durch meine wissenschaftlichen Erklärungen auf, verschloss sich jedoch zusehends, als sein Sohn die Führung übernahm. Das war wohl zu viel des Guten für ihn. Unser Dreiergrüppchen teilte sich nun auf in einen Zweier und einen Einer.

Was soll ich sagen? Schwierig, verdammt schwierig. Dieser Klimatologe älterer Prägung war wirklich ein harter Knochen, der noch nicht einmal seinem Sohn eine gute Performance gönnen konnte. Schlimmer noch als ich ihn mir vorgestellt hatte. Immerhin kannte ich meine Zunft nur allzu gut.

Die ‚Weihnachtlichen Verwicklungen', mit denen alles angefangen hatte, kamen mir wieder in den Sinn. Oh ja, alles passte zusammen. Ein Wunder, dass Ernest sich so unbeschadet aus diesem ungewöhnlichen Erziehungsstil ausklinken konnte. Glücklicherweise boten wir ihm zu seiner Volljährigkeit noch eine andere Sichtweise. Ernest ist ein starker Charakter, er lässt sich nicht mehr verbiegen. Mit diesen Gedanken beruhigte ich mich während wir den Erläuterungen des Praktikanten lauschten.

Ernest machte Halt vor der zersprungenen Fensterscheibe, deutete darauf und sagte: „Eine Raubmöwe war wohl die Verursacherin dieses Malheurs. Farmer Jim wird das morgen richten und ich darf ihm dabei helfen."

„Was, du machst dich gemein mit dem Farmer? Das ist nicht deine Aufgabe!", explodierte sein Vater.

Ernest, zunächst völlig verdattert von diesem Ausbruch, fing sich rasch und antwortete cool: „Ich möchte das. Es war mein Wunsch, zu wissen, wie man das repariert. Ich will nicht als wissenschaftlicher Trottel mit zwei linken Händen enden."

Sprach's und wandte sich den Messinstrumenten zu, um seine Erklärungen fortzusetzen.

Das war Ernests reifes Kabinettstückchen auf dem Leuchtturm. Dem Vater so eloquent die Stirn zu bieten, dass dieser sprachlos wurde. Innerlich jubilierte ich und war gespannt darauf, was noch an symbolischen Lanzenstichen folgen würde.

Seelisch seismische Schwingungen erinnerten mich an die Damen unten in der Station. Sie waren zusammen in der Wohnküche geblieben. Welche Dynamik spielte sich parallel bei ihnen ab? Raum für Allerlei bot sich zur Genüge. Spannung breitete sich in mir aus, nachdem ich vorher, ehrlich gesagt, eher etwas genervt gewesen war von der ‚westaustralischen Übergriffigkeit' der Besucher. Zunächst galt es, weiterhin mein Temperament zu zügeln und mich auf Ernests Vortrag zu konzentrieren. Leicht fiel es mir nicht. Zu sehr beschäftigten mich die vielfältigen Problemstellungen, denen wir von einem auf den anderen Tag ausgesetzt waren. Unsere beschaulichen Zeiten waren mit einem Mal vorbei.

Claire kam mir in den Sinn. Claire, das Medium für Übersinnliches. War sie ein Empfänger, ein Seismograph für meine seelischen Schwingungen? Vielleicht. Sicher war ich mir nicht.

Zu einem früheren Zeitpunkt bezeichnete ich meine Gefühligkeiten als ‚Bergbeben'. Damit lag ich, getreu meiner Berufung als Geophysiker und wegen meines massiven Körperbaus, formal auf einer Linie. Sie erinnern sich? Puke, der Berg, so wurde ich in meiner Jugend auf Maorisch genannt.

Und Claire, ‚die Helle, Übersinnliche'? Könnte sie meine Signale empfangen? Ein Versuch wäre es wert. In dieser Situation galt es, alle Ressourcen einzusetzen.

Claires Eingebung

Während meines Gesprächs mit Philo und Mary Ann Stormyweather in der abgedimmten Wohnküche blitzte es grell durch meine Überlegungen, ein absoluter Gedankenterror. Mir wurde sonderbar zumute. Auweia, eine Absence bahnte sich an. Nach hektischen Verknüpfungen meiner Gedanken, kristallisierten sich drei Worte heraus: Moreno, Patientin, Manukahonig.

Mein ‚Gesicht' war offenbar nur kurz gewesen und nicht bemerkt worden. Das Gespräch der beiden anderen brachte mich wieder ins Lot. So handelte ich kurzentschlossen, als mir die Bedeutung der drei Worte klar wurde.

Ja, in Morenos Honigtopf war nach Platons Genesung noch einiges übrig. Rasch holte ich ihn, dazu sterile Kompressen und einen Spatel aus dem Medizinschränkchen und eilte zurück in die Wohnküche. Philo schaltete sofort, als sie mich mit dem Honigtopf sah. Geschickt brachte sie das Gespräch auf Symptome der Lichtallergie, wie zum Beispiel quälende Pusteln auf der Haut, Bindehautentzündung oder entzündete Aufblühungen an stark beanspruchten Körperstellen.

„Ja, ich habe da so meine bevorzugten Stellen, an denen sich die Allergie manifestiert." Mary Ann öffnete die oberen Knöpfe ihrer Bluse. Rot, geschwollen, heftig entzündet und nässend zeigte sie ihr Dekolletee. Das sah wirklich nicht gut aus.

„Sind Sie damit einverstanden, dass ich hier einige Kompressen mit Manuka auflege?", fragte ich sie vorsichtig.

„Ja, Claire, wenn Sie mir versichern können, dass ich davon keinen Schaden nehme."

Ich schüttelte den Kopf und dachte dabei an den todkranken Platon, riskierte es jedoch nicht, an dieser Stelle darüber zu sprechen. Sorgfältig brachte ich die bestrichenen Kompressen auf und sagte: „So ist es gut, wir lassen es für heute genug sein. Das waren die schlimmsten Stellen, morgen, besser noch übermorgen, werden wir sehen, wie wir weiterhin verfahren werden."

Zu Philo gewandt sagte ich: „Tasmaniens Natur kann sehr stark sein. Du erinnerst dich? Übermorgen wissen wir mehr darüber."

45. Kaninchenverwandlung

Der nächste Tag brachte wieder Normalität mit sich. Was für eine Wohltat. Das Ehepaar Stormyweather hatte sich zurückgezogen, um eigene Interessen zu pflegen. Ein jeder von uns in der Station ging seinen gewohnten Aufgaben nach. Ich fühlte mich wieder im Einklang mit meiner Natur, absolvierte freudvoll und überschwänglich meine Pflanzenroute, hakte meine phänologischen Checklisten ab, ergänzte handschriftlich spezielle Auffälligkeiten meiner Lieblinge und hatte keinerlei Eile. Wie ein Geschenk empfand ich meine Arbeit und das Alleinsein in dieser gesunden Umgebung. Hier war es gut. Kein Lärm, kein Stress, einfach nur Natur und ich.

Die turbulenten Erlebnisse des gestrigen Tages steckten mir noch arg in den Knochen. Sicherlich nicht nur mir. Ein Hinweis darauf, dass wir keine Ader für Schwierigkeiten dieser Art hatten und diese gerne vermieden hätten.

Ernest würde uns verlassen, damit mussten wir automatisch wieder näher zusammenrücken. Wie würde es uns auf diese neue und doch alte Weise gehen? Kämen wir erneut zurecht in dieser Konstellation? Veränderungen, so gut und notwendig sie auch sein mögen, ziehen für gewöhnlich einen Rattenschwanz von nicht geahnter Länge mit sich. Fragen über Fragen taten sich auf.

Mein täglicher Rückzug in den Busch bescherte mir eine wunderbare Zeit der Fokussierung nicht nur auf meine Arbeit, die Phänologie, sondern auch auf Fragen im Allgemeinen, die mich beschäftigten. Der Busch oder Wald bot meinen Gedanken Raum und Zeit zur Entwicklung. So intensiv hatte ich diese Möglichkeiten bisher noch nicht verspürt. Ich sollte sie nutzen.

In der Adventure Station angekommen, traf ich Moreno, der noch einige Ergebnisse zu einem Bericht schriftlich fixieren musste. Das war eine seiner Stärken.
„Sie erinnern sich?"
Diese Arbeit gefiel ihm außerordentlich und mit jedem seiner Erfolge wurde die Freude über seine Schaffenskraft weiterhin angestachelt. Wie ein Fisch im Wasser oder einem Vogel in der Luft fühlte er sich in seinem Element. Ebenso gut könnte ich sagen: Er wurzelte mit seinem Denken und diesen Arbeiten tief in den Schichten der Erde, hörte ihre fundamentalsten Töne und spürte ihre leisesten Schwingungen. Moreno - ein Naturmensch und Geophysiker durch und durch.

Kurz darauf trudelte Ernest freudestrahlend mit Jim ein. Gemeinsam hatten sie die zerbrochene Fensterscheibe entfernt und eine exakt auf das Maß zugeschnittene eingepasst, diese anschließend mit Fensterkitt fixiert.

„Schätze, mindestens zwei Monate dauert es, bis der Kitt vollständig ausgehärtet ist, dann kann er wieder mit Lackfarbe überstrichen werden. Danach hat alles wieder seine alte Ordnung", erklärte Jim vorsorglich.

„Klingt so einfach, eine Scheibe ist zersprungen. Doch der Aufwand, das zu reparieren, ist enorm. Ich weiß nun, was das bedeutet." Das sagte Ernest zutiefst beeindruckt, als wir uns zu einem Kaffee in der Wohnküche trafen. Bis zu seiner Abreise am Samstag wollte er seinen Praktikantenjob so normal wie bisher ausfüllen. Ich merkte ihm an, dass er es darauf anlegte. Ganz gelang es ihm dann doch nicht.

Ernest war gespalten. Eine Hälfte war beeinflusst durch seine Eltern, die andere durch uns. Der Junge tat mir echt leid, der Zwiespalt machte ihm zu schaffen.

Anders als gewöhnlich traf Claire mittags in der Station ein. Eine echte Überraschung.

Es war keine Abschiedssentimentalität wegen Ernest, wie ich zunächst dachte, sondern eine Notwendigkeit. Claire hatte unterwegs einen verletzten Rosakakadu gefunden. Wehrhaft und lautstark hatte er sich gegen Claire gesträubt. Doch sein gebrochenes Beinchen sowie Hunger und Durst ließen ihm keine andere Wahl. Claire nahm ihn behandschuht und vorsichtig aus ihrer Box, um ihn uns zu präsentieren. Rosa das Köpfchen sowie der Körper und die Unterschwingen. Das Deckgefieder in einem pastelligen Staubgrau. Besonders schön stellte er aufgeregt seine hellrosa Haube nach vorne auf. Damit machte er einen verwegenen Eindruck und versuchte, nach Claire mit seinem gebogenem Papageienschnabel zu hacken.

„Ist der prächtig", hauchte Ernest ehrfürchtig vor sich hin.

Claire lachte nur und winkte Ernest zu, mit ihr zu kommen. Zu zweit verarzteten sie die verletzte Kreatur im Badezimmer. Das Bein wurde gereinigt und mit Manukahonig bestrichen, anschließend mit Wattestäbchen geschient und dann mit einem Band fixiert. Danach verfrachteten sie ‚Cockyboy', so hatten sie ihn beruhigend während der Behandlung genannt, in Yokos Kaninchenkäfig. Körner und Samen, ebenso frisches Süßgras, eine Gurke und Wasser gaben sie in die Futterschalen. Ernest, durch Jims Anleitung nun etwas handwerklich bewandert, befestigte noch eine Sitzstange für Cockyboy. Zum Glück war der Käfig dafür hoch genug. Bestens versorgt könnte das verwandelte Kaninchen problemlos nach Fremantle übersiedeln, denn in den Frachtpapieren für den Inlandflug stand lediglich: ‚Tierkäfig mit Insasse'.

Ernest kriegte sich kaum ein. „Mit Yoko hin und mit Cockyboy zurück. So etwas gab es noch nicht einmal bei ‚Alice in Wonderland', ich bin total happy."

Cockyboy könnte sein Bindeglied zwischen der Adventure Station und Fremantle werden. Es würde ihm den Abschied erleichtern. Yokos Verlust schien für ihn ein wenig ausgeglichen zu sein und er hatte, wenn auch mit Claires Hilfe, gefühlsmäßig einem verletzten Tier das Leben gerettet.

„Cockyboy ist ein Junge", klärte uns Claire über den Kakadu auf. „Weibchen dieser Art haben rötlichbraune Augen. Cockyboys sind dunkelbraun bis schwarz, also ist er ein Männchen. Er ist auf jeden Fall älter als ein halbes Jahr, aber noch als Jungvogel einzustufen. Ach ja, Ernest, und noch etwas Wichtiges, falls du ihn behalten möchtest. Dieser Vogel lebt in Schwärmen, braucht also für eine artgerechte Haltung unbedingt einen Partner zur Gesellschaft sowie eine geräumige Voliere zum Fliegen. Das solltest du dir gut überlegen und mit deinen Eltern besprechen. Außerdem kann so ein Vogel vierzig Jahre alt werden."

Ernest schluckte sichtbar. „Daran habe ich noch gar nicht gedacht. Gut, dass du mir das gesagt hast."

Wie dieser lebhafte Vogel mit seinem Rufrepertoire von wohltönendem Flöten bis schrillem Schreien sich in den Familienverbund einfügen sollte, schien uns schleierhaft. Doch wir glaubten fest an Ernests Einfallsreichtum. Er würde bestimmt eine Lösung finden.

Das Cockyboy-Intermezzo hatte uns eine Verschnaufpause in der Sache ‚Besuch' gewährt. Allerdings kamen wir nicht daran vorbei, uns einen würdevollen Abschluss für Familie Stormyweather auszudenken. Das waren wir Ernest schuldig. Nach dem Abendessen wollten wir uns dafür zusammensetzen.

46. Pizza, perfekt, passt!

Unser lebhaftes Feuer war einer Traurigkeit gewichen. Gemeinsam saßen wir nach unserem feinen Essen zusammen, um wegen morgen Abend zu beratschlagen. Nicht einmal gefüllte Tomatenpaprika mit Zitronenbrot hatten es geschafft, ein Lächeln auf unsere Gesichter zu zaubern. Ernst und in uns gekehrt stocherten wir in dieser zu anderen Zeiten höchst beliebten Speise. Sämtliche Ideen und spontanen Vorschläge, die wir sonst auf Lager hatten, schienen wie weggezaubert, saftlos und leer saßen wir um den Esstisch. Ein sicheres Zeichen unserer eigentlichen Unwilligkeit. Doch es half alles nichts, wir mussten ran. Eine Einladung zum Abschied war eine echte Verpflichtung für uns, allein schon wegen Ernest.

Abgedunkelte Räume waren klar, obwohl uns um diese Jahreszeit der Platz unterm Banksiabaum viel lieber gewesen wäre. Uns großartig in Küchenaktivitäten zu werfen, dazu hatten wir keine sonderliche Lust.

Moreno fragte Ernest: „Was hättest du denn gerne zu essen für morgen Abend?"

„Pizza!", kam es wie aus der Pistole geschossen.

„Perfekt", antwortete Moreno und blickte in die Runde.

„Passt", nickten Claire und ich.

Ich meldete mich freiwillig für den Hefeteig, Moreno erbot sich für den Belag und Claire wollte einen Zweig des Rosmarins aus ihrem Gärtchen beisteuern. Ganz leger am frühen Abend sollte die Cocktailparty stattfinden. Claire sah sich für den morgigen Abend als Barkeeperin.

„Ich habe tolle Ideen für verschiedene Fruchtcocktails", sagte sie.

Und Ernest? Er wollte unbedingt servieren und den Barista spielen.

Über diese einfache Lösung waren wir sichtlich erleichtert. Die Stimmung hob sich und wir konnten wie eh und je unsere Tagesereignisse wiederkäuen und die aufkommenden Gedanken dazu teilen.

„Sag' mal, Moreno, oder was ich dich schon immer mal fragen wollte", das fiel Ernest in unserer erzählerischen Stimmung gerade so ein, „wo lebte denn die Familie des Leuchtturmwärters in damaligen Zeiten?"

„Könnte sein, dass ihr Küchentisch an demselben Fleck stand wie unserer. Genau weiß ich es nicht. Das Haus des Leuchtturmwärters und jene seiner Helfer standen ungefähr hier, wie die Station. Doch Ende der Vierzigerjahre des letzten Jahrhunderts wurden sie, entgegen allen Protesten, abgerissen. Damals gab es noch keinen Denkmalschutz wie heute. Die neue Station entstand. Das kultivierte Land drumherum ist noch ein schwacher Hinweis auf die damaligen Felder und Weiden. Einen reichen Erntesegen davon dürft ihr euch nicht unbedingt vorstellen. Immerhin wuchs etwas Gemüse, das die Hausfrau für die Familie auf den Tisch bringen konnte. Es war schwierig, ohne heutiges Wissen und moderne Techniken diesem Stück Land etwas Brauchbares abzuringen. Für alle Beteiligten waren es karge Zeiten."

Am nächsten Tag waren wir so beschäftigt, dass wir nicht einmal bemerkten, wie schnell die Zeit verflog. Als wollte sie mit den rasch ziehenden Wolken Schritt halten, wurde es bei uns, wie auch am Himmel, nie langweilig. Flottes

Tagesgeschehen und ein dynamischer Wolkenhimmel stimmten überein. Ein harmonisches Klima herrschte, uns zur Freude. Tatkräftig hatten wir alles nach unseren Vorstellungen vorbereitet und erwarteten ab siebzehn Uhr unseren Besuch.

Farbige Fruchtcocktails garniert mit verschiedenen Minzen, Limetten und gecrushtem Eis luden zum Zugreifen ein. Claire hatte ihrer Phantasie freien Lauf gelassen. Eine Pizzaduftwolke, ausgehend von zwei großen Backblechen, gab der Wohnküche ein unvergleichliches Flair von Toskana und Mittelmeer. Kurz gesagt „unsere simple, lustlose Küche" des heutigen Tages beeindruckte Ernests Eltern kolossal. Sie entsprach vermutlich Dimensionen, die in ihrem Zuhause in Fremantle niemals eingezogen waren. So leicht war es also, einen respektablen Gegner schachmatt zu setzen. Es genügte die einfachste Wahl der Waffen. Zum Beispiel ‚Pizza hausgemacht'. Verrückt war diese Erkenntnis.

Die Besserung von Mary Ann Stormyweathers Symptomen in der kurzen Zwischenzeit war deutlich. Claire und ich konnten davon ausgehen, dass die entzündeten Effloreszensen völlig abheilen würden. Die Patientin war obendrein in guter Stimmung, da sie die ersten Heilerfolge körperlich wahrnahm. Sehr bemerkenswert, diese positive Veränderung innerhalb kürzester Zeit. Unsere Kombination aus Wissen, Logik und praktischer Anwendung hatte bislang gut funktioniert. Ein jeder von uns hatte dazu seinen Teil beigetragen, einschließlich Moreno, der Claires Aufmerksamkeit durch die Kraft seiner Gedanken erreicht hatte. Allein auf die Idee zu dieser Art von Kommunikation zu kommen, fand ich bewundernswert. Dass es dann auch noch funktionierte, war geradezu perfekt. Für den Moment war es ein toller Erfolg. Und auf Dauer?

Um uns auf die Schultern zu klopfen, war es noch zu früh. Doch Claire und ich waren sehr zuversichtlich aufgrund des bisherigen Ergebnisses. Jetzt lag es an der Patientin selbst, das Beste daraus zu machen. Das Wissen dazu konnte sie mitnehmen, ebenso einen Topf Manukahonig als Geschenk von Moreno.

Unser Abschiedsabend verlief kurzweilig und unerwartet problemlos. Vater und Mutter Stormyweather wirkten entspannt und aufgeräumt, kein Gedanke mehr bei ihrem Anblick an Unstimmigkeiten, geschweige denn Türenschlagen. Die Luftveränderung durch Bruny Island bewirkte offenbar Wunder. So ließ es sich mit ihnen aushalten. Der Abend verlief redselig in guter Stimmung.

Moreno nutzte sie, um eine Bitte an die Familie zu richten: „Sie fahren morgen in der Früh Richtung Hobart zum Flughafen. Wäre da noch Platz für mich bis zum Elizabeth-Street Pier?"

Erstaunt sahen Claire und ich uns an, das kam überraschend.

„Na klar doch, Moreno", rief Ernest erfreut aus. Die Eltern konnten schlecht nein sagen und nickten, denn an der Hafenpromenade fuhren sie sowieso vorbei. Es bot sich geradezu an, Platz war genügend in einem Landcruiser.

Als wir nach einem Absacker unter uns waren, bestürmten wir Moreno mit der Frage nach dem ‚Wohin'.

„Ihr seid schlimmer als alle Blutsauger", lachte Moreno. „Doch Spaß beiseite, ich gönne mir ein höchst privates

Wochenende zusammen mit Ivy. Darauf freue ich mich riesig. Jim wird mich am Montagmorgen auf seiner Liefertour an Robert's Point wieder auflesen und zurückbringen. Ich weiß, das ist ungewöhnlich für euch, genauso wie für mich, doch so ein bisschen Privatleben muss zwischendurch sein."

„Ivy" - hauchte Ernest sehnsüchtig vor sich hin. „Moreno, ich beneide dich."

Und Moreno grinste in sich hinein.

47. Neue Perspektiven

Das Echo der vergangenen Tage hallte ebenso turbulent in mir nach, wie ich diese erlebt hatte. Pausenlos beschäftigte es meine Gedanken. Für meine Pflanzenbeobachtung blieb nur noch ein kleiner Freiraum.

„Für heute sollte das genügen, morgen ist auch noch ein Tag", sagte ich laut vor mich hin und trat den Rückweg an.

Die Adventure Station lag verwaist in der Sonnenmulde. Außer einem auffrischenden Lüftchen regte sich nichts. Wie auch?

Am frühen Morgen hatten wir uns noch ein gemeinsames Schnellfrühstück gegönnt. Unterschwellig machte sich da bereits Aufbruchsstimmung bei Ernest und Moreno breit. Sie weilten noch hier, doch auch wieder nicht. Unser bisheriger Zusammenhalt war in dem Moment kaum zu spüren. Das machte mich traurig. So fühlte sich Abschiednehmen an.

Das Gepäck stand transportbereit. Der Kaninchenkäfig war nicht dabei.

Ernest Truman Stormyweather sen. hatte es abgelehnt, Cockyboy mitzunehmen. Lärm, Toxoplasmosegefahr, eine Voliere mit weiteren Vögeln und so fort hatte er ins Feld geführt. Zuallerletzt seine persönliche Abneigung gegen dominierende Geschöpfe. Das war das endgültige Aus für den Rosakakadu und Ernests Hoffnung auf ihn.

Claire würde Cockyboy zur INALA-Auffangstation bringen. Diese heimatnahe Lösung für den verletzten Vogel gefiel ihr naturgemäß viel besser.

Ein letzter Milchkaffee, serviert von Ernest, dann hörten wir auch schon das Motorengeräusch des Landcruisers. Moreno lud das Gepäck in den Kofferraum des Wagens mit laufendem Motor und stieg ein. Claire und ich umarmten Ernest herzlich mit gemurmelten guten Wünschen, ließen los und winkten dem anfahrenden Auto nach. Eingehüllt in eine Staubwolke machte sich das beladene Gefährt mit seinen abgedunkelten Scheiben auf und davon.

Es war früher Samstagnachmittag, die Sonne zeigte sich bleich an einem milchigen Himmel und mir war nach einem Nickerchen auf der Gartenliege zumute. Aufseufzend ließ ich mich nieder, steckte mir das kleine Kopfkissen in den Nacken, bedeckte mich mit einer leichten Decke gegen den Wind und sah den jagenden Seevögeln über der Leuchtturm-Bucht zu.

Genüsslich lag ich angenehm geschützt im Freien und fühlte mich ganz bei mir. Das war mir in letzter Zeit manchmal abgegangen. Zuviel war ständig los gewesen. Ruhe, gar Stille, hatte sich da nicht einstellen wollen. Oft war mir meine Gedankenwelt verschlossen geblieben.

Und nun, geborgen in der natürlichen Atmosphäre des Gartens um die Adventure Station, zogen mir bei geschlossenen Augen alle meine Pflanzen wie auf einem Laufsteg an mir vorüber. Einzeln präsentierten sie sich mir mit all ihren Vorzügen, ihren bunten Farben, in den unterschiedlichsten Formen und Größen, den perfektesten Grüntönen ihres Laubes, behaart oder glatt, zart oder robust, mit betörenden Düften oder gar stinkend, all ihren Ansprüchen und auch ihren Tücken. Ein schier endloses Defilee in meiner inneren Landschaft die, sähe man sie von Ferne, grünbunt leuchtete. Ihre Unterschiedlichkeit und Besonderheit unter allen anderen nahm kein Ende. Ein Pflanzenweltreich spazierte an mir vorüber und sprach in vielfältigen Sprachen zu mir. Da wurde mir klar, wie einseitig ich mir meine gefährlichen Lieblinge ausgewählt hatte. Klar ging von ihnen eine spezielle Faszination aus, doch das Gesamtspektrum all der mir bekannten bot noch vielmehr Reize. Es war ein Fehler gewesen, mich nur auf Tollkirsche, Bilsenkraut und Co. zu kaprizieren. Die eigentlichen Raffinessen lagen im Verborgenen. Sie galt es, zu jedem passenden Fall herauszufiltern. Das konnte nur mit großem Wissen bewerkstelligt werden. Ach, wie einseitig und oberflächlich hatte ich bisher gedacht, richtiggehend ignorant. Es gab ungeheure Tiefen vor mir, in die einzutauchen es sich unbedingt lohnte. Weitreichende Kompetenzen taten sich auf. Dazu war ich fest entschlossen.

Der Fall Mary Ann Stormyweather hatte mir gezeigt, wie vielfältig ich eingreifen könnte. Dazu hatte mein Phantasie bisher nicht ausgereicht. Immerzu hatte ich nur die scheinbar interessante dunkle Hälfte gesehen. Doch auch die helle Seite hatte es faustdick in sich. Das wilde Tier in mir, dieser zerrende Widerstreit, hatte ein Ende. Die Chimäre war ausgelöscht. Das Erlebnis der vergangenen Tage hatte meine Sichtweise geändert und versprach mir eine höchst spannende Zukunft.

Mit diesen Erkenntnissen in der unmittelbaren Ruhe und Stille um mich herum döste ich ein. Noch vor dem endgültigen Wegdriften drang das Geräusch der auflaufenden Wellen am Strand unterhalb des Gartens zu mir hoch - schschsch ... schschsch ... schschsch ...

Anmerkungen

[1] Erzählung „Wendekreise und Windrose" von Silvia Falk, aus der Anthologie „Von Trümmern und Träumen", herausgegeben von Kerstin Herzog bei BoD 2016.

[2] „Waltzing Matilda" ist ‚der' Nationalsong der Australier und Schlachtlied der Rugby-Nationalmannschaft.

[3] Swag steht für Schlafrolle, Billy ist ein Teekessel fürs Lagerfeuer, Tucker Bag steht für Proviantbeutel.

[4] Esky ist eine einfache Kühlbox aus Styropor. Eskies, Mehrzahl

[5] Bruni Island, so wurde die nachgewiesene Insel nach seinem Entdecker Antoine de Bruni d'Entrecasteaux genannt. Änderung der Schreibweise 1918 in Bruny Island.

[6] Kurt-R. Biermann/Ingo Schwarz: „Warum bezeichnet sich AvH als DER ALTE VOM BERGE?" HiN ISSN: 1617-5239

[7] Michael Ende: „Die unendliche Geschichte"

Silvia Falk lebt und schreibt in ihrer Geburtsstadt Augsburg.